移步
红楼

刘黎琼
黄云皓 著

生活·讀書·新知 三联书店

图书在版编目（CIP）数据

移步红楼/黄云皓，刘黎琼著. —2 版. —北京：
生活·读书·新知三联书店，2018.10　（2024.6 重印）
（细节阅读）
ISBN 978 - 7 - 108 - 06326 - 7

Ⅰ. ①移⋯　Ⅱ. ①黄⋯ ②刘⋯　Ⅲ. ①《红楼梦》研究
Ⅳ. ① I207.411

中国版本图书馆 CIP 数据核字（2018）第 101175 号

责任编辑　王　竞
装帧设计　蔡立国
责任印制　董　欢
出版发行　生活·讀書·新知 三联书店
　　　　　（北京市东城区美术馆东街 22 号 100010）
网　　址　www.sdxjpc.com
经　　销　新华书店
印　　刷　北京隆昌伟业印刷有限公司
版　　次　2010 年 9 月北京第 1 版
　　　　　2018 年 10 月北京第 2 版
　　　　　2024 年 6 月北京第 4 次印刷
开　　本　720 毫米 × 880 毫米　1/16　印张 15
字　　数　100 千字　图 118 幅
印　　数　18,001 - 21,000 册
定　　价　45.00 元
（印装查询：01064002715；邮购查询：01084010542）

目　录

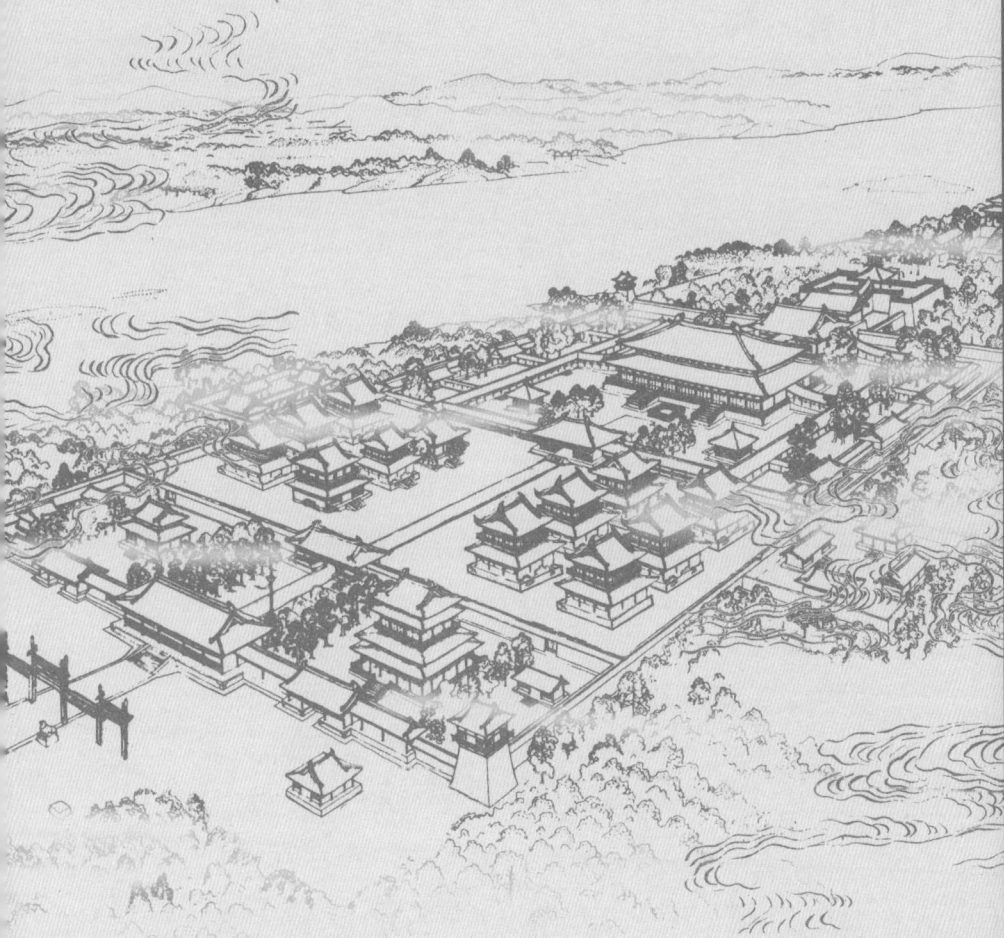

引 子

引 子

　　虽然罩着个荒唐无稽的壳子，《红楼梦》的内里却切实不过的，是诗礼簪缨里的贾府和花柳繁华上的大观园。这里存着一个人精美而沉痛的全部过往，也存着一个阶层奢华与沉痛的全部历史。它长久地耽于对尘世富贵的凝视，因此处处是丰腴饱满的物质细节，那些关于饮食、服饰与居住的细节与微处，汇聚起来却是如此磅礴，如此鲜艳，从纸面凸将出来，将"真实"充盈得如此饱满和浩瀚。没有它们，人物都要减色七分。因这细节的丰盈和光芒，红楼故事的铺张便有了实在的落地，实处密不透风，细节无微不至，更显得那虚空的苍茫注定，让结局的到来如长河大川，泥沙俱下，具有裹挟一切和吞噬一切的力量。

　　所有细节中，对建筑和园林的耽溺和沉湎，是其中尤其丰赡、唯美、意味深长的，它远不只是现实的摹写和复制，也不只是演绎故事的背景和舞台，而已然成为《红楼梦》里的重要角色，供十二钗驻足凝神，呼吸生长，也与她们一同歌哭悲欢。它的荣枯华衰，处处见证着繁华落尽的过场，参证着"物是人非事事休"的道理，远比服饰和美食更有承载力，更浩瀚，更委曲，也更深邃。无限的"意"，如白莲花，盛开在红楼建筑和园林烟波一般的"境"中。

　　张爱玲说得好，"就因为对一切都怀疑，中国文学里弥漫着大的悲哀。只有在物质的细节上，它得到欢悦——因此《金瓶梅》《红楼梦》仔仔细细开出整桌的菜单，毫无倦意，不为什么，就因为喜欢——细节往往是和美畅快、引人入胜的，而主题永远悲观。"红楼中的建筑与园林，金针一般，密密穿起了一部锦绣的红楼，又将这红楼渡向空苍苍的彼岸去，渡向一场大梦里去。曹公的悲剧意识这样深沉，因为"好"皆注定要成为"了"，饶是怎样风光，都逃不过落下片白茫茫的惨淡；《红楼梦》也是部挽歌，虚空也好，荒唐也好，到底曾经拥有过洁净与美好，绿窗风月，绣阁烟霞，究竟还是封存了一些温存而珍贵的记忆。若要那"空"来得更决绝，"悲"行得更彻底，便越是要极尽笔墨，渲染那"乐"之极致。是以在物质上的停留愈久，在细节上的缠绵愈多，实处愈用力，崩毁才来得愈猛切——那背后悲剧性的命运谁也挡不住。应在大观园身上，明媚鲜妍也是它，风刀霜剑也是它；"好"的时候鲜花着锦，金玉鸣锵，是尘世里第一等热闹的去处，但衰亡的征兆在不期然时已经埋伏下来，累积到"了"的时候，顿时花木萎落，霞彩蒙尘，忽刺刺大厦既已倾倒，怎样的热闹也挽留不了它，倒显得这热闹愈发荒唐可哀。

姑且，我们就选择红楼里的建筑和园林，去窥觑这出精彩大戏的浩瀚无涯、纵横交错，在其"境"中体会其"意"的深厚与曲折；这样营营执意地钻进去，也许能在满纸淋漓的烟云里，感觉到这部大书深沉悠久的呼吸。

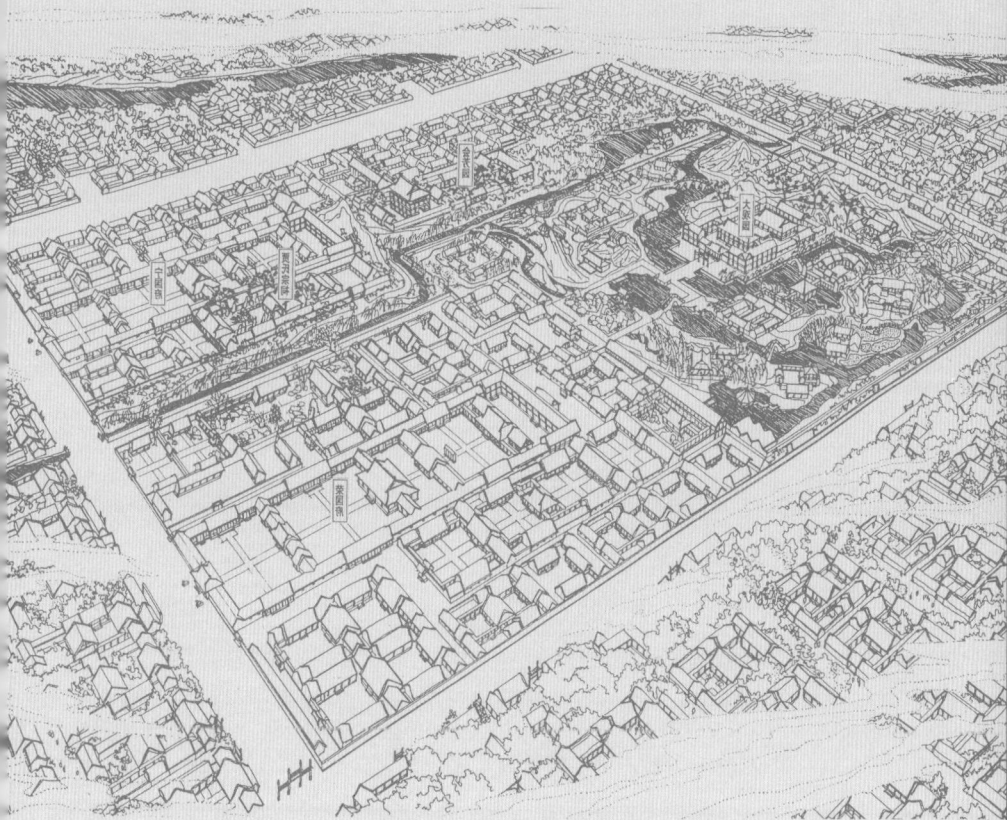

诗礼簪缨　宁荣府邸

甲第面长街，
朱门赫嵯峨

　　贾府最初是在贾雨村的嘴里和林黛玉的眼里慢慢立起来的。

　　贾雨村说："街东是宁国府，街西是荣国府，二宅相连，竟将大半条街占了。大门前虽冷落无人，隔着围墙一望，里面厅殿楼阁，也还都峥嵘轩峻；就是后一带花园子里面树木山石，也还都有荟蔚洇润之气……"[1]（第二回）

　　等到黛玉别父只身进贾府时，贾府的格局与模样开始从想象和漫谈中抽离，屋瓦台柱就了位，厅堂院落得了形

---

[1] 全书的《红楼梦》引文，皆出自《红楼梦》，曹雪芹、高鹗著，中国艺术研究院红楼梦研究所校注，人民文学出版社，1990 年第 1 版。

体，声音气息开始流贯，一切都在流光溢彩。从黛玉的眼里看出去，贾府是一个陌生而富丽的存在，给了她"步步留心，时时在意"的精神压力。诸钗先在贾府里一一聚齐，日后一同往大观园这人间版的太虚幻境里去。

贾府由宁国府和荣国府两府构成，两府位于街的北侧，坐北朝南。两府相连，中有小巷隔断。宁国府在东，荣国府在西，二府之门相隔不远，不足一箭之地，即二百米左右。黛玉在轿中路过宁府大门"又往西行不多远，照样也是三间大门"，也蹲着两个大石狮子，两侧有东西角门。

宁国府

宁国府门前"蹲着两个大石狮子，三间兽头大门……正门却不开，只有东西两角门有人出入。正门之上有一匾，匾上大书'敕造宁国府'五个大字"。（第三回）宁国府在《红楼梦》中篇幅不大，描写语焉不详，因为故事主线并不发生在这里，所以对其中的建筑院落均是泛泛而谈，建筑的很多内容是缺省的，方位、规制、室内陈设均处于很不明晰的状态。可知的是，它分为府邸和花园两部分，花园名为"会芳园"；比较确定的，是中轴线、贾氏宗祠和会芳园的位置及部分陈设布置。

中轴线

仔细辨析，宁府的府邸应集中在东路和中路，书中着重提出有"三间一所抱厦"，应是正堂前的抱厦。书中有这样一句话："宁国府从大门、仪门、大厅、暖阁、内厅、内三门、内仪门并内塞门，直到正堂，一路正门大开"，曹公在这里着意渲染了宁国府的广宇重门，庭院深邃，但实际上建筑布局不会这样从南到北彼此紧挨着布置下来，它应该是表现了一个三进院落：第一进院落是从"大门"到"仪门"；第二进从"仪门"到"内三门"，这一进院落中有大厅及左右暖阁和后面的内厅；第三进院落就是从"内三门"到"正堂"，其中"内三门"应是"内仪门并内塞门"的组合，"内塞门"可以理解为"内仪门"即垂花门的一道屏门，这是符合当时建筑的通常做法的。这一路的各层门，就构成宁国府的中轴线。

在中轴线以西，有会芳园和贾氏宗祠。

会芳园

修建大观园前，宁府后花园称为会芳园（第五、十一、十三回），有溪流经过全园，建大观园时从会芳园的"北拐角墙下引来一股活水"，说的就是这条溪流。园中西北是片水域，依水建轩，东南有假山，傍山建榭。园中"黄花满地，白柳横坡。小桥通若耶之溪，曲径接天台之路。石中清流激湍，篱落飘香；树头红叶翩翩，疏林如画。西风乍紧，初罢莺啼；暖日当暄，又添蛩语。遥望东南，建几处依山之榭；纵观西北，结三间临水之轩。笙簧盈耳，别有幽情；罗绮穿林，倍添韵致。"（第十一回）因其与别处花园似无区别，其景致也无二致，因此写法上也有套路之嫌，泛泛写来，不能为据，与大观园的精细构思和巨笔如椽显然远不在一个等级上。

可确定的园中建筑物有天香楼、凝曦轩、逗蜂轩、丛绿堂等。天香楼是欢喜场，宁府在此排开家宴庆贺贾敬的寿辰，凤姐吃酒点戏，男人们则在凝曦轩中喝酒。天香楼也

通外河之引水河

后门

凝曦轩

临水之轩

园子的便门

卜役群房

天香楼

会芳园

逞蜂轩

登仙阁

天香楼下甬道

诗礼簪缨 宁荣府邸

依山之榭

正堂

（五间大厅、三间抱厦）

丛绿堂

尤氏院

内塞门

仪门

五间正殿

内仪门

穿堂

抱厦

内三门

月台

内厅

贾氏宗祠

白石甬道

贾蓉院

五间入门

黑油栅栏

厅堂

小书房

大厅

仪门

卜役群房

宁国府正院

马圈

会芳园临街大门

西角门

大门

东角门

东街门

通外河之出水河

后门

宁国府

会芳园

中路正院

东路院

会芳园临街大门

正门

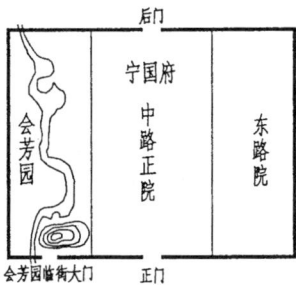

宁国府建大观园前总体布局
示意图（左）、平面图（右）

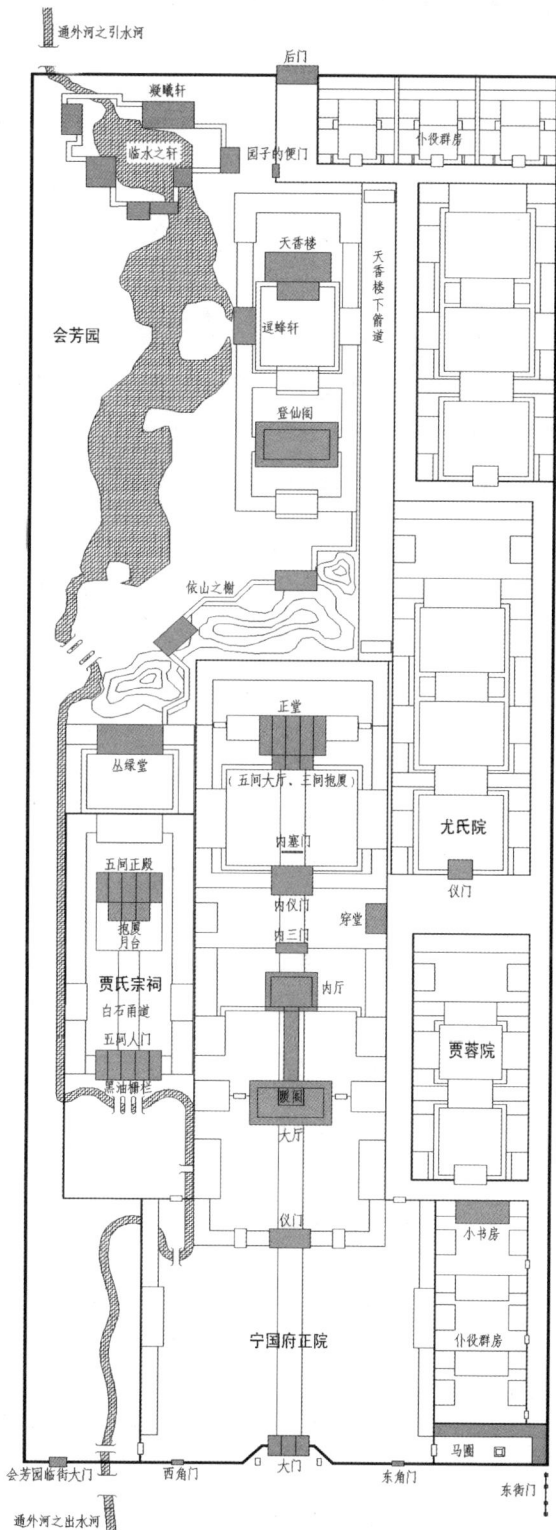

15

是结束和埋葬之地，秦可卿淫丧天香楼，于此处自缢，贾珍在此另设一坛，九十九位全真道士打四十九日解冤洗孽醮。可卿死后，停灵在登仙阁，她的贴身丫头瑞珠触柱而亡，也与可卿一并"停灵于会芳园中之登仙阁"（第十三回），凤姐在此哭灵（第十四回）。贾珍在逗蜂轩为其子贾蓉蠲官龙禁尉（第十三回）。贾珍八月十四夜在丛绿堂开夜宴，"忽听得那边墙下有人长叹之声……这墙四面皆无下人的房子，况且那边又紧靠着祠堂……恍惚闻得祠堂内槅扇开阖之声"（第七十五回），则见丛绿堂在会芳园中，靠近贾氏宗祠。

建大观园后，会芳园仍残存部分园林，园中天香楼仍在，紧邻贾氏宗祠的丛绿堂等建筑也仍残存。

贾氏宗祠

宗祠是供设祖先的神主牌位、举行祭祖活动的场所，又是从事家族宣传、执行族规家法、议事宴饮的地方，有序昭穆、崇功德、敬老尊贤、追远睦族之意。

贾府宗祠位于宁府西边，黑油栅栏内五间大门，上悬着"贾氏宗祠"的大匾，旁书"衍圣公孔继宗书"。一副长联写着："肝脑涂地，兆姓赖保育之恩；功名贯天，百代仰蒸尝之盛。"遵循着家族宗祠的套路。

院中白石甬路，两边皆是苍松翠柏。月台上设着青绿古铜鼎彝等器。三间抱厦，上面悬着九龙金匾，道是："星辉辅弼"。两边一副对联，道是："勋业有光昭日月，功名无间及儿孙。"都是御笔所写，见其深厚根底和家族历史。

五间正殿，颇有洸洸之气，前悬闹龙填青匾，写着"慎终追远"。对联写道："已后儿孙承福德，至今黎庶念荣宁。"俱是御笔。

图中标注：丛绿堂　五间正殿　抱厦　月台　贾氏宗祠　白石甬道　五间大门　油栅栏

贾氏宗祠鸟瞰图、示意图

正殿之内，香烛辉煌，锦帐绣幕，列着各位神主的牌位。

荣国府

　　相对而言，荣国府的笔触要浓墨重彩得多了。曹公用力的不均，在于荣国府是故事发生、演进的主场，宁国府则相对处于宾衬的地位。荣国府的主要院落和交通往来路线都有相对清楚的描述，这些场景构成了人物活动和性格发展的自足空间。

　　唐《黄帝宅经·序》有云："夫宅者，乃是阴阳之枢纽，人伦之楷模。非夫博物明贤，未能悟斯道也。""阴阳"谓天地内外开合，"人伦"辨尊卑长幼亲疏。贾府府邸布局集中体现了中国古典建筑布局严格遵循礼法的基本特点。

宁荣二府细节或有差别，但与当时王府建制一样，都有一个核心格局，即"前堂后寝"的纵向院落序列，这一点与宫殿的前朝后寝的意义是一致的。前堂是临政理事、接待宾客、进行重大礼制活动的场所，主要建筑称为"厅"，如书中写的"大厅""向南大厅"等，均指此类建筑，它们是府邸中对外敞开的具有威仪和权重的空间。后寝是主人及其眷属生活起居之所，庭院深深深几许，私密性很强，外人是不得随意进入的，其主要建筑称为"堂"，女主人亦可延请女宾于此，如书中所写"上面五间大正房""正堂"等。按照礼制，严格区分主次内外，贾府同当时的贵邸巨宅大致相同，外部封闭的宅墙将内部开敞的院落群紧密护卫在其间，前厅后堂的主建筑四周，又有许多附属建筑和院落围绕，如"贾母院""王夫人院""凤姐院""贾赦院"等等，既集中又灵活，既秩序谨严，又巧妙穿插，构成巍巍一座荣国府。

黛玉坐在轿中，路过宁府大门"又往西行不多远，照样也是三间大门"，也蹲着两个大石狮子，两侧有东西角门，便是荣国府了。黛玉先到贾母院：

　　却不进正门，只进了西边角门。那轿夫抬进去，走了一射之地，将转弯时，便歇下退出去了。后面的婆子们已都下了轿，赶上前来。另换了三四个衣帽周全十七八岁的小厮上来，复抬起轿子。众婆子步下围随至一垂花门前落下。众小厮退出，众婆子上来打起轿帘，扶黛玉下轿。林黛玉扶着婆子的手，进了垂花门，两边是抄手游廊，当中是穿堂，当地放着一个紫檀架子大理石的大插屏。转过插屏，小

后门　　另有一门通街

周瑞院　　　　　　梨香院

西南有一角门

夹道　　　　东边所有下人一带裙房

东大院

后门

梨香院

凤姐院

夹道 东大院

南北宽夹道

王夫人院

东小院

贾母院

荣国府

中路正院

贾赦院（荣府旧花园）

西角门　　正门　　　黑油大门

荣国府建大观园前布局示意图（左）、平面图（右）

大台矶　后楼

穿廊

新盖的大花厅

凤姐院
半大门

花园上房精静房舍

粉油大影壁　西花墙　李纨房
南北宽夹道　西角门

夹道 三间小抱厦

后廊　东角门　东院

后院　东西穿堂

倒座三间小小的抱厦厅

东小院

五间上房

后楼
荣禧堂后身
王夫人内房旁边
一大跨所二十余间房屋

王夫人院

赵姨娘房

小小的三间厅

贾母院

旧宅连这边的
三间耳房

周姨娘房

五间大正房（荣禧堂）

贾政为书房（梦坡斋）

穿堂

厢房　鹿顶耳房
鹿顶房　厢房

体仁沐德厅

垂花门

穿堂　内仪门　穿堂

宝玉外书房（绮霰斋）

暖阁
向南大厅
暖阁

贾赦院

三层仪门

角门　角门

仪门

李赵张玉四个奶妈家

贾政外书房

贾赦外书房

仪门

荣国府正院

南院马棚

井

西街门

西角门　三间兽头大门　东角门　黑油大门

宁　荣　街

19

小的三间厅，厅后就是后面的正房大院。正面五间上房，皆雕梁画栋，两边穿山游廊厢房，挂着各色鹦鹉、画眉等鸟雀。台矶之上，坐着几个穿红着绿的丫头……

贾母院是典型的北京四合院样式，后文会详细介绍。从贾母院出来，邢夫人带着黛玉去贾赦院，出了垂花门，上了一辆翠幄青绸车，小厮们驾上驯骡，出了西角门，往东，过荣府正门，便入一黑油大门中，至仪门前下来。进入三层仪门，正房厢庑游廊悉皆小巧别致，不似荣府那边轩峻壮丽。贾赦邢夫人的宅院与贾母院、贾政院没有内门可通，第二十四回凤姐宝玉去探望贾赦也是要出门坐车或骑马才可。

黛玉从贾赦院出来，由众嬷嬷引着，去往贾政院：

……便往东转弯，穿过一个东西的穿堂，向南大厅之后，仪门内大院落，上面五间大正房，两边厢房鹿顶耳房钻山，四通八达，轩昂壮丽，比贾母处不同。黛玉便知这方是正经正内室，一条大甬路，直接出大门的。进入堂屋中，抬头迎面先看见一个赤金九龙青地大匾，匾上写着斗大的三个大字，是"荣禧堂"……

原来王夫人时常居坐宴息，亦不在这正堂，只在这正室东边的三间耳房内。于是老嬷嬷引黛玉进东房门来。

又引黛玉出来，到了东廊三间小正房内。

王夫人忙携黛玉从后房门由后廊往西，出了角门，是一条南北宽夹道。南边是倒座三间小小的抱厦厅，北边立着一个粉油大影壁，后有一半大门儿，小小一所房室。王夫人笑指向黛玉道："这是你凤姐姐的屋子……"

王夫人遂携黛玉穿过一个东西穿堂，便是贾母的后院了。

　　荣府的中轴线，从三间兽头大门起，经仪门、向南大厅和暖阁，一条大甬路直通荣国府正堂——荣禧堂。荣禧堂为五间大正房，气氛庄重，轩昂富丽，建制严格按照礼仪规范，有东西厢房，抄手游廊，鹿顶耳房钻山。荣禧堂后有一大跨所二十余间房屋，和倒座三间小小的抱厦厅，东边是王夫人院和贾政的内书房。

　　荣国府的院落主要是四路，中间一路是荣府正院，其西路是贾母院，东路紧邻是王夫人院，这个院是带有东跨院的，荣国府最东边一路就是荣府的旧花园，即贾赦的住处。凤姐院就在贾母院后院的东边一侧，夹道南边这倒座三间小小的抱厦厅，就是迎春、探春和惜春的住处。李纨也住在附近，周瑞家的送宫花给姑娘们，先离开抱厦厅，走过夹道，到了李纨的后窗，然后越过西花墙，出一个西角门，进入凤姐院，可见李纨院居于抱厦与凤姐院之间，应在南北宽夹道的东侧。宽夹道的东墙即是李纨院的西花墙，墙上角门即是西角门，出西角门就靠近凤姐院了。

　　主要交通枢纽有两个：一个是位于贾母院后院和王夫人院后院之间的"南北宽夹道"，这一夹道将贾母院、王夫人院和凤姐院连接起来，它的位置十分像宫殿之中前朝、后寝之间用以分隔的"永巷"，只是这种"永巷"为宫廷专用，包括王府在内都不允许出现这种封闭的横巷。《红楼梦》里运用这么一条横巷作为贾府后宅的主要交通枢纽，见出曹公博采众长、不拘一格的思路。另一个是位于王夫人东跨院与梨香院之间的一条南北走向的夹道，联系着王夫人和薛姨妈。《红楼梦》中的人物主要就是在这两条路线上走动、穿梭于各院之间的。建大观园后，荣国府又新盖了贾母的大花厅，此花厅应在贾母院之后。

另外根据全书所述，可基本确定其位置的建筑有：

南院马棚　刘姥姥正信口开河，突然南院马棚里失火，贾母等人出廊下来瞧，"只见东南上火光犹亮"。（第三十九回）照贾母所见方位，马棚距荣府大门不远。

绮霰斋　贾芸受宝玉之命，"到贾母那边仪门外绮霰斋书房里来"等他，却遇到遗帕惹相思的红玉（第二十四回）。绮霰斋是宝玉的外书房，在贾母院的垂花门外。

梦坡斋　宝玉探宝钗，"到了穿堂，便往东向北绕厅后而去。偏顶头遇见了门下清客相公詹光、单聘仁，……（说）老爷在梦坡斋小书房里歇中觉"。（第八回）梦坡斋在贾政院，是贾政的内书房。

暖阁　除夕祭宗祠，贾母"来至荣府……便不在暖阁下轿了，过了大厅便转弯向西，至贾这边正厅上下轿"。（第五十三回）则知暖阁在贾政院，大厅附近。

倒厅　刘姥姥一进荣国府时，随周瑞家的透迤往贾琏的住处来，"先到了倒厅，周瑞家的将刘姥姥安插在那里略等一等，自己先过了影壁进了院门"。（第六回）倒厅位于贾母院，在贾母正房之后。

后门　看门人告诉刘姥姥，"从这边绕到后街上后门上去问"。（第六回）荣府有后门通后街。

梨香院　梨香院在荣国府的东北角。薛家母子在梨香院住下，梨香院本是荣公暮年养静之所，小小巧巧，约有十余间房屋，前厅后舍俱全。另有一门通街，薛蟠家人就由此门出入。西南有一角门，通往一个南北走向的夹道，出夹道便是王夫人正房的东边。

至此，泱泱荣国府的全貌便呼之欲出。

大观园是曹公总结当时江南园林和帝王苑囿创作出来的人间仙境。它位于宁、荣二府的后半部分，充分利用荣国府的东大院和宁国府会芳园的西半侧合并而成。"旧园妙于翻建，自然古木繁花"，大观园正是利用现状园林院落进行的一项改造工程。各行匠役齐集后，先拆了宁府会芳园墙垣楼阁，直接入荣府东大院中，荣府东边所有下人一带群房尽已拆去。当日宁荣二宅，虽有一小巷界断不通，然这小巷亦系私地，并非官道，故可以连属。会芳园本是从北拐角墙下引来一股活水，今亦无烦再引，其山石树木虽不敷用，但其中竹树山石以及亭榭栏杆等物，皆可挪就前来。如此两处又甚近，凑来一处。这样既省时省力，又能充分利用现状条件因地制宜。

建造大观园后，荣国府出现的新建筑是贾母后院新盖的大花厅，其余部分并未有什么增减动作。这样，贾府建大观园后的总平面图 [1] 也就出来了。

[1] 关于贾府和大观园彼此建筑位置的详细考证，请参阅黄云皓：《图解红楼建筑意象》，中国建筑工业出版社，2006年版。

大观园

会芳园

天香楼下甬道

天香楼　逗蜂轩　凝曦阁

小戏野房

后门

园子的便门

临水之轩

凝曦轩

通外河之引水河

街

后

另有一门通街

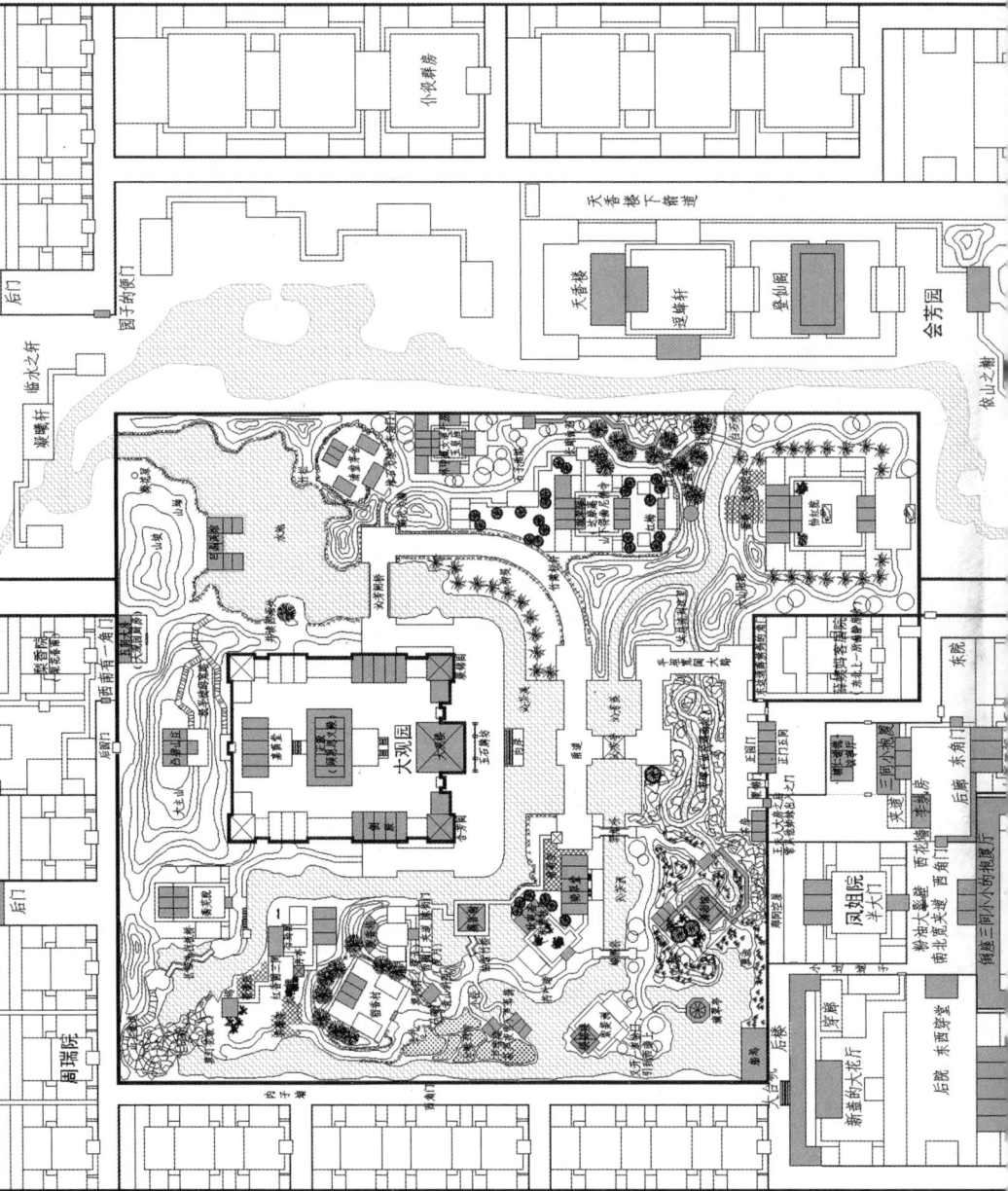

后门

后门

周瑞院

正殿（顾恩思义）

蘅芜院

凤姐院

半大门

内子墙

西角门

新盖的大花厅

后院　朱西穿堂

后厅

东角门

会芳园

依山之榭

贾府建大观园后平面图

尤氏院
仪门
贾蓉院
小书房
小瓷器房
马圈门
回

正堂
（五间大厅·王同悦夏）
抱厦门
内仪门
内三门
穿堂
内厅
大厅
暖阁
仪门
宁国府正院

丛绿堂
五间正殿
悬匾
月台
台石甬道
五间大门
黑油栅栏
贾氏宗祠

后街门
东角门
东门
西角门
正门
会芳园临街大门
二府之门相隔没有一箭之地
通外河之出水闸

私 巷

绣媛楼房
闹装嫂房
贾珍夫妻卧房
（梦顺贾蓉片）
三间小抱厦内

王夫人大院

荣禧堂后身
王夫人随分小憩处
一带家内女眷十余间房屋
正身五间上房地炕
三间耳房

五间大正房
（荣禧堂）
厢房
鹿顶耳房
内仪门
抱厦
荣国府大厅
角门
仪门
角门
穿堂
荣国府正院

贾母院
三层仪门
贾母外书房
南院马圈
井
回

黑油大门
二府之门相隔没有一箭之地
东角门
西角门
三间兽头大门
街
荣
宁
西南角门

贾母上房
小小的三间厅
贾母号房
穿堂
垂花门

宝玉外书房
（绛芸轩）

贾政外书房
李嬷嬷王
四个奶嬷家

一射之地

四合生威仪

黛玉是苏州人，样貌气质都是典型的江南美人儿，自幼见的也是典型的江南府邸风光，都是在"小"里做文章，一径精雕细琢下去，任是什么都能做出十分的玲珑精致来。待她只身前往《红楼梦》所在的北方都城时，风景就大有不同了，气魄和规模都是无边无际，什么都是"大"的，单是宁荣二府，就盘踞了大半条街去。待她扶着婆子的手，小心地穿过垂花门后，无论是否意识到，她已经穿行在这浩瀚都城里最典型的一座四合院里了。

后罩房 耳房

耳房 正房 东厢房

盝顶耳房

西厢房

盝顶耳房 穿堂 东厢房

抄手游廊

影壁

十字墙 大门

西厢房 垂花门

抄手游廊

十字门

倒座房

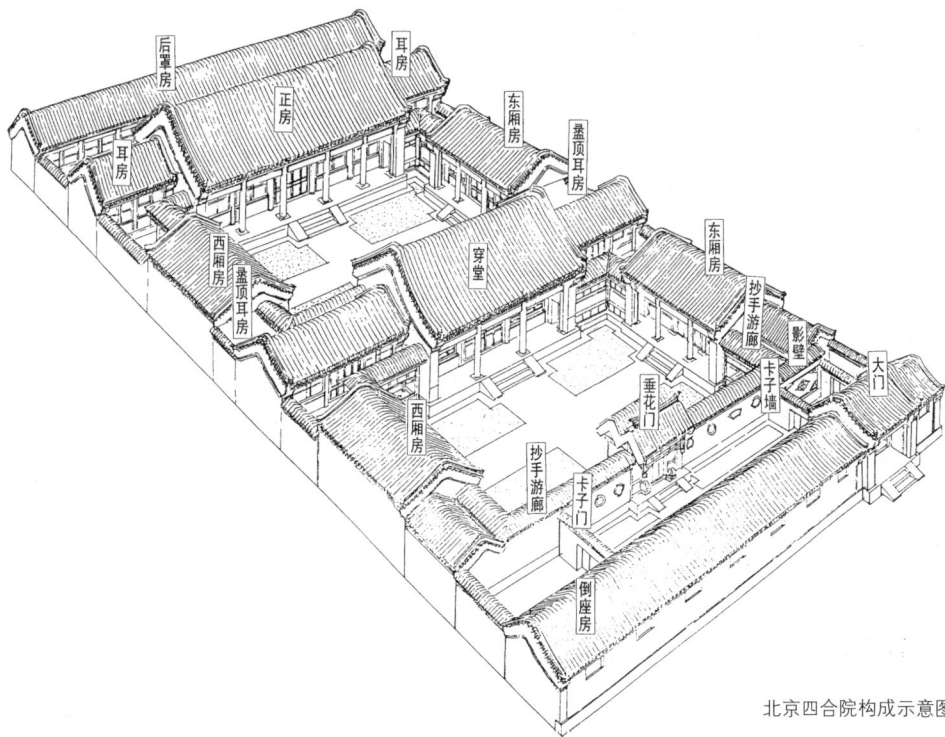

北京四合院构成示意图

典型的北京四合院

　　贾母院房屋高大，院落重叠，前廊后厦，抄手游廊、垂花门、影壁、槅断都十分讲究，院内有院，院外有园，院园相通，思路顺畅，条理清晰，没有任何拖泥带水。它以院落为核心，依照"外实内虚"的原则和"中轴对称"的格局，房屋院落布置规整明确，为两进四合院叠加而成，并且前有前庭，后有罩房。

前庭由南侧的垂花门与坐北朝南的穿堂构成，两侧是抄手游廊。宋代《事林广记》说："凡为宫室（此指宅院），必辨内外，……男治外事，女治内事，男子昼无故不处私室，妇人无故不窥中门。"这道中门便是贾母院前庭的垂花门。正中的穿堂里当地放着一个紫檀架子大理石的大插屏，遮挡住外界的视线，维持内部的和平清静。

过了穿堂，进入第一进院落，是小小的三间厅。厅后就是方阔的正房大院，正面五间上房，皆雕梁画栋，两边穿山游廊厢房，挂着各色鹦鹉、画眉等鸟雀。台矶上便是贾母院的正堂荣庆堂。

北面正房称"堂"，开间和进深都要比厢房大，体量也是整个贾母院里最大的。正房左右接出耳房，由尊者和长辈居住。这种一正房两耳房的布局称作"纱帽翅"。主院两侧各建东西厢房，俯首帖耳，顺从于正房的威仪，也多是后辈居住。正房、厢房都有前廊朝向院子，抄手游廊将其与垂花门连接上，因此沿着游廊便可以进入任意房间，雨雪天气最能见其好处。

这五间上房有后房门，通往后院，后院有一排罩房，可作居室，或为杂屋。后来建大观园时，又在后院之后加了一处大花厅，起了楼。从后院的东西穿堂穿过，就到了一条"南北宽夹道"，经由这条夹道，就可到凤姐院和王夫人院的后院了。

贾母院有格局，讲气派，重传统，庭院方阔舒展，尺度合宜，规制严整，一应俱全，院中莳花、植树、置石、列盆景，将自然风物吸纳进来，情趣丰足，自成一个小天地，宅墙封闭坚实，将喧扰隔离在外，在芯子里过宁静日常的生活。

后楼

新建大花厅

东西穿堂

两边穿山游廊厢房

正房大院

小的三间厅

当地放着一个檀架子大理石的大插屏

紫檀架子大理石的大插屏

垂花门

抄手游廊

抄手游廊

后楼	
新盖的大花厅	穿廊
后院	东西穿堂
五间上房 贾母院	
小小的 三间厅	
穿堂	
垂花门	

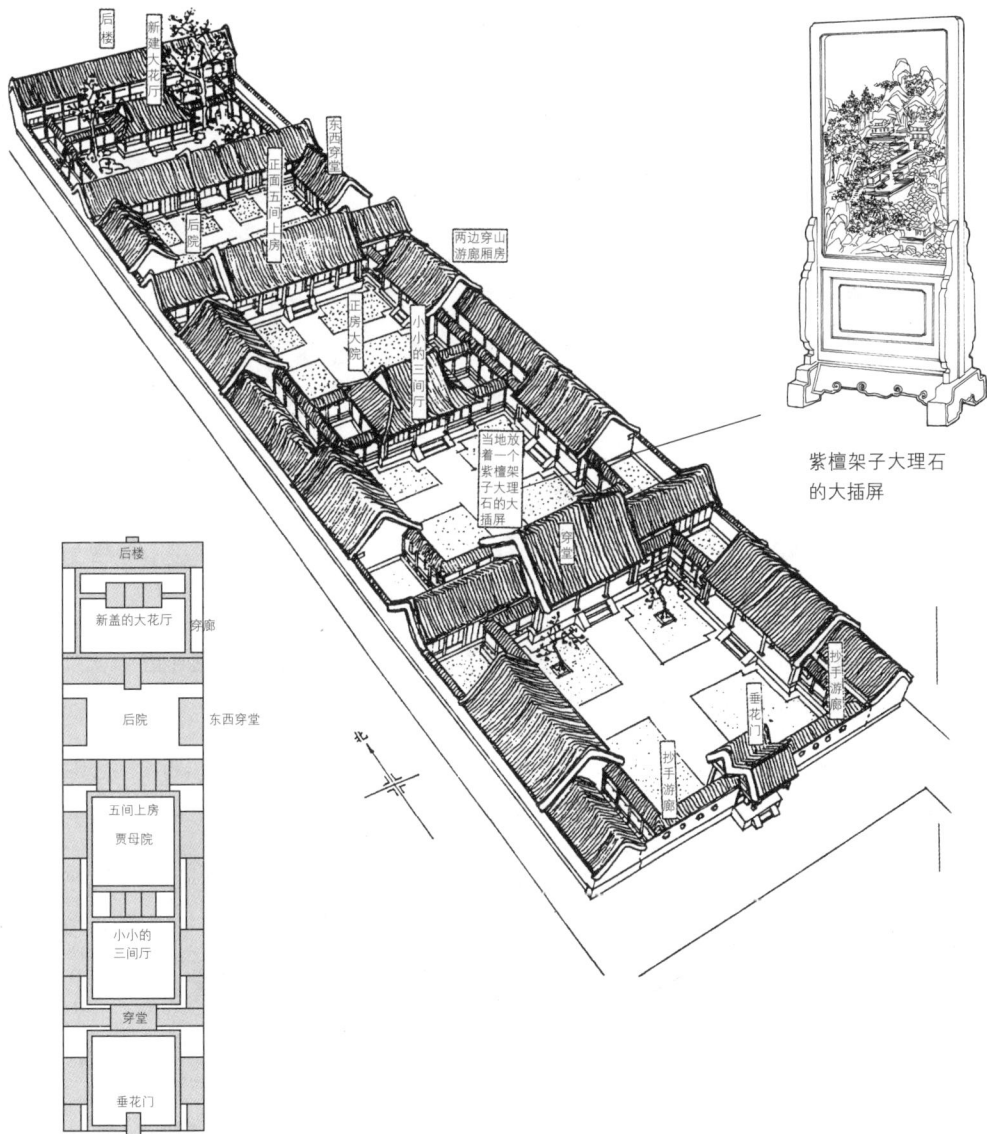

贾母院鸟瞰图及平面图

正堂的威仪

一般来讲，大家常以"三间房"来泛称房宅；"三间正房"是中国传统住宅的基本样式，一般指客厅、卧室、书房，暗合了"社会、自身、文化"三位一体的内涵。其中最主要的客厅即厅堂。因是正房，所以高度、开间、门窗等一律较厢房为大，更显开敞和亮堂。厅堂集多种用途于一体，家庭祭祀、社会喜庆、亲朋往来、长幼教谕、日常三餐等活动都在此处举行，因此它的室内陈设相对固定，风格端正、庄重，体现着社会性、公共性原则，和恒定规范的等级秩序，尤其注重对称格局和中庸气质，不仅是审美需求，更是道德上的追求。

贾母院的"五间正房"，都是在别人的眼中露出真容的。首先是透过黛玉之眼（第三回），只见贾母独坐在正面榻上，两边是四张空椅。为安排黛玉卧处时，贾母本欲将宝玉挪出来，同她在套间暖阁儿里，将黛玉暂安置在碧纱橱。宝玉认为住在碧纱橱外的床上很妥当，最后王嬷嬷与鹦哥陪侍黛玉在碧纱橱内住下了。宝玉之乳母李嬷嬷，并大丫鬟袭人陪侍在外面大床上。第三十九回又借刘姥姥之眼表现了正堂内景："只见满屋里珠围翠绕，花枝招展，并不知都系何人。只见一张榻上歪着一位老婆婆……"到第四十二回，有王太医来省视，"只见贾母穿着绉绸的一斗珠的羊皮褂子，端坐在榻上，两边四个未留头的小丫鬟都拿着蝇帚漱盂等物；又有五六个老嬷嬷雁翅摆在两旁，碧纱橱后隐隐约约有许多穿红着绿戴宝簪珠的人……王夫人和李纨、凤姐儿、宝钗姊妹等见大夫出去，方从橱后出来。"

这些散落各处的零碎描述，勾画出贾母正房的室内布局。西稍间有"套间暖阁儿"，

贾母室内格局示意图

是贾母的卧室。东稍间用碧纱橱与西侧房间隔断。碧纱橱内有床，原是宝玉卧室，后来腾给黛玉做卧房；碧纱橱外也有床，贾宝玉从碧纱橱移出来后作为临时卧室。正中明间最主要的陈设是一张罗汉床，即书中屡屡提到的"榻"，是指三面装有围栏不带床架的一种床，有大小之分，大的罗汉床可供坐卧，围栏多用小木做榫攒接而成，也有用三块整板做成。古人一般将其陈设于厅堂待客，中间放置一炕桌或几，两边铺设坐垫，典雅气派，形态庄重，是厅堂中十分讲究的家具。自唐至五代《韩熙载夜宴图》以至明清，绘画作品中屡见古人以榻或罗汉床为中心待客的场面。明清时这种礼仪已发展成熟，沉淀成固定格式，罗汉床也渐渐从素板到雕镂繁复，装饰性大大增强了。

可巧的是，黛玉、刘姥姥和王太医看的时候，贾母都坐在正房的榻上。此外，第

贾母上房明间陈设，榻位于正中

七十一回还写道："贾母高兴，又见今日无远亲，都是自己族中子侄辈，只便衣常妆出来，堂上受礼。当中独设一榻，引枕、靠背、脚踏俱全，自己歪在榻上。榻之前后左右，皆是一色的小矮凳。宝钗、宝琴、黛玉、湘云、迎春、探春、惜春姊妹等围绕。……贾母独见喜鸾和四姐儿生得又好，说话行事与众不同，心中喜欢，便命他两个也过来榻前同坐。宝玉却在榻上脚下与贾母捶腿。首席便是薛姨妈，下边两溜皆顺着房头辈数下去。帘外两廊都是族中男客，也依次而坐。先是那女客一起一起行礼，后方是男客行礼。贾母歪在榻上……"第七十五回"尤氏等遂辞了李纨，往贾母这边来。贾母歪在榻上，王夫人说甄家因何获罪，如今抄没了家产，回京治罪"等语。以上皆可见"榻"在贾母正房中的中心地位，说明了贾母身份和地位的尊荣，是贾府的最高权位者，暗示着她君临并俯瞰全府的声势。

　　贾母系贾代善之妻，出嫁前为金陵世家史侯的千金小姐，在贾家从重孙媳妇做起，一直做到自己有了重孙媳妇，这个自称"老废物"的史老太君，谈笑间稳稳控制着局势。有意思的是，贾母虽然高居榻上，却时常是"歪"在上面的，而不是正襟危坐，这一姿势和动作本身，深见贾母的性情。她不喜欢强势欺人，对刘姥姥有体恤贫老的意思，能欣赏黛玉、晴雯这样卓然不合群的人物，喜欢逗乐儿，愿意享受生活，熟知精致玩意儿和贵族生活的真谛，不偏执，不强求，从不无事生非，跟同来自史家的湘云颇有些相似之处，那便是胸怀间"光风霁月"。她虽处豪门，并不穷奢极欲，"凡百事情，我如今都自己减了"，有时也难得糊涂，深知抓放之间的学问。《红楼梦》里状写了许多可爱的女子，贾母虽年事已高，有威严，却依然是这些可爱女子中的一个。

　　贾母院上房正堂格局与苏州狮子林燕誉堂的女厅是一致的，尚有亲切融融的居家气氛，与荣国府正堂荣禧堂存在很大区别。荣禧堂是贾府中最规范的王府正堂，一切配置摆设都老老实实遵循着国家的意志和传统的习惯，没有任何逾越。第三回里，黛玉跟着嬷嬷去王夫人处，进入南大厅之后、仪门内的大院落里，上面五间大正房，两边厢房鹿顶耳房钻山，四通八达，轩昂壮丽。聪慧如黛玉，一望便知这才是正经的正内室，一条

罗汉床示意图

荣禧堂内景

大甬路，直接出大门的。进入堂屋中，抬头看见一个赤金九龙青地大匾，匾上写着斗大的三个字："荣禧堂"，后有一行小字"某年月日，书赐荣国公贾源"，又有"万几宸翰之宝"。大紫檀雕螭案上，设着三尺来高青绿古铜鼎，悬着待漏随朝墨龙大画，一边是金蜼彝，一边是玻璃䀉。地下两溜十六张楠木交椅。又有一副对联，乃乌木联牌，镶着錾银的字迹，道是："座上珠玑昭日月，堂前黼黻焕烟霞。"下面一行小字："同乡世教弟勋袭东安郡王穆莳拜手书。"

　　这些陈设是《红楼梦》的作者生活在清朝前期的力证。大厅上两溜十六张交椅虽已是固定性陈设，但还没有配套的茶几夹在两张椅子当中，到了晚清小说已比比皆是"八张椅子四个茶几"的摆设，那是乾隆以后清代厅堂的典型陈设格式。紫檀雕龙条案上设一米左右高的青铜古鼎，两边分别是金蜼彝、玻璃盉，上悬墨龙大画，见其气宇不凡。荣禧堂的尊贵、气派、荣耀在这几行陈设中淋漓尽现。荣禧堂是公务性的，是贾府勋章和荣誉证书式的建筑，它主要展示这个家族显赫的地位，布置陈设也都不依据个人意志，而是集中呈现国家赋予的威仪。

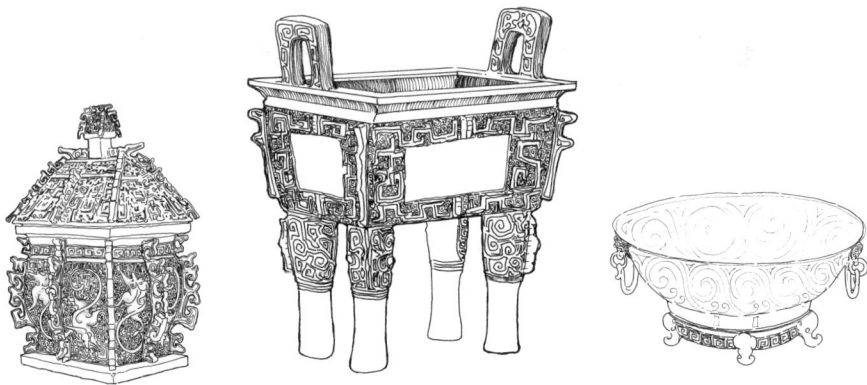

荣禧堂大紫檀雕螭案上陈设：
金蜼彝、三尺来高青绿古铜鼎、玻璃盉

帷房栖凤，也从容

　　王夫人携着黛玉沿着南北宽夹道往贾母院去，夹道北边立着一个粉油大影壁，后有一半大门，小小一所房室，便是凤姐儿院了。所谓"小小一所房室"，是相对贾母院、王夫人院而言，何尝真是小呢！一正两厢抄手游廊的小院，三间正房是贾琏和凤姐的会客室，西耳房是二人的卧室，东耳房是巧姐儿的卧房，西厢房是秋桐的住所，东厢房曾是尤二姐的住所。此外，还有二门、外书房、下房、账房、屋后空房、后楼等多处建筑，一应俱全。

　　刘姥姥第一次来府上，周瑞家的带她见凤姐儿。进得院来，上了正房台矶，堂屋上挂着猩红的毡帘。入了堂屋，屋子里熏着香，扑脸而来，刘姥姥不辨是何气味，身

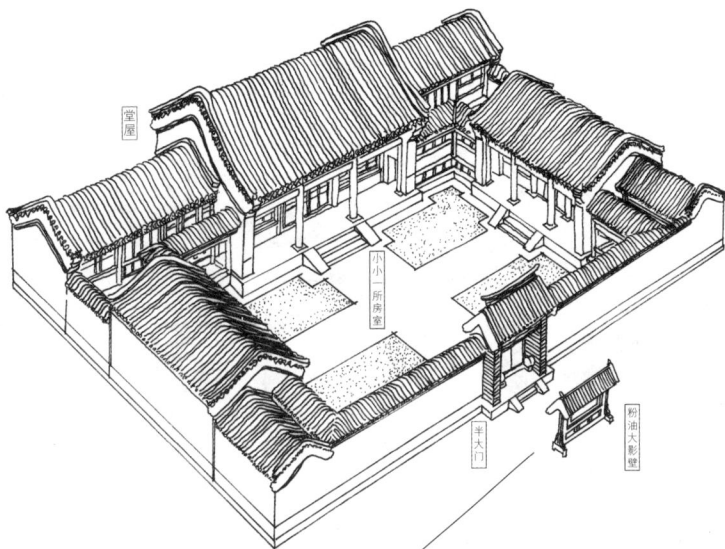

堂屋

小小一所房室

半大门

粉油大影壁

凤姐院鸟瞰图

粉油影壁及半大门

子如在云端里一般。满屋的金贵东西争相发出光芒，晃得她头晕目眩，唯点头咂嘴念佛而已。一根柱子上悬着个挂钟，这舶来的高级西洋货此时依旧是稀罕物，寻常富贵人家未必多见，刘姥姥更不认识，被它金钟铜磬般的报时声唬了一下。

东边耳房是贾琏的女儿大姐儿睡觉之所，有条炕，刘姥姥和板儿就坐在炕上，屏声侧耳默候着凤姐儿。

凤姐儿在西耳房歇卧。刘姥姥趋到门前，见门外錾铜钩上悬着大红撒花软帘，掀开

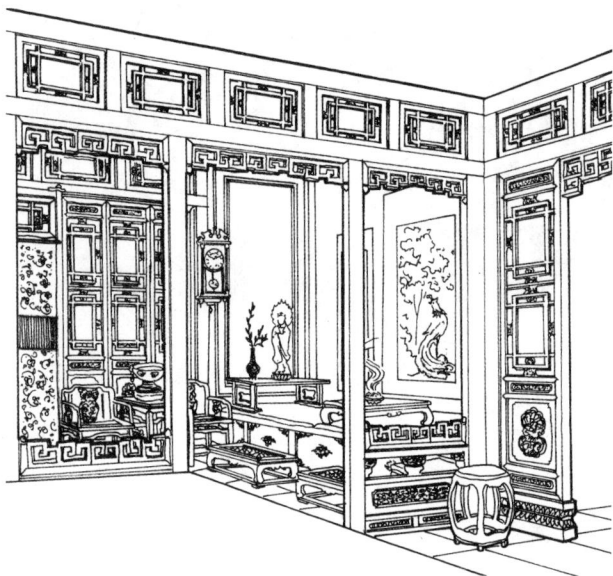

凤姐室内陈设。迎门的挂钟报时的声音唬了刘姥姥一跳

帘子进去，南窗下是炕，炕上大红毡条，靠东边板壁立着一个锁子锦靠背与一个引枕，铺着金心绿闪缎大坐褥，旁边有雕漆痰盒。凤姐儿带着秋板貂鼠昭君套，围着攒珠勒子，穿着桃红撒花袄，石青绉丝灰鼠披风，大红洋绉银鼠皮裙，在她都是很家常的装束。

因是卧室起居之地，陈设是家常的，富贵人家的家常，凤姐儿一身装扮是家常的，也是一种不费力气的随意的精心。即便是极力敛财的凤姐，即便是三万两说话也拿得出来的豪奢，卧室布置依旧是寻常富贵人家的气派，并无逾制越礼之处。"大红撒花软帘"与"金心绿闪缎坐褥"配在一起，是活泼的，明快的，游刃有余的自信。雕漆痰盒与手炉，也是隔着富贵的亲切，是贵族的寻常生活。

但又因有下人和外人在，惯会拿势的凤姐儿粉光脂艳，端端正正坐在那里，手内拿着小铜火箸儿拨手炉内的灰。这动作是略带些做作的，有点表演意味，凤姐儿习惯在他人面前摆出主子身段，何况她从来都是聚光灯下最耀眼的那个。虽然辈分不高，又是女流，但她总有能耐让自己成为众人目光的焦点，和一切行为的中心。贾府上下四百多口子人，上有三层公婆，中有无数叔嫂妯娌兄弟姐妹以至姨娘婢妾，下有一大群管家陪房奴仆丫鬟小厮等等，没有她打点不到算计不到的事，她有这本事和能耐。她的气场是强大的，甚至有裹挟性，总能轻易地就将自己推到最核心地带，虽然腹中无诗书理论，肯定比不得探春和宝钗，但她灵性好，悟性高，又有探春、宝钗所缺少的柔韧性和屈伸度，这些机巧在她那里只像是个玩意儿。黛玉刚与贾母和众姐妹会面，重头戏本在黛玉身上，但凤姐儿一来，一切都变了，黛玉不见了，一边成了陪衬，光芒都落在凤姐儿身上，她是这样新鲜生猛，势不可当，让这场见面这样好看，有趣，有波澜，有高潮。等她退下，宝黛终于相见，本应是最重要最有分量的这次相见，也因凤姐儿在此前光辉万丈的出场，变得疲沓平淡，削弱了好些震撼力。

在刘姥姥这些穷亲戚跟前，她的话说得滴水不漏，听着是自责，也是自矜的自责，哪儿不熨帖的，几个字眼就都抚平了，还都是她的理儿，没有亏欠的地方，由不得人说不是。完了打发他们二十两银子，双方都觉得合适极了。凤姐儿的巧舌如簧，《红楼梦》里没人比得上。她不是锦心绣口，没那么些个虚文，她都是实际的逻辑，编排得也跟绣花似的细密完美，挑不出错来。她那耀眼的光里，有五分是来自这张嘴。待人们都退去了，她也就任由这光环被人们带出帘外，她不那么需要它了。能够跟自己一个人呆一会儿，她就慵懒地歪在这炕上，成为也会撒娇、也会耍蛮、也会生病的一个普通女人。

她并非不爱丈夫贾琏，只是更爱嘴上逞强罢了。这西耳房中的一床一炕，都晓得她心上那些思妇、怨妇的痕印。贾琏送黛玉回苏州，她空闺寂寞，"心中实在无趣，每到晚间，不过和平儿说笑一回，就胡乱睡了"。有时睡下了，还要和平儿屈指算贾琏到了何处（第十三回）。孤立起来看，这些动作和行为像是从"三言""二拍"的市井红尘里头摘出来的，不像是凤姐儿做得出的。中间贾琏打发昭儿回来报信，凤姐当着人面未及细问贾琏，心中自是记挂，少不得耐到晚上回来，复令昭儿进来，细问一路平安信息。连夜打点冬衣，又细细追想所需何物，还千叮咛万嘱咐，要昭儿在外好生小心服侍，不要惹二爷生气，劝他少喝酒，当然了，更重要的是不要勾引他认识那些混账老婆。这都是寻常良家女人的处事，待贾琏回来，凤姐心下十分欢喜，用那套她并不十分熟悉的文绉绉的官场客套话开起了玩笑："国舅老爷大喜！国舅老爷一路风尘辛苦。小的听见昨日的头起报马来报，说今日大驾归府，略预备了一杯水酒掸尘，不知赐光谬领否？"居然有声有色，趣味盎然。贾琏说起遇到香菱，夸其美貌，凤姐儿并未醋意大发，只笑话他自苏杭归来，"也该见些世面了，还是这么眼馋肚饱的。你要爱他，不值什么，我去拿平儿换了他来如何？"接着便称赞香菱模样、人品出众，一般的小姐也比不上她，只可惜命蹇时乖，遇人不淑。

　　人都是多面体，凤姐儿也有许多可贵的、美好的品质，在不信因果报应的她的身上，这些出自本心的品质就更难能可贵。她一面是"机关算计太聪明"的"胭脂虎"，精明强悍，很有些整治大局的手段；另一面也有体恤疼人的心意，考虑周详，依然保留着女子的细腻和真诚。第五十一回，凤姐儿建议在大观园单独设立小厨房，理由是冬天冷风朔气的，"第一林妹妹如何禁得住？就连宝兄弟也禁不住，何况众位姑娘"。这话出来，不仅贾母激赏，薛姨妈、李纨、尤氏等也都齐笑赞她："真个少有。别人不过是礼上面子情儿，实在他是真疼小叔子小姑子。就是老太太跟前，也是真孝顺。"袭人回家，她送些够排场的衣服给她撑门面；又因热孝在身，袭人未去伺候贾母生日，凤姐儿也替她圆了谎。固然可能有些笼络的企图，但更多是出自她的真心。王善保家的在王夫人面前陷害晴雯，王夫人质问凤姐儿，凤姐儿却说忘了那日的事，不敢乱说，则明摆是在保护晴雯了。

她的逞弄威权、杀伐决断也并不都是凶狠残酷的，有些倒是场面和形势下不得不演出这么一场；凤姐儿当然知道自己因此得罪很多人，下人兴儿形容她"嘴甜心苦，两面三刀，上头一脸笑，脚下使绊子，明是一盆火，暗是一把刀"，有客观性，但也有受压迫者的偏颇。管理的事务如此繁琐，偏又要逞强不肯示弱，操持太用力，凤姐儿除了落了些钱财，更落了一身的病，终于病倒在了床上。这小小房舍贴护着她的病体，卸下了她坚硬的外壳，这个可以翻云覆雨的强势女人，在床榻之上说出了她的肺腑之言："你知道，我这几年生了多少省俭的法子，一家子大约也没个不背地里恨我的。我如今也是骑上老虎了。……多省俭了，外人又笑话，老太太、太太也受委屈，家下人也抱怨刻薄；若不趁早料理省俭之计，再几年就都赔尽了。"凤姐儿是有眼光和会筹划的，在一窝子废物男人的贾府里，这些话说出来，每一个字既是精明，又都是实打实的辛酸。

可惜凤姐儿终不是流连于床帏之间绣花、教子、相夫的普通女人。纵然这西耳房自有小小的安全和温暖，却不能吸引凤姐儿从外头的风暴里回来。当凤姐儿躺在大牢铺着破凉席的砖炕上即将死去的时候，最后一线回光返照里，她尖声唤着巧姐儿的名，也许会梦到一个诡异的场景：就在并不是很久以前，她在珠光耀眼的东耳房里，抱着巧姐儿金丝银缕的襁褓，哼着儿歌，听见钟声敲响了八九下，看见满面春风的自己正被人前簇后拥着从外面大步踏进堂屋里。

绣阁繁华歇，
忍见可卿风月

宝玉随贾母到宁国府玩，累了要睡觉，秦可卿先带他到一间挂着《燃藜图》[1] 的房间。宝玉素来讨厌这些仕途经济的玩意儿，又看见"世事洞明皆学问，人情练达即文章"的对联，抬腿就走。秦可卿会意，便将宝玉带到了自己卧房。这房间，像是一座悬浮于半空的绰约之城，云山雾罩，不能确定里面到底有些什么，因为都是各种精致而浮夸的譬喻，不能较真儿的，但这些譬喻都罩着一层鼓胀着的外壳，叫作"欲望"。它们都在炫耀自己，互相冲撞，

[1]《燃藜图》乃是神仙劝人勤学苦读的画轴，《刘向别传》载：汉代刘向在黑夜里独坐诵书，来了一个神人，手持青藜杖，吹杖头出火照着他，教给他许多古书。此图有督促和鞭策学子奋发读书的意思。

天香楼意象图

时而又谦恭着互相映衬，激荡出这座城逼人的光芒，也召唤来它过早陨落的命运。

　　刚到房门，便有一股细细的甜香袭来。这"细细的甜香"是房间里日常熏的香，是媚人的，妖娆的，酥软的，也暗示了秦可卿正是一种"甜"香，是极其感官的，欲望的。宝玉果然登时就眼饧骨软，浑身都懈了下来。

　　墙壁上挂了幅唐伯虎的《海棠春睡图》，画的是杨贵妃醉酒，唐明皇曾用"海棠春睡"形容杨贵妃醉时花枝披拂的媚态。唐伯虎是否有《海棠春睡图》，从未有人见过，也无人能证实，但唐伯虎向来以风流倜傥闻名于世，招摇至今，他画过极多不俗的仕女图以及大量的春宫艳画。他有首题写海棠美人图的诗，云："褪尽东风满面妆，可怜蝶粉与蜂狂。自今意思谁能说，一片春心付海棠。"笔锋直露，写尽蝶浪蜂狂的暧昧和春情，曹公假借其名其诗幻成此图，意图昭然。

《海棠春睡图》两边是宋学士秦太虚的对联："嫩寒锁梦因春冷，芳气笼人是酒香"。秦太虚指宋代词人秦观，他常混迹于风月场，词里多是小儿女的情爱离愁。秦观作品中并无此对联，自然又是曹公强拉古人诉一己衷肠，对联中的字眼和意境都很含蓄，仿佛只是在说些不相干的事物，但揭开这事物若有若无的遮挡，后面赫然是男欢女爱的场景。脂批曰："艳极，淫极，已入梦境矣。"不过，哪里是真，哪里又是梦？

可卿卧室中可能有一条案，案上置着镜子、金盘等寻常的闺阁摆设，有卧榻一张，锦帐悬垂。但在曹公笔下，这些摆设都激荡着按捺不住的欲望，样样都是孽情的见证，没有哪一个是清白的。它们是道具，是无声的却表演夸张的演员，替曹公演绎那些他本人无法明说的话。镜子纵然无辜，因与"武则天当日镜室中设的宝镜"扣搭，不能不格外可疑。唐高宗曾造"镜殿"，四壁都是镜子，武则天与其面首就在此处秽乱春宫。杨铁有诗云："镜殿青春秘戏多，玉肌相照影相摩。六郎酣战明空笑，队队鸳鸯浴锦波。"秘戏之能事毕矣。此间的春宫秘戏已是淫乱的巅峰，曹公将它搬到这里，含义再明了不过了。秦可卿其人其事，借小小一枚镜子，一切尽在不言中了。

金盘是"飞燕立着舞过的"，"盘内盛着安禄山掷过伤了太真乳的木瓜"，这些东西附会在过于耀眼和辉煌的来历上，让秦可卿既美且艳，光芒不输给任何一位倾国倾城貌，而传闻本身负载的暧昧和淫靡已然饱和，让秦可卿与她们一样为过盛的欲望所牵绊

秦可卿房中陈设

和征服。

　　卧榻是"寿阳公主于含章殿下卧的榻，悬的是同昌公主制的连珠帐"，奢华尽见。揭开这珍珠编成的帐子，榻上卷着"西子浣过的纱衾"，"红娘抱过的鸳枕"，在明传奇《浣纱记》中，西施浣纱时与范蠡定下终身；在元杂剧《西厢记》里，红娘抱着鸳枕，送莺莺与张生偷期幽会。"纱衾"和"鸳枕"本身就有贴身的私密性，经由文学作品的晕染和放大，愈发与香艳和风月不能分离了。

曹公动用了那些最与风月相关的典故、材料和物件，再怎么奢靡也好，放荡也好，都镶嵌在秦可卿的卧房里，非要将此处写成古今第一香艳奢靡之地似的。脂砚斋点出这些描写是"设譬调侃耳，若真以为然，则又被作者瞒过"，即秦可卿房间这些布置，都是虚构和想象的结果，纵然实有，也是调侃和夸张的笔墨，并不能当真的。这样密集辐辏的譬喻调侃，果然使秦可卿房间成为红楼里最淫逸、奢靡、美艳的所在，它萃聚了贾府的精华和糟粕，是最能说明贾府的，也最能说明"满纸荒唐言"背后的大荒唐。

秦可卿虽名列十二钗中最后一钗，却是最先香消玉殒的，是十二钗里唯一获得完整明确的结局的人。她在第十三回里便如惊鸿一般完成了谢幕，而此时，曹公的红楼故事才刚刚展开，更多的峥嵘还在后面等待绽露。只是，秦可卿的身世和故事非但没有因此而明了，反因曹公的欲说还休，欲藏还露，更加混乱地陷入破绽和迷局里。

就如她的卧室所透露出的，她的人生也充满了迷离和香艳的气味：因其香艳糜乱，乱了纲纪礼法，为世所不容，曹公为亲者讳，笔下便若即若离；但曹公自己也不忍湮没真相，湮没他童年记忆中这样美好的一个女子，便又在许多暗处埋下伏笔和线索。这样彼此冲撞下来，秦可卿成了这雾里的花，迄今也没谁敢说看明白了。

显隐两副笔墨里，出来了两个秦可卿。正面笔触没有污点，可谓尽善尽美：她是秦业从养生堂抱来的养女，小名可儿，官名兼美，后嫁给宁府贾蓉为妻。姿容和气质是极其出色的，以至曹公不吝将宝钗和黛玉的双美都赐予她一人：其鲜艳妩媚，有似宝钗，风流袅娜，则又如黛玉。可卿不仅生得袅娜纤巧，而且性格极好，温柔和平，博得贾府上下一致称赞，贾母便认为她是个"极妥当的人"，难得婆婆尤氏评价更高，说"这么个模样儿，这么个性情的人儿，打着灯笼也没地方找去"。而隐笔中藏着的秦可卿，才是这道判词"擅风情，秉月貌，便是败家的根本。箕裘颓堕皆从敬，家事消亡首罪宁。宿孽总因情！"所感慨和反思的对象，仿佛在指责她身体成为欲望的渊薮，从此开启了贾府走向堕落的第一道门。曹公悲金悼玉，对人物都怀着慈悲和疼爱，这种指责可以说是极其严厉的。

但曹公实在是太矛盾了，他不知道该怎样处理这位曾经带给他青春启蒙的女子。红楼十二钗里，可卿是独一份儿，既为他所"意淫"所膜拜，又很可能跟他有过肌肤之亲。这是不同寻常的经验，也许这份受挫的爱情，成了他心底一块去不掉的纠结。他既爱她也惜她，爱她美貌风情、才华横溢，惜她不能有节操和自制，最终以自缢收场，这"惜"里，也许还掺杂一些哀怨和愤怒。他在两副笔墨里都不能落定，任何一方都是他不能完全赞同的，"宿孽总因情"更像是无可奈何花落去的叹息。情而为孽，先是"情"，才是"孽"，"孽"是这情不合礼数，不合正统。既定义为"情"，而不是皮肤淫滥的"非情"，秦可卿很可能与贾珍之间是一种爱情，只是这情显然是乱伦的，为人所不齿的，然而他们按捺不了燃烧的欲望，便到处偷情，会芳园里天香楼、逗蜂轩都是他们偷情的地点。在正统人眼里，这乱伦的爱是不能被接受的，因此解读出的秦可卿要么是贾珍淫欲的牺牲品，要么就是狐媚勾引的淫妇。换言之，偷情若是秦可卿的主动行为，便是无耻淫荡，若是被动行为，便是被迫可怜，总之绝不能接受两人之间萌发爱情的可能。只是，为什么不呢？可卿深知这爱的罪恶，爱时虽然投入，却不能摆脱这负罪感，所以一旦暴露即自缢而亡。贾珍虽寻花问柳，不是什么好人，却未负可卿，哀毁骨立不说，又破罐子破摔一般，顽固地为她举行了逾制越礼的葬礼。

　　曹公的两副笔墨下，秦可卿便是这样的矛盾。看上去温柔敦厚，合乎礼教道德，心却是不安分的，带着些侥幸和冒险的大胆，冲到禁忌的外围试探深浅，管不住这副身体。她香艳暧昧的卧室布置，在情与欲之间，折射了这青春少妇心思的端倪。

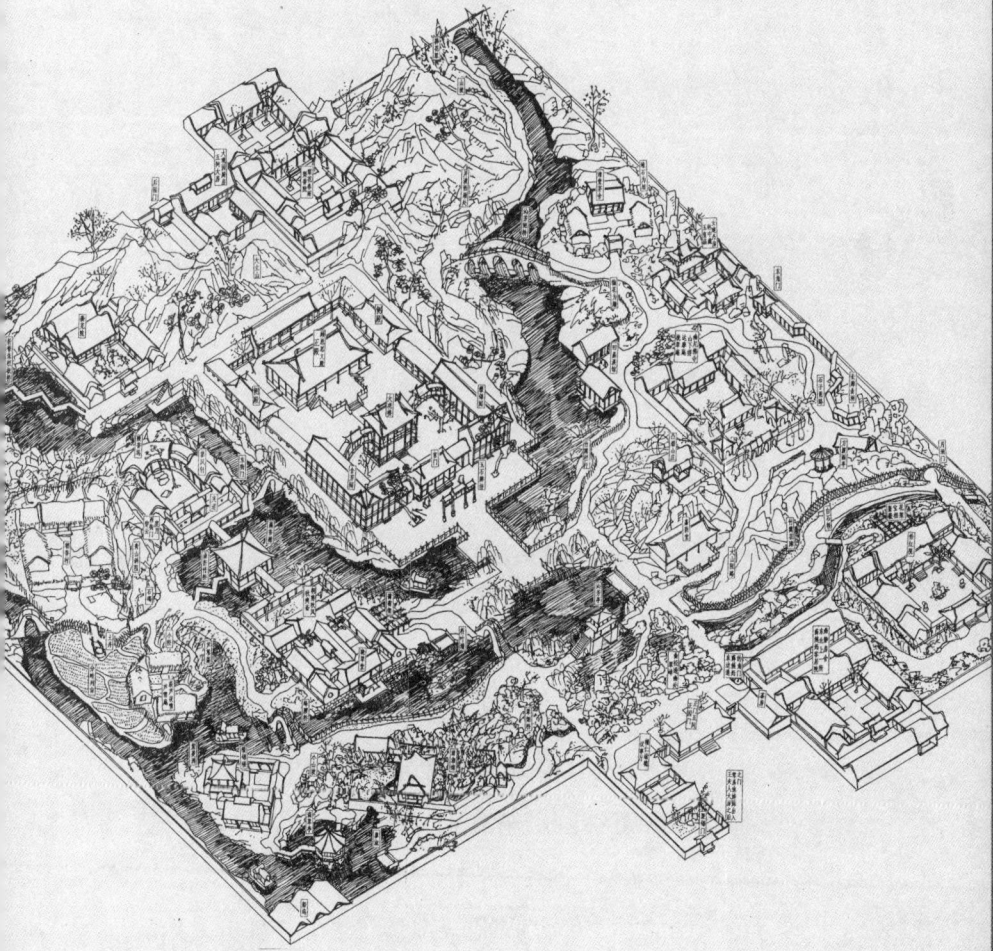

大观园

红尘仙境

衔山抱水建来精，多少工夫筑始成。

天上人间诸景备，芳园应锡大观名。

——元春题诗大观园

　　大观园，是红楼女儿们的栖止之所，是红楼故事演进不可或缺的环境。"开辟鸿蒙，谁为情种？都只为风月情浓。"这怀金悼玉的红楼一梦，正是在大观园中上演；它正是红尘之中"警幻仙境"。当然，它撷取了江南文人园林与皇家苑囿的优长，具有丰厚的现实质素和原料，同时，它更是想象性的建构，充斥着无数华丽意象，各自禀赋无限丰富的意义——是以，相对于有着严格制度特征的荣宁二府，它更活泼，更曼妙，更闲在，也更虚幻。有人说，大观园"假中有真，真中有假。是虚构，亦有作者曾见之实物。是实物，又有参与作者之虚构"。真假虚实之上，到处是深情和理想性，所以黛玉说它更是"仙境别红尘"之上的造物。

厅、堂、楼、阁、轩、馆、亭、苑、斋、榭、庵、庙……大观园中包罗万象，几乎囊括了中国古代所有的建筑名目，而这些锦绣池阁、山情水致、木影花荫，并不是为了文人散客的观赏所建，而是都安排给了他心爱的女子们一一居住，将一园子的好景色一股脑地交付女子们，真真是"满庭芳"了。与此同时，大观园也不单纯是背景，不是孤立于人物之外的客观环境，而是《红楼梦》一书里重要的角色，它的生长荣枯，是与人物的命运紧相关联的，譬如怡红院中那棵本已枯死却又突然开花的海棠树，就是大观园在以自己的意志昭示人物的命运。大观园的意趣主旨，全在人心和命运。两者往复参照，才能真正窥见曹雪芹造园的隐恻的深意和苦心。

大观园各处景观的设置和安排，全依人物性情、命运而来的，虽有居住和游赏的实际功用，其实却是各自主人的自身，丝毫不能换位和错置的，秋爽斋只可能是探春的，不会是宝钗的，而蘅芜苑也断断不会是黛玉的选择。各宅院与自己的主人一起啼笑歌哭，一起呼吸生长，主人得园子毓秀，园子得主人生息，两厢紧裹密贴，合得很紧，竟至于一荣俱荣，一损俱损：黛玉一院子的翠竹一度是"凤尾森森，龙吟细细"，待黛玉香消玉殒，满院子都只是落叶萧萧寒烟漠漠了。

悲欢离合总关情，大观园见证并参与着十二钗的歌哭爱恨。在仔细地探讨各个院落的特质之前，我们先来看一下大观园总体的意境。

名园筑何处

元春册封为妃，成为一宫之主，宁荣二府上下里外，莫不欣然踊跃，言笑鼎沸不绝。适逢皇恩浩荡，下旨说："凡有重宇别院之家，可以驻跸关防之外，不妨启请内廷鸾舆入其私第，庶可略尽骨肉私情，天伦中之至性。"（第十六回）为了迎接贾妃省亲，贾府开始着手营建别院行宫，于是有了这座红尘中的仙境园林——大观园。

> 从东边一带，借着东府里花园起，转至北边，一共丈量准了，三里半大，可以盖造省亲别院了……先令匠人拆宁府会芳园墙垣楼门，直接入荣府东大院中。荣府东边所有下人一带群房尽已拆去。当日宁荣二宅，虽有一小巷界断不通，然这小巷亦系私地，并非官道，故可以连属。会芳园本是从北拐角墙下引来一股活水，今亦无烦再引。其山石树木虽不敷用，贾赦住的乃是荣府旧园，其中竹树山石以及亭榭栏杆等物，皆可挪就前来。（第十六回）

由是可知，大观园位于宁、荣二府的后半部分，是将荣国府的东大院和宁国府的会芳园的西半侧合并而成。第二回贾雨村和冷子兴曾提起贾家花园："……就是后边一带花园里面树木山石，也还都有葱蔚洇润之气……"这花园可能就是指会芳园。计成《园冶》中说"旧园妙于翻建，自然古木繁花"，大观园正是裁夺取舍了现有的园林院落进行的一项改造工程。这样做既省时、省力、省钱，也能充分利用现状条件，因地制宜，巧妙构思。

大观园给我们的，是一种气势磅礴、景象万千的感受，但己卯本脂批云："诸钗所居之处，若稻香村、潇湘馆、怡红院、秋爽斋、蘅芜苑等，都相隔不远，究竟只在一隅"，实因作者的生花妙笔，玲珑巧思，"处置得巧妙，使人见其千丘万壑，恍然不知所穷。所谓会心处不在乎远大，一山一水、一木一石，全在人之穿插布置耳"。是以所谓的"三里半"大，是指大观园周边之总长为三里半，大观园并非广阔无边的超大型园林。

一时间，堆山凿池，起楼阁，种花竹，贾府格外热闹，不知历几何时，"园内工程俱已告竣"（第十七回）。

添来景物新

大观园使用的是园林最基本的构成元素：一是山水，包括假山、峰石和泉溪水池；二是花木，园中杂花生树，草长莺飞，以及彼此依存的鸟兽虫鱼；三是建筑，诸如楼台馆阁，游廊水榭。难在其间的穿插布置要能够"大中见小，小中见大，虚中有实，实中有虚，或藏或露，或浅或深"，能够彼此巧于因借，体宜俱精，虽由人作，宛自天开，在有限空间内营造出无穷繁复的美感，使人前后左右，俯仰顾盼，皆有不同景致。陈从周概括说："园之佳者，如诗之绝句、词之小令，皆以少胜多，有不尽之意。"曹雪芹遵循着这些明晰而结实的园林准则，以满纸的烟云笔墨构筑了一座衔山抱水、繁华胜景的旷世奇园，其间叠山流泉，佳木繁荫，风流云集，咫尺天地自有无边光景。

一进园子正门，便见"一带翠嶂挡在面前"，翠嶂上藤萝掩映，露出羊肠小道，既是遮挡，勾起探访的兴致和好奇，又是邀约，里面还有万千精奇。出潇湘馆有"青山斜阻"，"转过山怀"才"隐隐"看到稻香村的矮墙，相隔并不远的两处宅院，却像隔着千重万重，别是两种不同的景象和风味。出了稻香村，"转过山坡"，"穿花度柳，抚石依泉，过了荼䕷架，再入木香棚，越牡丹亭，度芍药圃，入蔷薇院，出芭蕉坞"，一路盘旋曲折，无不入胜，后至蓼汀花溆，再从山上"攀藤抚树"而去，见水"溶溶荡荡，曲折萦迂"，其深美自不待言，出怡红院，"转过花障，则见清溪前阻"，"大山阻路"，竟疑无路前行，"直由山脚边忽一转"，便"豁然大门前见"，却才是柳暗花明。一路行去，处处景观各具面目，神情绝不雷同，"相隔咫尺而风格意趣迥异，真如人行山阴道上，目不暇接，偌大景致，万千气象，竟无一重复之笔"。莫要说在其间行走，便是画出它来，"非离了肚子里头有几幅丘壑的"恐不能够，非大手笔焉能至此气象。

大观园中的蜂腰桥

园林是将画搬到现实里来，将水墨与工笔的意致，用山石砖瓦来实现，它是从"无"中生出"有"，还要这"有"包举大观，妙合神境。大观园既充满自然之美，也富有田园意趣。它所寻求的纯粹和本真，和远离尘嚣、鱼跃鸢飞的生命境界，在这里已然达成。

　　大观园是雅致而素朴的，自然是"既雕既琢"之后的素朴，合乎文人隐逸山水的意趣。一山一水，一草一木，参乎造化，妙合自然，其山连余脉，"借得山川秀"，又引一脉活水入园，园中草木繁茂，尽得山野之趣。潇湘馆"一带粉垣"，"数楹修舍，有千百竿翠竹遮映"，"若能月夜坐此窗下读书，不枉虚生一世"。蘅芜苑中异草芬芳，"更比前几处清雅不同"，"此轩中煮茶操琴，亦不必再焚名香矣"。读书，作画，煮茶，操琴，焚香，这都是文人士大夫的精致生活，而且必须发生在清幽天然的环境里。大观园中除省亲别墅是皇家体制，金辉珠光，怡红院内部略显奢靡堂皇外，其他都是清淡幽雅的。大观园正门"五间，上面桶瓦泥鳅脊；那门栏窗槅，皆是细雕新鲜花样，并无朱粉涂饰；一色水磨群墙，下面白石台矶，凿成西番草花样。左右一望，皆雪白粉墙，下面虎皮石，随势砌去，果然不落富丽俗套"。怡红院外"粉墙环护"，蘅芜苑"一色水磨砖墙"，围护着"清凉瓦舍"，都尽得文人风流。所谓"画栋雕梁，徒眩眼目。竹篱茅舍，引人遐思"，正是此理。

　　大观园中亦有文人的田园理想。稻香村"一带黄泥筑就矮墙，墙头皆用稻茎掩护……里面数楹茅屋"，"里面纸窗木榻，富贵气象一洗皆尽"，外面则有桑、榆、槿、柘等树木，两溜青篱。篱外山坡有一土井，下面分畦列亩，"佳蔬菜花，漫然无际"。贾政笑道："……未免勾引起我归农之意。"又有芦雪庵，"盖在傍山临水河滩之上，一带几间，茅檐土

稻香村

壁，推窗便可垂钓，四面都是芦苇掩覆"。归农渔隐之趣，尽在大观园中。

穿花寻路访芳园

大观园落成，"园成景备特精奇"（迎春），以至于"精妙一时言不出"（探春），惜春也只能以"园修日月光辉里，景夺文章造化功"这样极虚的字眼儿含糊论之。正因无可形容其美，正面的描写又可能会落入游园指南这样的俗滥，所以曹雪芹安排了两次全局性的大观园景观展览。

第一次在第十七回"大观园试才题对额"，贾政在宝玉和清客等人的陪同下从大观园正门进入，经过翠嶂、沁芳亭、潇湘馆、稻香村、蘅芜苑、顾恩思义殿、沁芳闸、怡红院等园中主要建筑群，基本围着大观园转了一圈。但大观园此时还只是一个物理性的存在，可圈可点的不过是自然的景观。[1]

第四十二回则是刘姥姥二进荣国府，此时大观园中已住进了宝玉与诸钗。贾母亲自带刘姥姥到处游览，众人作陪。一行人在潇湘馆小憩，在秋爽斋进餐，坐船观景，去蘅芜苑，至缀锦阁、藕香榭，又到栊翠庵品茶，刘姥姥最后还误入了光彩迷离的怡红院。这样，许多建筑群的内部格局得到更细致更透彻的呈现，大观园更丰富更深邃的人文景观和生活景象展现在我们面前。[2]

---

[1] "大观园试才题对额"路线图，详见"附录：图解红楼"。
[2] 刘姥姥二进荣国府的路线图，以及"荣国府归省庆元宵""琉璃世界白雪红梅""惑奸谗抄检大观园"路线图，详见"附录：图解红楼"。

通外河之引水河

后　　街

另有一门通街

后门

梨花

梨香院
（梨花春雨）

周端院

后园门

西南有一门

西南有一角门

五间大房
（大观园厨房）

山士蜡道

葬花冢

大主山

凸碧山庄

山坳

石洞

折带朱栏板桥

蘅芜苑

补平顺的观路

山脉

翠汀花溏

藕香榭

省亲别墅

四晶溪馆

内子墙

红香圃三间小敞厅

嘉荫堂

凿石为道

正殿
（顾恩思义殿）

省亲别墅

水溏

清堂茅舍

秋千

芍药圃

配殿

配殿

缀锦

妙玉方庵

东角门

稻香村

暖香坞

本香圃丛芳亭

缀锦阁

开读西厢处

五间两栖

林中曲径丹桥
玉皇庙

西门内夹道（东街门）
（云）

含芳阁

大观楼

耳房

沁芳闸桥

土井

有稻

西角门

玉石牌坊

竹篱
茅杆

长廊曲洞

分畦列亩

小径

内岸

榛苗

折带竹桥

茨菇椎

沁芳溪

山下栊翠庵尼庵
拢翠庵（达摩庵）

芦雪庵
莳穑亲牧

许叶渡

晓翠堂

山环绕南

红梅

山门

藕香

渡翠亭

紫菱洲

蜂腰桥

沁芳溪

翠烟桥

沁芳亭

沁芳溪

山石崎

又开一道谷口，引到西山上

翠溪

渡翠亭

平坦宽阔大路

花溪石洞处

红香圃到这里

船坞

月洞门

白石桥

大山阻路

大山阻路

梁桥（曲径通幽处）

大合铺

后楼

穿廊

那间空屋

王夫人大房之后
常系随姊妹出入之门

正园门

东边通薛姨妈
的角门

当意全相花笑

怡红院

新盖的大花厅

凤姐院

半大门

正门五间

薛姨妈客居院
（东北上一所曲静房舍）

东西穿堂

后院

逾道大影壁
南北宽夹道

西花墙

西角门

李纨院

议事厅
"辅仁谕德"

三间小抱厦

夹道

东角门

东院

大观园总平面图

会芳园

此外大观园还有三次局部性的呈现，分别是在第十八回"荣国府归省庆元宵"、第四十九回"琉璃世界白雪红梅"、第七十四回"惑奸谗抄检大观园"，间或对各处风景有些细致描述，但大观园各景致的空间位置和相互关系则已呼之欲出，展现出一个相对完整的大观园布局。

综合这些文字表述，对各景点进行整合分析，可以知晓大观园的布局特点：

第一，同类景点集中布置。在大观园中有不少建筑物和景点是以"翠"为主题的，如翠烟桥、晓翠堂、滴翠亭等，且都在潇湘馆的附近，因潇湘馆遍植翠竹，这些以"翠"为主题的景点建筑必是以此为借景而命名的。又比如，稻香村是以田园自然风光为其置景特点，芦雪庵、萝岗石洞也是以自然景色为主，因此这类景点就应该成片相对集中，方体现景物之间相互因借的关系。这样布局的好处就是，景点主题突出，景色成片出现，完整而不散落。经过分析，大观园景区大致分为以"翠"为主题的景区、田园风光景区、植物园景区、赏月景区、寺庙景区五个景区。

第二，以沁芳溪为主脉，沿河布置诸钗各院落，这是宝玉"女儿是水做的骨肉"最直接的表征。沿河布置的院落有潇湘馆、稻香村、秋爽斋、蘅芜苑、缀锦楼、怡红院等，沿河的建筑景点有凹晶溪馆、藕香榭、滴翠亭、沁芳亭桥等。大观园诸院落空间关系复杂，但有了沁芳溪这一骨架，各种关系就明确多了。要着重说明的是：沁芳溪在稻香村处分为一主一辅两股水流，两股水流中间夹着的陆地正好就形成一个"水中之洲"，我们知道缀锦楼位于紫菱洲，既然命名为"洲"，必有其出处，所以紫菱洲放置在这"二水中分的陆地"之上，倒是十分恰切的，而迎春居住的缀锦楼就安排在了这水中之洲上。

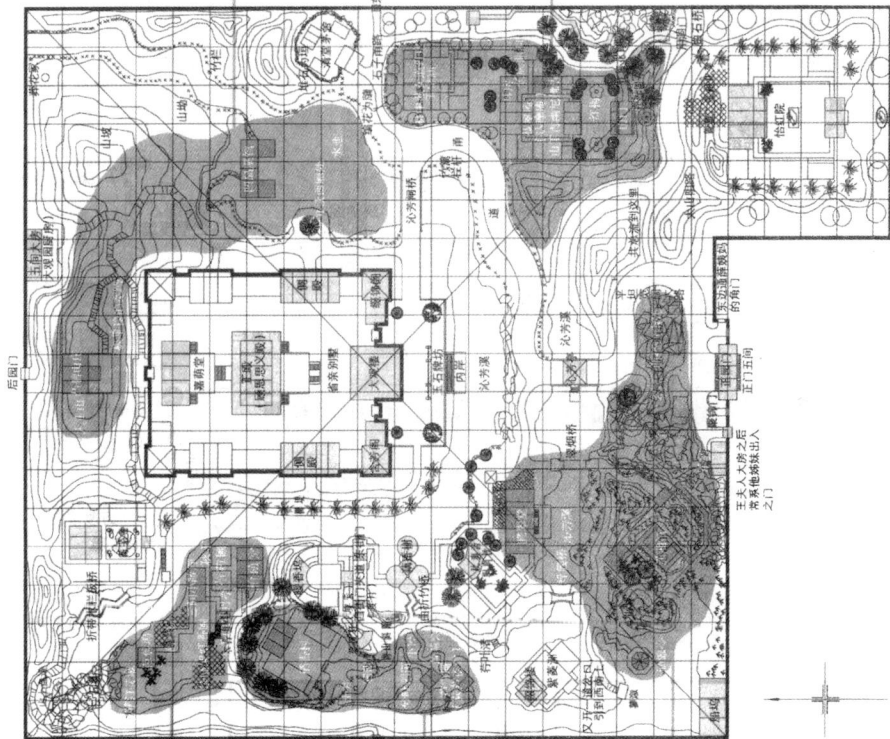

大观园景区分析图

赏月景区
由凸碧山庄和凹晶溪馆两处建筑组成的专用于赏月的景区。这两处，一明一暗，一山一水，竟是特因因玩月而设此处。有爱那山高月小的，便往那里去。有爱那皓月清波的，便往那里去。

寺庙景区
以"栊翠庵"为主要寺庙，间有"达摩庵""玉皇庙"等宗教建筑组成的建筑群。四面群山环抱，绿树周围。其中"栊翠庵"的红梅花最为著名。

植物园景区
是大观园中的花园，主要建筑是红香圃画的三间小敞厅和榆荫堂。在这个景区中，种植着芍药、牡丹、木香、荼蘼、蔷薇、芭蕉等植物。

田园风光景区
由"稻香村"和"芦雪庵"两组建筑组成，完全是一派乡村田园风光。山上数百株杏花盛开，山脚下种着各种蔬菜，河渡边芦苇飘雪。

以"翠"为主题的景区
此景区以"潇湘馆"为中心，四周环以翠嶂大假山，翠烟桥、晓翠堂、滴翠亭等以"翠"字命名的建筑，这里绿竹青翠欲滴，四季苍翠，环境清新。

接下来，我们就一起进入园门，绕过"曲径通幽处"，从林妹妹的潇湘馆开始，穿东度西，临山过水，逶迤转折而去，领略那些绿窗风月、绣阁烟霞、无边意境，重新感受大观园中的欢喜与忧愁……

竹里馆
红断香销

花锦繁华　园林大观

雾失楼台，月迷津渡，桃源望断无寻处。

可堪孤馆闭春寒，杜鹃声里斜阳暮。

驿寄梅花，鱼传尺素，砌成此恨无重数。

郴江幸自绕郴山，为谁流下潇湘去？

——秦观　《踏莎行》

　　林妹妹的潇湘馆，就像取了这首词的意境而建——其情，其境，其调，其声色，还有最后那一波三折、一声三叹的疑问……

61

可堪孤馆闭春寒

　　潇湘馆隐在一片没遮拦的绿色里，而且毫无争议地，成为这好大一块绿的核心。从大观园的正门走进去，迎面就是藤萝掩映的一带翠嶂，愈古愈苍翠；沿其间小径寻去，便到沁芳溪，溪上一座沁芳亭，环带还有翠烟桥、晓翠堂和滴翠亭，飞檐插空，雕梁画栋，皆在花木翠色之中欲藏还露。翠色逼人而来，要扑湿人的衣服似的，却并非野性十足，倒是一种体贴的温润的绿。这时，一抬头，便能看见前面"一带粉垣"，"里面数楹修舍，有千百竿翠竹遮映"，愈发烘托得这片绿有层次，有质感；偏又是这片绿将潇湘馆护在中间，安谧，孤迥，任谁也侵犯不得。大观园中，潇湘馆就以这样遗世而独立的姿态最先出现。

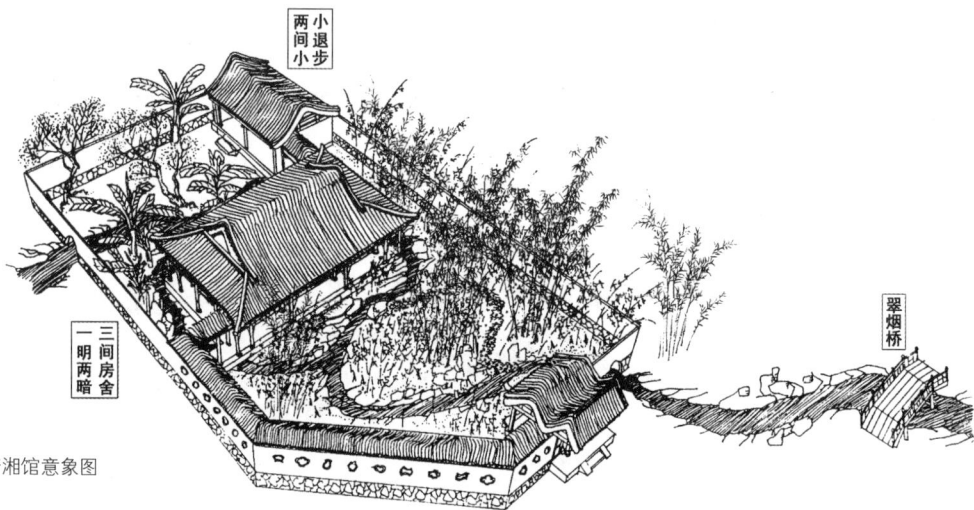

两间小退小步

三间房舍
一明两暗

翠烟桥

潇湘馆意象图

绕过这一带素白围墙，顶一身浅淡竹影，再往里走，"入门便是曲折游廊，阶下石子漫成甬路"。石子路逶迤宛转地通向正房，也许路面上的素白石子儿会簇拥而堆出若干花纹，若江南许多园林一般，体现一种"零落成泥碾作尘，只有香如故"的意境。纵然只是寻常白石子儿往那儿一搁，嵌住了，不假修饰，也自有它"素面朝天"的真意思。台基"上面小小三间房舍，一明两暗，里面都是合着地步打就的床几椅案"。正房虽是三间，却很小巧，一明两暗，一目了然，空间利用得很紧凑，里头的家具都是精准测量后紧扣着尺寸打造出来的，增一分太长，减一分太短，且只可安置在房间的这一处或那一处，挪移便不妥帖，便乱了秩序。却正是小而自能齐全完备的意思了。

"里间房内又得一小门，出去则是后院"，有两间小小退步，也是小巧模样，可作储物之用，或是丫头的住地。后院生着大株的梨花和芭蕉，梨花如雪般晶莹洁白，纤尘不染，蕉叶如大片绿蜡，舒卷自如，青翠欲滴。后院就被这绿白两色撑满了。墙下又开一隙，注入清泉一脉，水流清浅，"开沟仅尺许，灌入墙内，绕阶缘屋至前院，盘旋竹下而出"。这水正是从沁芳溪引来的，给这极清幽宁静的小小馆舍添了些淙淙声响，也带来几分活泼灵动的意趣。

这些正是大观园建成之初，潇湘馆的第一次不施粉黛的正式出场。

宝玉为此处题联："宝鼎茶闲烟尚绿，幽窗棋罢指犹凉"，即是说，用宝鼎煮茶已毕，屋子里依然缭绕着绿色的水汽，窗下下罢棋，手指还是有凉意。烟因翠竹遮映而绿，指因翠竹浓荫而凉。不着一竹字，却字字在写竹，处处形容得这竹子的好处。建筑题联，不是单纯的想象附会，必得贴合它所在的建筑风景，有相对坚实的现实依据。由此可推测，此时的潇湘馆内安有门帘，有煮茶宝鼎，靠竹林的窗下有桌椅，桌上摆放棋盘及文房等物什。

　　宝玉又有题诗："秀玉初成实，堪宜待凤凰。竿竿青欲滴，个个绿生凉。进砌妨阶水，穿帘碍鼎香。莫摇清碎影，好梦昼初长。"说的是竹绿如玉，密不透风，以致挡住了溅落到台阶的溪水，阻住了鼎内茶香飘到外面去。竹子的环绕和茂密，使得空间变得愈加幽闭。这里是远离尘嚣、与世无争的，却是隐于市的。它与稻香村的不同在于，稻香村是陶渊明的，更淳朴实在，虽然模仿得有些拙劣；而潇湘馆更是苏东坡的，是文人的精致，是"那人却在灯火阑珊处"的意味。

　　显然，潇湘馆是专为春夏而生的，也因此像是为男人而生的。春日阳气萌发，见得眼前好光景；夏日翠润绿浓，正是消夏好去处。所以贾政会说这里环境清幽不俗，倒是极合于读书养性的。但到了秋冬日，绿色褪尽，花谢水枯，满目肃杀惨淡，园中皆是阴沉寒凉之气，于女儿家本极不宜，况且居住的又是怯寒体弱的林黛玉呢？她的生命力这样单薄羸弱，恐禁不起这潇湘馆里绿白惨淡的消磨。刘姥姥游潇湘馆时，"只见两边翠竹夹路，土地下苍苔布满，中间羊肠一条石子墁的路"，没留神在苍苔地上跌了一跤。若说翠竹尚是新鲜的、悠游的，苍苔则生生逼出了潇湘馆的凄清和落寞来。若逢了秋雨冬雪，满目萧条，了无一物，恐怕要加倍凄冷。

　　但黛玉终于还是选定居住在这里——有那么点儿宿命感的，她说："我心里想着潇湘馆好。我爱那几竿竹子隐着一道曲栏，比别处更觉幽静。"宝玉也拍手道好，却是二人心有灵犀了。宝玉深知黛玉性情品格，倒只有潇湘馆才配得上她去住，尽管它的清冷和岑寂很有可能会加速黛玉病情的恶化，牵绊她的精神，促使身体往更坏处走。

　　黛玉初来贾府时，众人眼中看她"身体面庞怯弱不胜，却有一段自然的风流态度"，黛玉体态形容天生是竹子的，一般地袅娜绰约。空间不大却清雅脱俗的潇湘馆正契合了黛玉的气质。宝黛初见时，宝玉看她"两弯似蹙非蹙罥烟眉，一双似喜非喜含情目。态生两靥之愁，娇袭一身之病。泪光点点，娇喘微微。闲静时如姣花照水，行动处似弱柳扶风"，确有竹子"弱不禁风"之态，而"似蹙非蹙罥烟眉"亦有水墨竹子的韵致，眉山一带轻烟渺渺，又或是竹影清浅的样子，过了这带轻烟，才见一双袅袅不尽含情目。黛玉禀赋这清纯出世的气质，眼睛却泄露了绛珠仙子五内郁结着的缠绵不尽之意。也许正是这含情双目，才让宝玉辨认出卿卿本是一路人。也正是这样"闲静时如姣花照水，行动处似弱柳扶风"的模样，才合了潇湘馆这么一个清幽甚至有些寂寥的去处。

"哪里像个小姐的绣房"

散寄之居曰"馆"，可以通别居者。多是用来临时供客人居住的地方，后来书房也有称"馆"的。一来这与黛玉寄居者的身份十分符合，二来潇湘馆中的陈设也贯彻着书房的成规，书卷气倒比闺阁的绚丽之气更重了。

对于潇湘馆室内格局的描述，书中并未像众人及刘姥姥进入怡红院一样，进行深入细致的描述，更多是随着故事的发展，在需要时捎带一笔，因此潇湘馆是被拆散了的，落花一样散落在各个章节的片段里。

第二十七回："把屋子收拾了，撂下一扇纱屉；看那大燕子回来，把帘子放下来，拿狮子倚住；烧了香就把炉罩上。"

第三十五回："一进院门，只见满地下竹影参差，苔痕浓淡……黛玉便令将架摘下来，另挂在月洞窗外的钩上，于是进了屋子，在月洞窗内坐了……只见窗外竹影映入纱来，满屋内阴阴翠润，几簟生凉，……便隔着纱窗调逗鹦哥作戏。"

第四十回："林黛玉听说，便命丫头把自己窗下常坐的一张椅子挪到下首，请王夫人坐了。刘姥姥因见窗下案上设着笔砚，又见书架上磊着满满的书。"

第五十二回："宝玉听了，转步也便同他往潇湘馆来。不但宝钗姊妹在此，且连邢岫烟也在那里，四人围坐在熏笼上叙家常。紫鹃倒坐在暖阁里，临窗作针黹。一见他来，都笑说：'又来了一个！可没了你的坐处了。'宝玉笑道：'好一幅冬闺集艳图！可惜我迟来了一步。横竖这屋子比各屋子暖，这椅子坐着并不冷。'说着，便坐在黛玉常坐的搭着灰鼠椅搭的一张椅上。因见暖阁之中有一玉石条盆，里面攒三聚五栽着一盆单瓣水仙，点着宣石，便极口赞道：'好花！这屋子越发暖，这花香的越清香。昨日未见。'"

第六十四回："又听叫紫鹃将屋内摆着的小琴桌上的陈设搬下来，将桌子挪在外间当地，又叫将龙文鼒放在桌上，等瓜果来时听用……走入屋内，只见黛玉面向里歪着……一面搭讪着起来闲步，只见砚台底下微露一纸角，不禁伸手拿起。"

第六十七回："旁边紫鹃将嘴向床后桌上一努，宝玉会意，往那里一瞧，见堆着许多东西……宝玉忙走到床前……"

从这些零散的描述中，我们捕捉到一些信息：潇湘馆的窗是支摘窗，其中有一月洞窗；室内书架上放满了书籍；有放置古琴的琴桌。这些自然是不全面的，远不是古代小姐闺房的全部陈设，仅是情节发展带出的几件常用物什。这些物什间接透露着黛玉的生活景况和情趣。比如，暖阁中放着单瓣水仙，水仙亭亭净植在玉石的条盆里，而不是紫砂盆或陶盆——因要的不是古朴浑厚，古朴浑厚原不是黛玉的情操。黛玉不是厚重的，而是犀利晶莹，是轻的一极。玉石的洁净与清透，愈托着这水仙卓荦而不群，遗世而独立，直要化成一片烟羽化而去了，正是黛玉身上才有的。盆中又点

潇湘馆暖阁中的水仙盆景

着宣石，按明代造园家计成《园冶》所载："宣石产于宁国县所属，其色洁白，多于赤土积渍，须用刷洗，才见其质。或梅雨天瓦沟下水，冲尽土色。惟斯石应旧，愈旧愈白，俨如雪山也。"宣石愈衬得这玉石与水仙的清透来得凛冽和锋利。又传说水仙是娥皇女英的化身，舜南巡驾崩后，二女双双殉情。上天垂悯，将二人魂魄化为江边水仙，她们从此成为水仙花神。真真曹雪芹费尽心血都在经营潇湘馆上，他是如此疼念黛玉，为她建一座专属的玲珑的潇湘馆，栽满修竹幽篁不说，便是寻常冬日里的花，其他的花总不能够配得上黛玉的德行，竟是非水仙莫属了。仿佛是不经意的，却再合适不过，再熨帖不过。室内虽暖，水仙只愈发是清了，外界再如何变化，仿佛也只是黛玉的陪衬。花开也是淡，人也只是淡。

在后四十回中，只有第八十九回对潇湘馆室内作了描述：

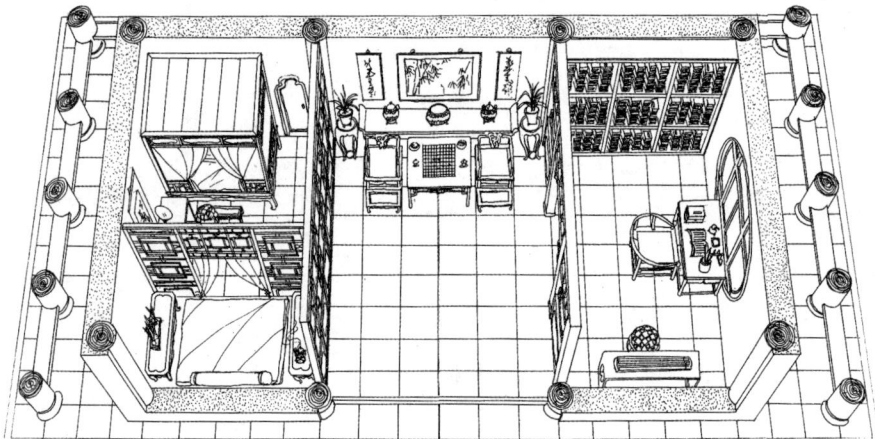

黛玉室内陈设示意图

宝玉走到里间门口，看见新写的一付紫墨色泥金云龙笺的小对，上写着："绿窗明月在，青史古人空。"宝玉看了，笑了一笑，走入门去，……一面看见中间挂着一幅单条，上面画着一个嫦娥，带着一个侍者；又一个女仙，也有一个侍者，捧着一个长长儿的衣囊似的，二人身边略有些云护，别无点缀，全仿李龙眠白描笔意，上有"斗寒图"三字，用八分书写着。

这样的画幅，倒不至于影响曹雪芹原本心象中的潇湘馆格局；不过潇湘馆的格调是幽迥清雅，因此画幅倒以山水为上，其次是花木竹石，人物、仕女则等而下之了。何况黛玉的绣房应该"更像公子哥儿的书房"，女子绚丽缠绵之气几乎全无。这画中广寒宫的嫦娥，虽与幽闺寂寞的黛玉相仿佛，格却并不高的。

潇湘馆正房是小小三开间，一明两暗，中间是明间，是正厅。一般屋宇开间数是单数，正中一间最阔，是为明间。因前后常施以落地槅扇（形似长窗），若拆除则完全透空。暗间在明间两侧，也称次间。窗下有墙，背面甚至是封闭的，是为居室，其面阔较之明间要小。明间即是堂屋，供接待宾客、行礼仪、祭祖先神佛之用，因此相对来说私密性少，公共性更强。《红楼梦》里没有描述过潇湘馆客厅陈设，当是并无特意出新之处，黛玉并非标新立异之人，何况又是寄居者，应当不会擅自做主更改陈设。再加上"椅案合着地步打就"，挪移折腾的可能性不大。

考虑到大观园是综合了私家园林与宫廷宅院的功能而建，潇湘馆的正厅多是固定陈设，如一桌两椅一条案，案上放着二三古玩如瓷器、金银器、珐琅器、玻璃器皿或精致小座钟之类，案上垂下山水或花木图轴或书法尺牍，案两旁或有一花几，花瓶里插着时鲜的花卉，一香几，金兽小香炉时时吐着香烟。中央或许有阔矮茶几，其上置一宝鼎，可为烹茶之用。桌前青石地面，也许会铺一张毡毯。正厅靠墙一侧或许会竖一架多宝格，放着山石盆景或古董玩意儿，也可能会搁上数本古旧版本的旧书，另一侧则有可能摆放一几两圈椅，以为待客之用。

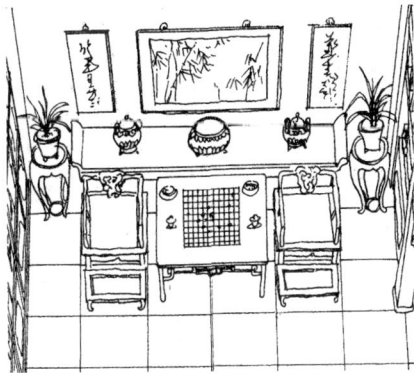

潇湘馆正厅示意图

东边一间是书房，墙上开了一扇月洞窗，糊上了碧绿色的纱，光从外面进来，被碧纱过滤，成绿莹莹的了。竹影倒映在纱窗上，屋子里翠色生鲜，夏日避暑是好的，平时便

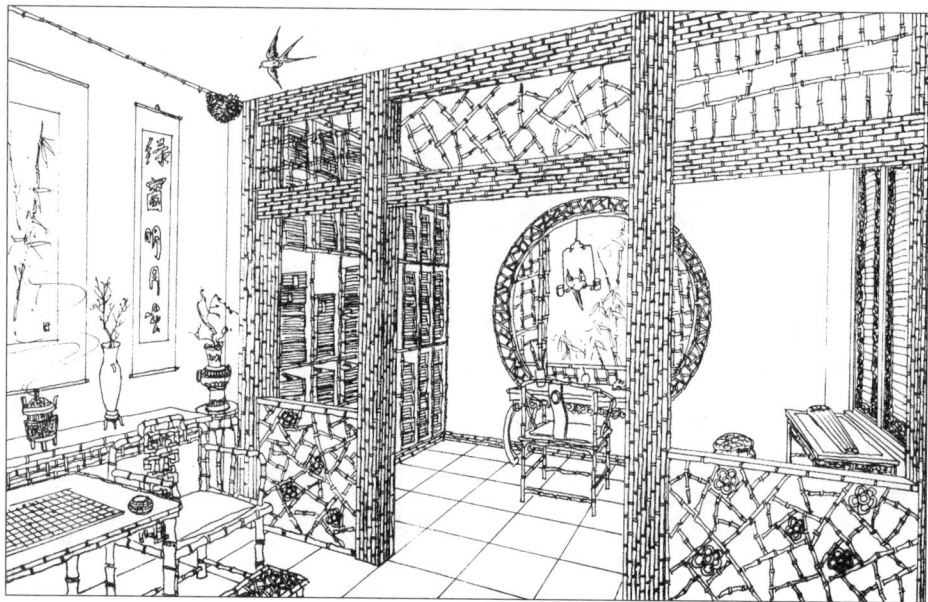

潇湘馆东间陈设

有些凉。贾母带着刘姥姥来参观时，见窗上纱的颜色旧了，便和王夫人说："这个纱新糊上好看，过了后来就不翠了。这个院子里头又没有个桃杏树，这竹子已是绿的，再拿这绿纱糊上反不配。"最后老祖宗做主，要将这碧纱换成银红色的"霞影纱"，纱轻软温厚，色泽鲜亮，倒也是万绿丛中一点红的趣味，且给这满庭萧萧之气带来些暖意，冲散些寒气。这自然是老太君对黛玉的体贴怜恤之情。

窗下设一案，一椅，也许还有脚凳，供歇足用。案上整齐放置着笔、墨、纸、砚、笔洗、水丞等文房，又或有笔筒、笔屏等书案陈设，都是极精致的，用途之外，也是小小欣赏品。旁侧设琴桌或琴几，放着古琴，前有琴凳，月光好的时候，可以搬移到窗下抚琴。

一侧是书架，垒满了书籍，刘姥姥跟着贾母来参观时曾说过："这那里像个小姐的绣房，竟比那上等的书房还好。"这书房一般的绣房，正是黛玉与其他闺阁女子最大的不同。黛玉更多的精神，都用在读书写诗上了，这是保持她精神独立、高洁的重要缘由。阅读和写诗，使她从内心里剖析和看清自己，从而坚守自己。这样的满园竹影里，若无诗书万卷，自然是消减了几分好颜色的。无竹使人俗，无书就更说不上雅了。琴棋书画，是黛玉内在的修为，而潇湘馆的竹影水香，则在在烘托着黛玉的书卷气和锦绣才。一般书房中多有一短榻，如贵妃榻之形制，可供读书倦卧，想黛玉端正模样，当不会如此拖沓疲散。书架外，也可能还有书橱，阔而不深，有更多的书藏于其中。

西边一间是卧房，暗间，又靠南隔出小间，内设炕褥。两边安上槅扇，上边安横眉，形似床帐，是为暖阁。暖阁炕上有炕桌，桌上可放置茶具、桌灯等日用品。炕上铺着毡子和褥子，摆着靠背和迎手。照贾府的奢华和黛玉的挑剔，这些丝织品虽然看上去颜色清淡，半新不旧，却绝对都是高档不俗的。此外日常还会置备唾盂、如意、香囊等日用品。炕上一头会摆着一小橱柜用来储物，香扇、手炉、香炉等都收在里边；也可以是小多宝格或小炕几。另一头则是小小条案或炕几，放着珐琅瓶、盆景等清玩。冬季时，宝玉来凑"冬闺集艳图"，看到的那盆栽着水仙和宣石的玉石条盆，就应该是放在这条案上的。

暖阁与床榻间尚有一些距离和空间，也是需要精心填补的。靠墙正对门处或可放置一长条案，放有瓷瓶器皿，案后墙上则悬挂画幅或书法。然后北边则是黛玉帷幕低垂的

潇湘馆西厅的暖阁

架子床。富贵人家闺房中多置办架子床或拔步床，多红木制成，花纹精致优美，将床帏向两侧搭起，床上铺设着毡毯和锦褥，横陈素雅花被。床头有梳妆台，摆着镜台、胭脂水粉等梳妆用品。虽然书中没有提及，我猜想架子床距离北墙应还有一定的空间，不大，为外人所不至，放置着熏炉、衣架、箱奁之属。室中清洁雅素，绝无花哨繁缛之意。

潇湘馆正房三间充满幽人独往来的气息。常人都是要春，要暖，要人间四月天的，幽人却都是孤独的，不合群，茕茕于世。

天寒翠袖薄，日暮倚修竹

潇湘馆，原名"有凤来仪"。传说凤凰以竹实为食。《庄子·秋水》曰："南方有鸟，其名鹓鶵，子知之乎？夫鹓鶵，发于南海而飞于北海，非梧桐不止，非练实不食，非醴泉不饮。"这暗地里关联起了黛玉精神的高贵与优美。

省亲之时，元春将其改名为"潇湘馆"，直截了当点明馆中最显著的特点：竹多。庚辰侧批道："此方可为颦儿之居。"颦儿之居，当然要与众各别。潇湘馆是整部《红楼梦》中唯一有竹子而且竹子格外修美的地方。

而这竹子，恰可比为黛玉的化身，及她一世情情的见证。竹"群而不党，直而不

挠，虚乎有容，洁然自高，溪壑幽闲足以遂其
性，霜雪严寒不能变其操"，竹的外形和神韵，
无不与黛玉交融、叠印。黛玉的纤细袅娜，正如
竹之修长摇曳。竹貌似脆弱，内中却有无限刚
强，是能耐得风刀霜剑的，黛玉虽然感叹"明媚
鲜妍能几时"，但也还是坚守住自己清高孤傲的
禀性，对自己所爱所珍视的从不让步，对俗世的
熙熙攘攘看得也很淡，为的只是自己的心。黛玉
与竹的精神气质如此相通。

　　黛玉祖籍姑苏，家住扬州城，虽非来自钟鸣
鼎食之家，却也出于诗礼簪缨之族。先祖曾世袭
列侯，父亲林如海乃是前科探花，自然是饱读诗
书、满腹才情，官至兰台寺大夫，又被钦点为扬
州巡盐御史，也是仕途经济上一流人物。黛玉母
亲贾敏即是贾府史老太君的女儿，贾政的妹妹。

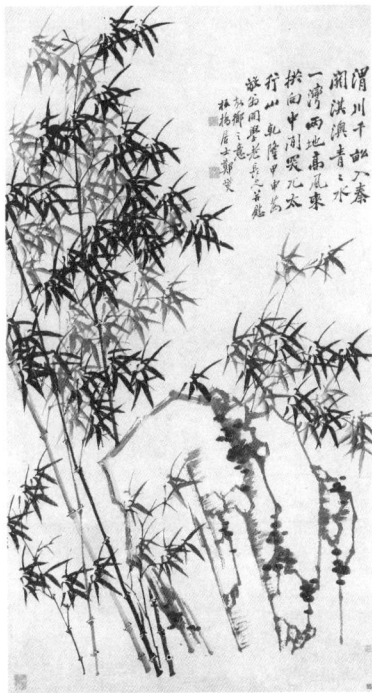

竹石图（清·郑板桥）

林如海子息不旺，三十多岁才有一个庶出的儿子，偏又在三岁时暴卒，膝下荒凉，便将
嫡出的黛玉视同珍宝，从小教她诗书道理。黛玉又生得七窍玲珑，极是灵透，很有作诗
的本事。母亲去世后她别父进贾府，与宝玉一同在贾母处偃卧起居。待父亲辞世后更是
长住大观园，日与宝玉和诸姐妹同处，与宝玉爱情成熟，从此更是心无旁骛，心心念念
都只在宝玉一人，外界风云与琐碎都不在她眼里。她就如馆中翠竹一般，直而不弯，清

洁自励。诗歌是她往自己内心深处不尽探索的通道，她穷究钻研的正是她自己。而潇湘馆，就好像是她这一努力的外在象征：看上去是小的、弱的，没有什么声势，也没有任何侵犯性，但内在里什么都是熨帖的，都是完整的，曲折往复里，有她最深处的"幽静"。

于是，潇湘馆成了黛玉在空间上的载体，协助她完成已经被安排好的命运[1]。黛玉的眼泪便是她的命运，从她遇见宝玉的那一刻起，就注定了泪尽而亡的结局，何况宝玉还她以同样的深情，她也算是圆满了。泪痕湿，蛟绡透，潇湘馆里的森森竹子，不知承载了黛玉春夏秋冬多少泪珠儿。结海棠社时，探春说："当日娥皇女英洒泪竹上成斑，故今斑竹又名湘妃竹；如今他住的是潇湘馆，他又爱哭，将来他那竹子想来也是要变成斑竹的，以后都叫他做'潇湘妃子'就完了。"黛玉默许了。大概正是命运暗中发出的神秘信号。传说尧有二女，长曰娥皇，次曰女英，姐妹同嫁舜为妻。舜父顽，母嚚，弟劣，曾多次欲置舜于死地，终因娥皇女英之助而脱险。舜继尧位，娥皇女英为其妃，后舜至南方巡视，死于苍梧。二妃往寻，泪染青竹，竹上生斑，因称"潇湘竹"或"湘妃竹"。二妃亦投湘江而死。因而，后世以"潇湘"指斑竹，也泛指竹。这一古老的传说也成为黛玉命运的谶语。

潇湘馆谐音"消香馆"，仿佛是个偈子，从一开始就昭告着黛玉的命运。潇湘馆不

---

[1] 黛玉前世本是西方灵河岸上三生石畔一株绛珠草，因受赤瑕宫神瑛侍者甘露灌溉，年岁久长，遂得脱却草胎木质，修成女体。后来神瑛侍者动了凡心，想下凡到人间去历一世幻灭，绛珠仙子便也来警幻仙子前，欲下世为人，将一生所有的眼泪作为酬谢，以偿他以甘露灌溉的恩德。

仅成为黛玉安身立命之处，成为林黛玉歌与哭、爱与恨、生与死的场所，还逐渐完成自己的成长，与黛玉的生命和宝黛的爱情命运逐渐融合成一体。

春天，潇湘馆中"好竹千竿翠，新泉一勺水"，天然适宜发生好事情。宝黛二人的爱情明朗后，就如竹子萌发一般，在这个春天萌出一些很有趣的新竹来。宝玉病初愈，出来散心，信步来到一个院门前，只见"凤尾森森，龙吟细细。举目望门上一看，只见匾上写着'潇湘馆'三个字。"（第二十六回）是心不在焉？还是心在不自觉中为他做了主？"凤尾"常来代指竹叶，喻其形状修长美好。"龙吟"则多形容竹管做成的箫笛。虽只是简单的八个字，却将竹的外形、色彩和声音都点到了，烘出来一片春日的和煦与静谧。宝玉进门，"只见湘帘垂地，悄无人声。走到窗前，只觉一缕幽香，从碧纱窗中暗暗透出。"窗裏碧纱，暗递幽香，其后幽幽传出黛玉"每日家情思睡昏昏"的娇音，情皆融化在景里，演绎出这一对小儿女的痴顽。

之前贾政一行来视察潇湘馆时，潇湘馆还只是一个机械的物理性的存在，没有个性，也没有灵性，只是在黛玉住进来之后，这些原已存在在那里的景观才鲜活了，生动了，成为一个整体了。而此处，在宝玉目光的流连下，潇湘馆所有的物质元素都因黛玉一声长叹而自行融合和拼接，黛玉赋予了潇湘馆真实的美感和和谐性，潇湘馆越发有了连绵深厚的意致。

第三十五回，潇湘馆的寻常一日，就从黛玉一早站在花荫下、望见贾母等人去看望挨打后卧床的宝玉开始了。她正自伤心，紫鹃来劝她回去休息。"一进院门，只见满地下竹影参差，苔痕浓淡，不觉又想起《西厢记》中所云'幽僻处可有人行，点苍苔，白露泠泠'二句来。因暗暗的叹道：'……古人云佳人薄命，然我又非佳人，何命薄胜于双文哉！'……"竹影苔痕本是寂寞，在看到宝玉备受娇宠和关爱之后，潇湘馆里偏于冷色调的景物配置更容易让她生出负面的情绪。她将自己投掷到这样一种缺乏温暖的环境里，拒绝世俗的热闹的幸福。

黛玉在《红楼梦》里是极富理想性的形象，几乎是不食人间烟火的，对外在世俗世界的变化几乎是不经心的，最初来到贾府时的"步步留心，时时在意"早已置诸脑后。宝玉予她的情谊深刻地改变了她，让她更多地生活在一种想象性的完全排他的自我世界里，一种诗意地、凌驾在现实之上的世界里。因此，她大量的时间都用在了自己身上，很多细节都会引发她强烈的感触，这种为别人所无暇顾及的"内在"体验，使她成为大观园里唯一称得上"诗人"的人。她几乎有点躲进小楼成一统的意思，大观园其后发生那么多事件，但黛玉却很少关注。潇湘馆就是她的壳，她缩在里面，只要她的宝哥哥，管他冬夏与春秋。而她的心却因惯于见到世事的无常，正与潇湘馆是一样的冷色调。

从她眼中看过去，都是风刀霜剑严相逼的事实，她从一切的繁华表面看到了底部的荒凉，从万有中看到了无有，从一朵花的枯萎看到了美的易逝和繁华容易逐水流。所以，她才有这样深沉的悲伤，她的时间感比谁都要强的。她葬花，建花冢，觉得无常，其实也是在埋葬自己已经逝去的年华。"进了屋子，在月洞窗内坐了。吃毕药，只见窗外竹影映入纱来，满屋内阴阴翠润，几簟生凉，黛玉无可释闷，便隔着纱窗调逗莺哥作戏，又将素日所喜得诗词也教与他念，这且不在话下。"黛玉当是坐在月洞窗前发了很久的呆，思绪在一种漫漫无边际的荒芜里头，渐渐才觉得凉意袭人了。于是起来逗弄鹦鹉。满地下的竹影，映在纱窗上的竹影，满屋子翠润的竹影，无所不在的竹影将黛玉围在中间，看护着她，渗透到她身体中。

此时纵然有些凄清，但都还是相对安谧温婉的。情节发展至第四十五回，潇湘馆已是秋天，秋天只会给冷色调的潇湘馆带来更加浓厚和凄凉的颓败气息。"不想日未落时天就变了，淅淅沥沥下起雨来。秋霖脉脉，阴晴不定，那天渐渐的黄昏，且阴的沉黑，兼着那雨滴竹梢，更觉凄凉。"彤云压在屋顶的沉黑，雨拍落竹梢的闷声，屋子里凄冷黯然的气息和色调，这一切让潇湘馆显得格外隔绝和幽僻。黛玉果然禁不起这样重重累积的凄清，在潸然中作了首《代别离——秋窗风雨夕》：

秋花惨淡秋草黄，耿耿秋灯秋夜长。已觉秋窗秋不尽，哪堪风雨助凄凉。
助秋风雨来何速，惊破秋窗秋梦绿。抱得秋情不忍眠，自向秋屏移泪烛。
泪烛摇摇爇短檠，牵愁照恨动离情。谁家秋院无风入，何处秋窗无雨声？
罗衾不耐秋风力，残漏声催秋雨急。连宵脉脉复飕飕，灯前似伴离人泣。
寒烟小院转萧条，疏竹虚窗时滴沥。不知风雨几时休，已教泪洒窗纱湿。

若是潇湘馆如怡红院般有"怡红快绿"的明艳装饰，也许一场秋雨并不会给黛玉带来这样锋利尖锐的凄苦和悲凉。诗中充满萧索不详的阴翳气味，让人不由心里一紧，黛玉生命的秋天已经迫近了。《红楼梦》将潇湘馆与黛玉的命运结合得这样紧，以至于林黛玉从来都是与潇湘馆同时被人们记起和念及。黛玉在潇湘馆里的悲欢，与她生存的这个小小空间密切相关，潇湘馆是她的依靠，也是她的宿命。

在高鹗续的第九十八回与第一百零八回中，潇湘馆愈发凄凉和阴沉了，命运已经垂下漆黑的大幕。"大家哭了一阵子，只听得一阵音乐之声，侧耳一听却又没有了。探春、李纨走出院外再听时，唯有竹梢风动，月影移墙，好不凄凉冷淡。"（第九十八回）撇开情节走向是否符合作者原意不谈，黛玉在潇湘馆里的垂死情态，无疑是贴合得很准确的。一边是笙歌管弦的婚礼，一边是泪尽啼血的黛玉，大喜与大悲，好与了，开始与结束，世界就是这样荒诞。潇湘馆里从未这样安静，听得见竹梢上的风、白墙上移动的月影。潇湘馆里冷透了，炭盆那点微温的火，如何暖得了冰凉的空气？

黛玉死后，宝玉再游大观园，园中花木枯萎，满目凄凉，独有几竿翠竹青葱，正是潇湘馆。昔日花招绣带、柳拂香风的大观园已不复存在，潇湘馆里的翠竹却依然这样顽固地绿着，像黛玉仍在，故人从未远去一样，它在倔强地纪念它的主人，寄托它的悲哀。

就这样，潇湘馆成为林黛玉的另一个"物质性的存在"，黛玉无限丰富的内心都可于潇湘馆中寻找到线索，潇湘馆也使黛玉的品格和情操得以具象化。潇湘馆、竹、林黛玉，三位一体，相互契合，永不能拆开和分离了。

水闲花落两依依

格局虽小，潇湘馆却一应俱全，而且它还是诸钗住所中唯一有沁芳泉的活水流过的院落。宝玉说女儿是水做的骨肉，黛玉便是女儿中的女儿。只是这水"开沟仅尺许，灌入墙内，绕阶缘屋至前院，盘旋竹下而出"，因馆舍不大，故水沟不深，浅漾一层碧色，但已见得作者对潇湘馆的厚爱和慷慨。这洁净清浅的水，又暗示着黛玉的灵秀清明和薄命。

　　其实除这道曲水，潇湘馆也依旧是承"水"最多的地方，黛玉本人便是草木之人，系甘露浇灌而成，今生便要秋流到冬春流到夏，直至将眼泪流尽。初入贾府时便是泪光点点，当夜便因宝玉摔玉而泪流不止，此后住进潇湘馆，更是见花落泪，临风洒泪，对月伤怀，赋诗也点点是泪痕，《葬花辞》与"题帕三绝"，都是幽闺怨女拭啼痕的创作。"绛珠之泪至死不干，万苦不怨，所谓求仁而得仁，有何怨?！"黛玉的眼泪，是对这个不讲性灵的世界最雍容的拒绝，也使黛玉成为风露清愁、不染尘埃的出水芙蓉。于是，潇湘馆里的雨雪天气也格外多。帘外是春雨沥沥，秋霖脉脉，帘内则泣涕涟涟，"不知风雨几时休，已教泪洒窗纱湿"。一场雨落下，黛玉的生命力便要销蚀几分。

　　潇湘馆里种植着梨花和芭蕉，这绿白的色调和意境，都是偏于幽冷清寒的。潇湘馆似乎与秦观有深在的缘分，无论是"雨打梨花深闭门"[1]，还是"芭蕉不展丁香结，同向春风各自愁"[2]，都是潇湘馆的意象。潇湘馆是忧郁的，哀怨的，但这忧郁和哀怨却因脱离庸常世故，而变得高贵起来。

潇湘馆的后院，栽着梨花和芭蕉

---

[1] 语出秦观《鹧鸪天》。

[2] 语出秦观《浣溪沙》。

还有另一种花，虽然不在潇湘馆里种植，因彼此的色调并不配搭，却于说明黛玉极有意义的，那便是桃花了。黛玉的《葬花吟》和《桃花行》，都是为桃花陨落做的长篇歌行，桃花是韶光和朱颜的化身，但却流光短暂，一旦飘零，血色落红，成堆成片，却是触目惊心，便更成了红颜薄命的象征。黛玉是诸钗中对时光和生命感触最为强烈的一个，所以才有了葬花之举，葬花时"独把花锄泪暗洒，洒上空枝见血痕"，痴情的颦儿，直要将心血都呕出来才可了结。《桃花行》里一段：

胭脂鲜艳何相类，花之颜色人之泪。

若将人泪比桃花，泪自长流花自媚。

泪眼观花泪易干，泪干春尽花憔悴。

憔悴花遮憔悴人，花飞人倦易黄昏。

一声杜宇春归尽，寂寞帘栊空月痕。

如泣如诉、如怨如慕，几成日后的谶语。

潇湘馆总体是"小小的"，这一方面是林黛玉现实生存环境的映射和写照，寄居者的身份，使她的生存空间显得压抑、局促和幽暗。另一方面，因这小，黛玉才愈发"幽深"，向内的挖掘和发现，使黛玉真正成为富贵场中的散人，成为一个关注自我的诗人。"独坐幽篁里，弹琴复长啸。深林人不知，明月来相照"，这些恰也都是潇湘馆所具有的景致和生活。没有人比黛玉更有生命意识了，而月洞窗下的抚琴，作诗，读书，观月，将小小潇湘馆的生活填充到丰盈，开掘到无限广大。

因为对爱要求纯粹，便难免有不虞之隙、求全之毁。"试观两人情意未通以前，黛时时有疑忌心，有刻薄语，这都是放心不下的缘故"，但却并非是黛玉禀赋便狭窄苛刻的缘故。评点家季新接着说："及至《诉肺腑心迷活宝玉》一回之后，黛知宝心，宝知黛心，黛之情已定，自此心平气和，以后对于宝玉没有一点疑心，而对于宝钗诸人亦忠厚和平，无一此从前刻薄尖酸之态。其爱情之纯挚，心地之光明，品行之诚悫，胸怀之皓洁，真正不愧情界中人。"

其实，若不深入体察，是不能解这样一个黛玉的。守卫世俗生活秩序的是宝钗，因此宝钗身上集萃了诸多现实生活规则所要求的特质，黛玉以她的禀性和情操，恐终生都将被摒弃于世俗幸福之外，她容不得庸常和琐碎，只能与宝玉在精神的自由国度里恋爱，正是缥缈世外一仙姝，四顾茫茫都不见。潇湘馆是她的根据地，她在这里实现了她的木石前盟，谁说木石前盟就一定要结成夫妻？其实，宝玉施深情于黛玉，两情怡然相悦，黛玉就已经了结了木石前盟的因缘。另外，黛玉也只是曹雪芹的一个理想，是超凡脱俗的，永远不要想着将她放到地面来，她始终只能是高高在云端的，可远观而不可亵玩的，拒绝俗人的意淫，俗人可意淫的不过是宝钗罢了，宝钗是他们够得着的高度，而黛玉则远远在更高处，本身就拒绝被俗世认同和把玩，她就是那么的有锋芒，是高纯度的光，不容你有任何猥亵的眼神、拿任何世俗功利的想法来对待她。她是无法被世俗化的，也就无法拥有世俗的幸福。

这样一个本是世外人的黛玉，在潇湘馆自己开辟出的精神空间中自由自在的闲人黛玉，竹一样的宁折不弯，孤高自许，这世界自然容不得她。黛玉的结局可想而知。但质本洁来还洁去，应完还泪之劫，黛玉求仁得仁，又何尝遗憾呢？！

清桐剪风
秋爽斋

顺着潇湘馆往前走，便到了三姑娘的秋爽斋。故事到了探春这里，就不再那么暧昧和纠结，变得相对敞亮和痛快了。第三回里林黛玉初到贾府，探春也随着正式出场，只见她"俊眼修眉，顾盼神飞，文采精华，见之忘俗"。与黛玉的沉静不同，探春是略带些飞扬的，眉眼大气，神情都带着动感。而且性格也爽利，宝玉赠黛玉表字"颦颦"时，探春笑他："只恐又是你的杜撰。"迎春、惜春至此无一声气息发出，而探春已经带着些笑影儿进入了读者的眼帘。

群芳入住大观园时，探春选择住在秋爽斋。秋爽斋一侧是晓翠堂，沁芳溪从其门前流过。晓翠堂四面出廊，流角飞檐，是贾母初宴大观园的地方。东南方土山上有八角亭一座，是园内制高点之一。《园冶》云："堂者，当也。谓当正向阳之屋，以取堂堂高显之义。斋较堂，惟气藏而致敛，有使人肃然斋敬之义。盖藏修密处之地，不宜敞显。"堂的泱泱大气，与斋的独善其身，正好形成互补，形成君子风范的两面。斋是往里收的，内藏的，多为个人静修颐

秋爽斋意象图

养所用，私密性很强，更多指向人的精神一极。

这一内向型的建筑，因院子里种植着芭蕉和梧桐，秋季却显得不那么寂寥。蕉桐都是有风便起声响，落雨时声音更是繁密充盈。元妃省亲时，为此处题了"桐剪秋风"的匾额，而这四个字，却恰好包含了相反的意境。说这里清爽也可，因为"芭蕉得雨便欣然，终夜作声清更妍。细声巧学蝇触纸，大声锵若山落泉"。说肃杀也可，因为落雨时，闻得梧桐树，三更雨，"一叶叶、一声声，空阶滴到明"，放晴了，也只见得"缺月挂疏桐，漏断人初静"，缥缈孤鸿影。大抵清爽是探春的风骨性格，而肃杀则是她不得不屈从的命运吧。

秋爽斋的三间房子没有隔断，这是探春的意思，可以由着她的性子来编排和处理空间。探春是有主意有想法并且有执行力的，钗黛都认为她"最是心里有算计的"。这"算计"，并不是贬斥讥讽的意思，而是形容探春主意拿得定，筹划想得好，能将事情把握齐全，经营妥当。单说这住处，探春就将其布置得很有特色，富贵华丽中彰显豁达与大方，浓郁的贵族气质中透着丰富的文人意趣。书中这样形容秋爽斋的内景：

> 探春素喜阔朗，这三间屋子并不曾隔断。当地放着一张花梨大理石大案，案上垒着各种名人法帖，并数十方宝砚，各色笔筒，笔海内插的笔如树林一般。那一边设着斗大的一个汝窑花囊，插着满满的一囊水晶球儿的白菊。西墙上当中挂着一大幅米襄阳《烟雨图》，左右挂着一副对联，乃是颜鲁公墨迹，其词云：烟霞闲骨格，泉石野生涯。案上设着大鼎。左边紫檀架上放着一个大观窑的大盘，盘内盛着数十

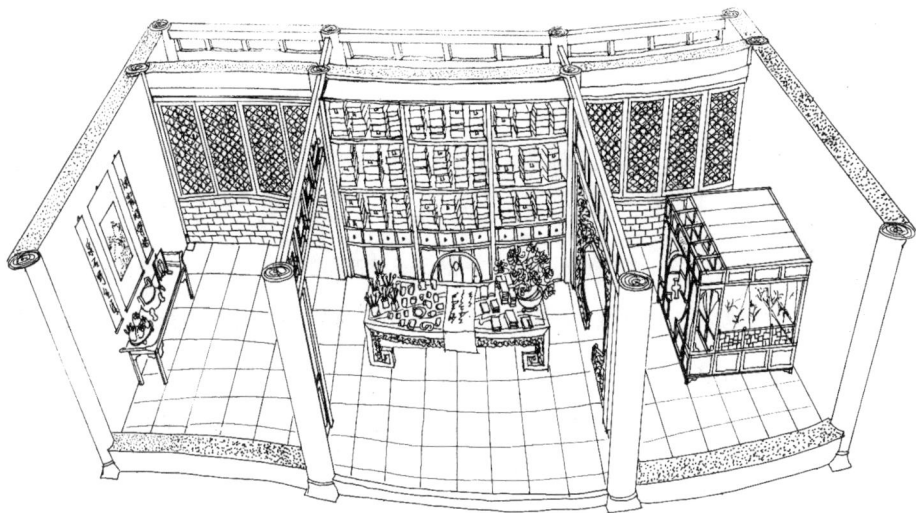

秋爽斋室内格局示意图

斗大的汝窑花囊中，插着满满的
一囊水晶球儿的白菊
花囊：中国古代花器的一种，供
插花用的瓶罐类器皿，呈圆球
形，也有其他形状如梅花筒形
等，顶部开有若干小圆孔，器身
多孔有装饰花纹，圆孔及中间都
可以插花

个娇黄玲珑大佛手。右边洋漆架上悬着一个白玉比目磬，旁边挂着小锤。……东边便设着卧榻，拔步床上悬着葱绿双绣花卉草虫的纱帐。（第四十回）

这段叙述近乎白描，非常细致生动，钗黛二人的住处远比这里的笔墨少得多，可与之相比的，大概就是秦可卿的卧室了。也见得作者对探春的偏爱与激赏。探春不要隔断，室内合成一个大间，可一眼望穿、一览无余，空间感非常通畅阔朗。这正反映出了探春精明爽朗的性格，同时腾出了可发挥的余地，便于探春动手整饬出自己心仪的格局。

探春是有志向的，她曾说过："我但凡是个男人，可以出得去，我必早走了，立一番事业，那时自有我一番道理。"出于这内心世界的强烈释放，秋爽斋所有的物件较之寻常闺阁陈设都要大一号，甚至不止大一号：花梨大理石大案、斗大的汝窑花囊、大观窑的大盘、大鼎等等。不仅大，而且多，重重累积在一起：各种名人法帖，数十方宝砚，各色笔筒，如树林一般的笔，数十个娇黄玲珑的大佛手，还有满满的一囊水晶球儿的白菊，都是非常震撼、张扬的，很有个性，不与俗流，很容易引起人格外的关注。由于空间的疏阔，这些东西并不显得繁冗，倒衬托得空间有了切实的层次和质感。

探春眼光非常之高，所选之物一个是一个，绝无多余的，更无一处错误和败笔。她要的都是经典，譬如紫檀木、花梨木，米芾的画和颜真卿的书法，这些都毫无疑义地提升了整个空间的品格。紫檀的华贵雍容与黄花梨的温润敦厚恰好相反相成，而米芾山水的朦胧缥缈，与颜真卿书法的端方浑厚也互补一体，可见探春既有疏阔的一面，同时又何尝不是心思缜密细柔。

经典之外，她也敢于创造，要属于自
己的东西，比如花梨大理石大案。花梨大
理石大案属于比较特殊的形制，古典家具
中镶嵌大理石的黄花梨家具属于少见品种，
这不多的一些也只在清式家具中见到。黄
花梨颜色深黄，花纹优美，配上浅色大理
石，本身材质的对比度并不强，而且大理

花梨大理石大案

石会夺取一部分花梨木的美，但整体上看去倒也还是清新典雅的。

又比如案上设着的这只"大鼎"，实在别出心裁。到底是探丫头的心肠，其他人竟
是想不到的。大鼎是什么？大鼎是权力的象征。远古时候，先民使用鼎炊饭，后来鼎发
展成一种礼器，最后演变成至高权威和尊贵的象征，成为国家权力的重器。探春这志向
倒真是非同一般的壮大。并且，屋子里还陈设青铜器，带来的是高古沉穆的气息；以及

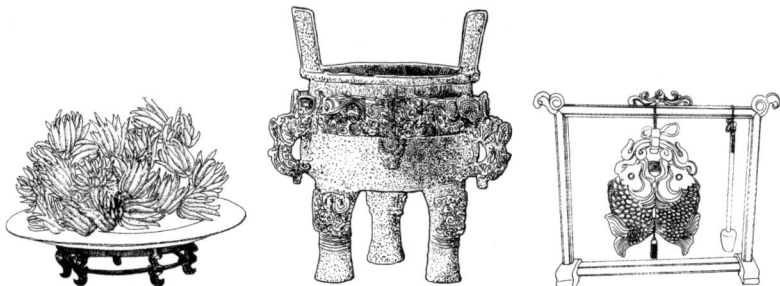

大案上的大观窑大盘，内盛大佛手；
大鼎；白玉比目罄并小锤

洋漆架上放着的玉磬。磬在古时多用石头或玉雕磨而成，形如曲尺，是宫廷不可缺少的乐器，击磬之声清纯、优美，有如天籁。就声音而言，磬声是世界上绝无仅有的——有人就问过孔子："何为尽善尽美？"孔子答："依我磬声，天地祥瑞。"磬声由此可见一斑。探春的磬，白玉刻就，形同比目，可以想见其形状宛转，色泽莹润，声清韵远，亦可见她海晏河清、天地祥瑞的抱负。

据《宋史·文苑·米芾传》载："芾为文奇险，不蹈袭前人轨辙……画山水人物，自名一家。"他画山水用水墨点染山形树影，烟云雨雾，蒙蒙一片，自创出一种独特风格。其子米友仁继承家法，世称"米氏云山"。但米芾并没有可信的画迹传世，《烟雨图》当是曹雪芹依据米芾最擅长的画技而设计出的小说道具，却是十分熨帖。探春素喜阔朗而细于洁净，那案上摆放的晶莹一瓶的白菊，正是她的人格象征——这与宋史上记载的"好洁成癖"的米芾倒有相通之处，足见作者的匠心深切。

另外，她的拔步床上垂着葱绿双绣花卉草虫的纱帐。这纱帐作为卧室中最重要的修饰，既能守护自己的清眠，也能彰显主人品位。葱绿色是清新怡人的颜色，花卉草虫也是温和清丽的纹样，这是一床淡雅明快的纱帐；安装在奢华的拔步床上，将富贵气压在了底面。拔步床体量巨大，屋子层高在七八米才显得优裕从容，否则空间局促，床也显得蠢相。拔步床从外形看，像是把架子床放在一个封闭的木制平台上，平台长出床的前沿二三尺，平台四角立柱，镶以木制栏围，有的还在两边安上小窗户，使床前形成一个小长廊，床前便有了相对独立的活动范围。小长廊两侧可以放桌凳类的小型家具，或如梳妆台和箱奁等物。拔步床在挂檐、横眉处可镂刻透雕，前门围栏、周围挡板等处均可雕刻各种吉祥纹，非常大气豪华。拔步床犹如在室内又开辟了一个独立的封闭空间，当纱帐垂下来，这就是个充满了感情和秘密的小世界。拔步床是奢侈的造物，须得富贵人才用得起。《金瓶梅》第九回中说，潘金莲嫌新买的床不好，跟西门庆斗嘴，因为李瓶儿屋里有一张好的拔步床，西门庆旋即用六十两银子又买了一张螺钿拔步床。六十两银子是非常高的价钱，当时买断一个人的终身也不过是五六两银子。待西门庆娶孟玉楼时，媒人跟他说，孟玉楼是个寡妇，她手里有点钱，还有两张南京拔步床，那可是相当巨大的资产了。

拔步床
整体布局所造成的环境空间犹如房中又套了一座小房屋。拔步床下有地坪，带门栏杆，大有"床中床、罩中罩"的意思

　　贾府的三姑娘探春，人如其斋，斋如其人，明朗蔚然，不失高雅气韵，她又自封为蕉下客，更返璞归真，大气而不失非凡气度。起诗社时，"孰谓莲社之雄才，独许须眉？直以东山之雅会，让余脂粉"，这是探春才有的口气。

　　探春虽是庶出，却自有大家风范。仆人兴儿曾向尤家姐妹这样形容探春："三姑娘的浑名是'玫瑰花'"，"玫瑰花又红又香，无人不爱的，只是刺戳手。也是一位神道，可惜不是太太养的，'老鸹窝里出凤凰'。"（第六十五回）贾府奴仆的嘴也都是刀子一般的，话虽糙，道理却是很对的，探春的刺正来自"姨娘生的"这一出身，却不耽误她自己成长成美艳尊贵的玫瑰花。探春不像黛玉孤高自许，不像宝钗八面玲珑，有湘云的豪气，更有湘云所没有的志向和才干，有凤姐的锋利却无凤姐的私心，又比凤姐读书明理，而更能以理服人。

说起探春的能力、抱负与才华，曹雪芹是用了浓墨重彩的。她才情敏捷，极有创意，大观园中第一个诗社——海棠诗社，就是她牵头发起并组织实现的，众姐妹的才情在此得以尽情发挥，探春的才华也初露锋芒。又因凤姐生病，探春受命与李纨、宝钗及平儿协同管理荣国府，她有胆识，有魄力，有主见，兴利除弊，开源节流，使贾府人尽其力、地尽其利、物尽其用，使走向衰败的贾府一度有过好转的迹象，可谓实干家。对贾赦要娶鸳鸯做小妾这件事，她识大体，敢为鸳鸯鸣不平。而当一向吃斋礼佛的王夫人在花园中发现一只春宫荷包，决定抄检大观园的时候，也是这个俏探春，用一记响亮的巴掌，给予有力的反击。

抄检之夜，凤姐受命带一伙老妈子长驱直入大观园，搅得园子里惶恐不安。到秋爽斋前，就"早有人报与探春了"。探春不是简单的千金小姐，只见她"命丫鬟秉烛开门而待"，斋内灯火通明。探春率众仆女严阵以待，很有些慷慨苍茫的气势。待凤姐到了，探春明知故问来由，凤姐只有"笑着回话"。探春继而冷了脸，冷笑道："我们的丫头自然都是些贼。我就是头一个窝主。既如此，先来搜我的箱柜，他们所偷了来的都交给我藏着呢。"便命丫头们把她自己的那些箱箱柜柜，大大小小一齐打开，请凤姐抄阅。这是先发制人的狠招，与迎春在此夜懦弱逃避的表现相较，更显出胆识。

在贾府上下姐妹中，探春的理家之才最得凤姐的首肯和欣赏，这里头多少是有那么些惺惺相惜的意味的，平儿教训老妈子们时说得很明白了："那三姑娘虽是个姑娘，你们都横看了她。二奶奶这些大姑子小姑子里头，也就只单畏她五分。"这"畏"便因探春的正和能干，也有"惜才"的成分。凤姐为探春叹息过："好，好，好，好个三姑娘！我说他不错。只可惜他命薄，没托生在太太肚里。""虽然庶出一样，女儿却比不得男人，将来攀亲时，如今有一种轻狂人，先要打听姑娘是正出庶出，多有为庶出不要的。……将来不知那个没造化的挑庶正误了事呢！也不知那个有造化的不挑庶正的得了去。"这是真心为探春担心未来的归宿，绝非她惯常的曲意逢迎和虚与委蛇。

探春沉痛地预见到："可知这样大族人家，若从外头杀来，一时是杀不死的，这是古人曾说的'百足之虫，死而不僵'。必须先从家里自杀自灭起来，才能一败涂地！"说着流下泪来。探春已经感觉到贾府颓败气息扑面而来了。探春不仅有实干之才，且有远虑之见，不要说贾府上这些混账男人，便是机关算尽的凤姐儿也不如她。

这次兴风作浪的抄检行动，以探春狠狠给了王善保家的一个响亮的耳光宣告结束。这耳光黛玉打不出，宝钗打不出，迎春惜春更打不出，唯有探春才打得出，才能打得如此漂亮有力。每临大事有静谋，探春敢作敢为，动有章法，为众姐妹出了一口恶气，争回了清白和尊严。果然是朵带刺的玫瑰，香是醉人的，刺却也一样逼人，是风骨凛冽的。

这刺也一样刺到她自己心里去。表面上，她压根儿不认自己的生母赵姨娘，亦不照料胞弟贾环。庶出的身份成为她最敏感的心理禁区，凡事与此相关的事，她都界限分明，寸步不让，竟是格外冷酷不讲情面的。探春理家时，正碰上赵姨娘的兄弟赵国基死了，办丧事拨银两，又赶上贾环要装修书房，两件事情到了探春这里，都被她压得比一般人还要低。赵姨娘不满来闹，被她当众斥责为"奴才"。当凤姐派平儿来，说"请姑娘裁夺着，再添些也使得"时，探春毫不客气地予以驳回。平儿见势，遂"不敢以往日喜乐之时相待，只一边垂手默待"。因她明白，探春现在是最要抹去庶出烙印的时候，她在为自己争主子的脸面和尊严。

探春是带着刺生活的，这根刺与生俱来，而且注定要带一辈子。也许探春曾因这庶出身份有过许多伤心的童年记忆，渐渐形成了心理阴影——毕竟赵姨娘"着三不着两"，做过很多蠢事，给探春带来不少难堪和委屈也说不定。照书中叙述来看，赵姨娘虽禀赋稀世美貌，却行事荒唐，从未能适应贾府这等大户人家的游戏规则，直白显豁，处处不知留余地，"必要过两三个月寻出由头来，彻底来翻腾一阵，生怕人不知道，故意的表白表白"，而且嫉妒心重，惹恼得罪了很多人也不自知。贾环得此家教，也多不长进之处，为贾府的"正派嫡系"所不能容忍。当探春说"谁不知道我是姨娘养的"时候，其心底当是充满苦痛与委屈的。母女二人在贾府竟仿佛是冤家对头一般了。贾府一直想要让贾环明白的尊卑道理没有成功，却在探春身上成功了。探春教训贾环，说他自己是个爷们儿主子，倒成天跟着那不上进的奴才学，口气与道理同王熙凤教训贾环时是一模一样的。贾府成功地让探春成长为一名大家闺秀，漠视其贱母愚弟，让她时刻意识并坚决维护自己的身份、名誉和地位，一任生身母亲毫无尊严。虽然依现在来看，嫌弃自己出身，鄙视生母，冷淡亲弟弟，有时还会刻意"攀高枝儿"，不能说是什么优点，但事非经过不知其苦，探春如此也必然是有她如此的缘由，任何人总有他的处境带来的局限，就莫要求全责备了。

这样看，远嫁到外地，到一个崭新的环境里，按照自己的个性和尊严来生活，委实也是不错的安排。群芳开夜宴时，探春掣签，上面一枝杏花，红字写着"瑶池仙品"，诗曰："日边红杏倚云栽。"签上注释说："得此签者，必得贵婿。"众人笑她"难道你也是王妃不成"，却非笑谈，正伏下探春命运的线索。到这里气氛也还是明快的，并没有小说第五回里探春的判词那样凄清悲惨：

　　后面又画着两人放风筝，一片大海，一只大船，船中有一女子掩面泣涕之状。也有四句写云：才自精明志自高，生于末世运偏消。清明涕送江边望，千里东风一梦遥。

　　探春的结局，如同汉代出塞和亲的王昭君，一般同是佳人，一般同是远嫁异乡。在交通不发达的时代，这一别是有永别的可能的。"明妃去时泪，洒向枝上花。狂风日暮起，飘泊落谁家？红颜胜人多薄命，莫怨东风当自嗟。"欧阳修在这阕曲中所言的"飘泊"和"嗟东风"，其情致与探春判词如出一辙。

　　只是，这东风，也可能是"好风凭借力，送我上青云"的东风吧？她布置秋爽斋时流露出的那种对名分和尊荣的愿望，在其成为名副其实的正室、并可以施展治家管理的才华后，也许就可实现，但愿那时，庶出这根刺带来的锐痛也会渐渐消失，若果真如此，纵然付出远嫁异乡的代价，也是值得的。

芳魂暗锁
缀锦楼

三姑娘的"秋爽斋"旁边不远，便是二姑娘迎春的住处"缀锦楼"。对于缀锦楼，《红楼梦》里着墨并不多，不过是被中山狼娶走之后，有宝玉徘徊紫菱洲一带的一段伤心文字，那已是在祭奠迎春了。迎春没有宝黛的光芒四射，更无元春的显赫荣光，她甚至不如同为庶出的探春那样要强彰显。邢夫人训斥她说："我想天下的事也难较定，你是大老爷跟前人养的，这里探丫头也是二老爷跟前人养的，出身一样。如今你娘死了，从前看来你两个的娘，只有你娘比如今赵姨娘强十倍的，你该比探丫头强才是。怎么反不及他一半！"下人们和稀泥，只说："我们的姑娘老实仁德，那里像他们三姑娘伶牙俐齿，会要姊妹们的强。"

因此，探春的秋爽斋明朗疏阔，按捺不住的富贵气象和凌云气志，迎春的缀锦楼便断然不会如此。照她这样柔软内敛、不与任何人争斗的性子，她的缀锦楼当无太多自己的主意，大概也就是一般大家庭中深闺绣阁的布置罢了。

《说文》云：重屋曰楼。缀锦楼名字虽奢华，但式样一如普通楼的规格，重檐叠屋，

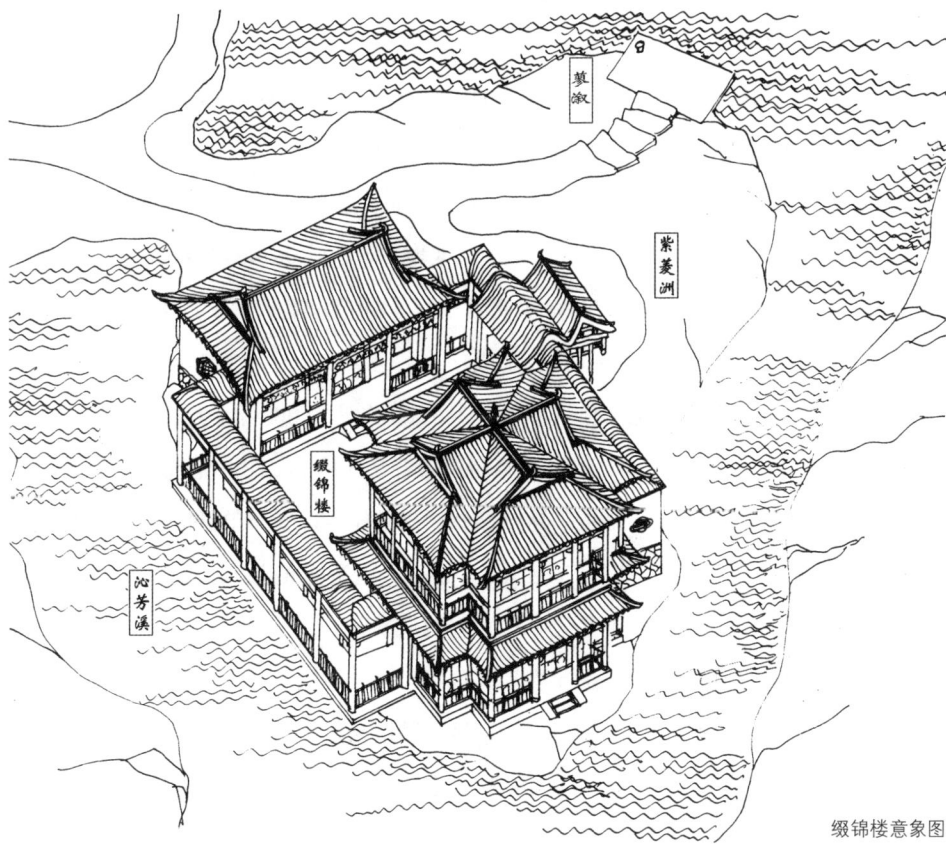

缀锦楼意象图

高矗于紫菱洲之上。从潇湘馆出来往西行，途经滴翠亭和蓼溆，便见到缀锦楼。缀锦楼大概没什么值得特意描述之处，终归是平平的，不似潇湘馆和蘅芜苑那样镌刻着主人强烈鲜明的个人印记，相较而言，倒是紫菱洲更有一些迎春的痕迹在。诸钗起诗社各取雅号，用"缀锦楼主"当然不如"菱洲"来得更出尘清雅。顾名思义，"紫菱洲"是水中一块长满菱花苇草的陆地，周围有蓼汀、荇叶渚等几处风景，萧萧飒飒融成一体。迎春嫁后，宝玉天天到紫菱洲一带徘徊瞻顾，见其"轩窗寂寞，屏帐萧然"，只有几个该班上夜的老妪在此间趋走。美人已去，楼阁顿时黯然空旷，亦不复再有颜色。而岸上的蓼花苇叶，池内的翠荇香菱，也都摇摇落落。这些花草开时是无边际的一大片，沉默的，色香都是各自极小的一簇，打眼看去，是一种逶迤成大块的美，却极其脆弱，禁不起摧折，秋风乍起，它们顿时就萎落了。宝玉说"池塘一夜秋风冷，吹散芰荷红玉影。蓼花菱叶不胜愁，重露繁霜压纤梗"（第七十九回），正写出了紫菱洲的冰雪两重天：闲在时光则水声与棋声，脂粉香共芰荷香，皆融成一片；但秋来风过，蓼苇荇菱皆脱尽颜色，吹散香影，格外凄清。这些也都是迎春寥落凄惨命运的写照和暗示。迎春不见其有何决断和主张，只是手捧《太上感应篇》，将自己都融解在其后了。性格漫漶成无边界状态，囫囵那么一团似的，很难用"懦弱"这样截然明确的字眼，来简单概括这样一种性格。而她希冀存安于缀锦楼一隅的想望，也注定要落空。她无从掌控自己的命运，人是这样的柔软内敛，结局来得却是那样不期然，而且摧枯拉朽，捣毁一切。

兴儿是贾琏的小跟班儿，人见得多，嘴也刁，对尤二姐说，"二姑娘的诨名是'二木头'，戳一针也不知嗳哟一声"，叫人惊疑这二姑娘果然是黛玉眼里那个"肌肤微丰，合中身材，腮凝新荔，鼻腻鹅脂，温柔沉默，观之可亲"的美人么？兴儿确实看到了迎春的表象。迎春是贾赦之女，贾琏同父异母的妹妹，同探春、惜春一样都是庶出。探春要以咄咄才能来掩饰这身份的耻辱，要证明她毫不亚于嫡出的禀赋，成为带尖刺的玫瑰花。对于迎春，这身份却大到具有绝对的力量，将她紧紧钳在手里，她只能将其全盘接受下来，化到骨子里、心肠里，一味逆来顺受，连个"不"字也说不出口的。于是《太上感应篇》成了她遁隐的教门，不下棋，便人《感应》。迎春成为最柔顺的一个，柔顺是她最显著的特征，也是她在诸钗之中最不显山露水、也容易被忽视和淡忘的原因。

她从未用心在吟诗作对上，因此毫无建树，表现平平。元春省亲时，众姐妹作诗，黛玉有心一展才华，迎春既无才华，更懒得用心思，只是敷衍罢了："园成景备特精奇，奉命羞题额旷怡。谁信世间有此境，游来宁不畅神思？"口气平淡，词采简陋，毫无诗意。在为人处世上，她也从不计较，任人欺侮到门上，也能无动于衷。她的攒珠累丝金凤首饰被下人拿去赌钱，她不追究，别人设法要替她追回，她却说："宁可没有了，又何必生气。"丫头司棋因与表兄暗订鸳盟，被抄检出"罪证"，即将被驱逐出去，任司棋如何央求，迎春只是不闻不问，司棋最终受辱被撵，愤而自尽。在势利的下人奴仆眼里，"素日迎春懦弱，他们都不放在心上"，不仅藐视她，更明目张胆欺负到头上，毫不掩饰他们"明欺迎春素日好性儿"的居心。黛玉说她："真是'虎狼屯于阶陛尚谈因果'。若使二姐姐是个男人，这一家上下若许人，又如何裁治他们？"迎春却笑道："正是。多少男人尚如此，何况我哉。"迎春何尝不知黛玉在质疑什么，却避而不答，暗中偷换话题。只是虎狼屯于阶陛之时，像迎春这样出身和处境的弱女子，谈因果固然是虚空，却到底不失为一个自欺和逃避的好去处，须知不谈因果就只能彷徨于无地了，痛楚也许来得更猛烈更承受不得。

迎春有两个丫鬟，一个叫司棋，一个叫绣桔，隐含着"棋局"的谐音，迎春就是这盘棋局上的棋子，被家族利益和贾赦的私人算计所推搡，全无幸福可言。宝玉说"不闻永昼敲棋声，燕泥点点污棋枰"，可见迎春最经常的消遣就是下棋，棋枰是她躲避纷扰最乐意待的角落。谁都不要打扰她，她只想离得远远的。她的愿望、梦想、生之欢愉，都在棋盘上，棋盘是她的屏障，她用来挡开外面乱哄哄的景象。可怜这终究只是她一厢情愿，她在眼前小小的棋盘上可以算计得胜，却如何算计得过家族利益和家长意志，它们是掀决一切的飓风，将她和她的棋盘一起冲散得七零八落。

迎春生母早亡，父亲贾赦好色贪财，第一等不肖之人，邢夫人怪僻愚蠢，常常无事生非，贾赦这一脉在贾府中也本不得重视，更说不得下头那些见风使舵的奴仆们了。迎春处其中间，倒有"一年三百六十日，风刀霜剑严相逼"的情势。最后由贾赦独断，许给孙绍祖，据这孙绍祖说，倒是贾赦"使了他五千两银子"，将迎春抵债"准折卖给"他的。父与夫皆是这样骄奢淫荡之徒，迎春的下场只能是"芳魂艳魄，一载荡悠悠"。八十回后，迎春归家，"哭哭啼啼在王夫人房中诉委曲，说孙绍祖一味好色，好赌酗酒……"对于万般皆忍耐的迎春而言，这哭哭啼啼怕是她最大的反抗了。只是，她曾经这样相信因果报应，相信《太上感应篇》许诺给她的"祸福无门，唯人自召，善恶之报，如影随形"，到如今她的善行却得了这样不堪的结果。信念塌了，这世界真不配……

迎春也许生了万般厌弃之心，自知将不久于人世，这唯一一次归宁，心心念念的还是大观园紫菱洲上的缀锦楼。无论如何，她在这里曾经度过生命中最美好的时光，这里有她青春中最美好的念想。在缀锦楼和紫菱洲上徘徊流连的这三五日里，迎春将它们一一割舍和埋葬了。也许墙上还挂着她用茉莉花串成的花环，只是已经香尘铺满，颜色

清人《大观园图》之局部
中秋螃蟹宴

枯萎。这茉莉花环维系着大观园鼎盛时期小儿女们无尽的快乐，也维系着迎春在自己圈定的小小世界中满怀的心事和梦想。她总是甘心居于边缘，热闹里守着点宁静。当日中秋螃蟹宴上，诸钗各有消遣，黛玉坐在绣墩上钓鱼，宝钗掐了桂蕊掷向水面，引游鱼浮上来唼喋，湘云招呼众人一起吃蟹，探春和李纨、惜春立在垂柳阴中看鸥鹭，迎春亦是独自一人，守着一块花阴，拿着花针穿茉莉花。一切的喧嚣就请止住，一切的讥嘲更应自惭形秽，就在这一个秋天，这样一片花阴，迎春拥有了所有的美、幸福、骄傲和尊严，耀眼的静美，丝毫不亚于钗黛的光芒。

在心里埋葬了这茉莉花坏，迎春离开了她的缀锦楼。走之前，她对贾母含悲而泣："老太太始终疼我，如今也疼不来了。可怜我只是没有再来的时候了。"一语成谶。回到孙家未几日，迎春魂归恨天。风这样大，这样紧，她是被拔根而起的一株弱柳，一心只是归顺，从未想过反抗，却依然逃不了这样凄凉黯然的收场。

紫菱洲畔水萦洄，憔悴栏杆空自哀。轩窗屏帐皆寂寞，从此佳人不复回。

缀锦楼锁住了迎春的韶华，成为又一位佳人的陪葬。

暖香坞中冷心人

对于贾惜春的住处，《红楼梦》中并没有精确、明晰的构思，只是第二十三回说起"惜春住了蓼风轩"，第三十七回诸钗起诗社时说："四丫头在藕香榭，就叫他'藕榭'就完了"，第五十回里则道："从里边游廊过去，便是惜春卧房，门斗上有'暖香坞'三个字。"如此推断，暖香坞、蓼风轩和藕香榭可能相邻甚近，是个自成一体、相对封闭的景区或建筑群落，贾母一行人过了藕香榭后，就到了暖香坞，可为证明。因此用其中任一个来指称这块区域都是说得过去的。藕香榭维系着大观园鲜花锦绣一般富贵而且诗意的记忆，是大观园最鼎盛时候的一段见证。蓼风轩、暖香坞却比不得藕香榭，并没有引起作者过多的笔墨流连，惜春却以她的心冷口冷、心狠意狠，一意孤绝于尘世的心性品格，与她的居所风格截然对峙，成为大观园里一根锐利的长刺。

水榭藕香诗生活

《释名》云："榭者，藉也。藉景而成者也。或水边，或花畔，制亦随态。"榭有水榭、花榭等数种，是为观水赏花而设，也能起到间隔景观层次、增加景观变化和纵深的作用。榭的形制没有一定之规，不一而足，全在匠心把握，因地制宜，依据周围景致赋予相应形态，要的是容融整体之美。

藕香榭是为了观赏水容水态而建造的，作为一处景区，除了水榭外，还有水亭、曲廊和竹桥，错落宛转，趣味和意境都往十分里做去。"盖在池中，四面有窗，左右有曲廊可通，亦是跨水接岸，后面又有曲折竹桥暗接"，开窗则四下里风生水起，入榭则有飘举若仙之想。水榭柱子上挂着黑漆嵌蚌的对联，写着："芙蓉影破归兰桨，菱藕香深写竹桥"，可见水景最美是夏天——莲花如玉菱花香，水面上一派天真，香气溶入水里，散入风中，稀释了，也更清远绵长；更有兰桨击破水流声，竹桥载动脚步声，声声入耳，显得夏日永昼格外悠长寂静。贾母二宴大观园时，在缀锦阁里吃酒，女戏子们在藕香榭的水亭子上演习乐曲——借着水音欣赏，箫管悠扬笙婉转，乐声穿林渡水而来，格外好听。不远处的河岸上，有两棵桂花树，到了秋天，桂花香芬渺杳，像是女儿茫茫的心事，并作藕榭一味凉。

藕香榭示意图

　　大观园里几度春秋，其中最丰盈最欢喜的一个中秋，是在藕香榭发生的。这里摆起了螃蟹宴，只见一轮明月当空，荷花、菱藕、桂花香成一片。螃蟹这样丰腴，风景这样静好，女儿们这样无忧自在，藕香榭的秋天这样饱满馥郁，有着常处富贵里那种纯净的安娴。凤姐形容这里好，别有一番说辞："那山坡下两颗桂花开的又好，河里的水又碧清，坐在河当中亭子上岂不敞亮，看着水眼也清亮。"谁说凤姐没有文化、腹内草莽，这段话说出来，的的确确是锦绣的心肠。

　　榭里栏杆外另放着两张竹案，一个上面设着杯箸酒具，一个上头设着茶筅茶盂各色茶具。两三个丫头煽风炉煮茶，另有几个丫头则在煽风炉烫酒。摆了两桌宴，各就其位，一枚螃蟹在手，岁月久长了许多。待长辈们尽兴而返，女儿们则将大团圆桌放在当中，仍旧布满酒菜，各尽其宜随意散坐。又另摆一桌，拣了热螃蟹来，请丫鬟们共坐品尝。山坡的桂树下又铺了两条花毡，命答应的婆子并小丫头等也都坐了，只管随意吃喝。难得如此齐备，真是一场女子的盛宴。

宝玉又道："今日持螯赏桂，亦不可无诗。"于是各自赋诗，分述己志，成就了黛玉"冠绝诸芳"的菊花诗，成就了不一样的讽世"太毒"的宝钗，也成就了《红楼梦》里最流光溢彩的一篇华章：《林潇湘魁夺菊花诗　薛蘅芜讽和螃蟹咏》。

暖香与冷心

"坞"是建于地势凹陷处的建筑，避风保温自然有先天的优势。"轩"与之正好相对峙，是指位于地势高敞处的建筑，取"轩轩欲举"之意，为有窗的廊或屋。暖香坞和蓼风轩便分别位于相邻的凹处和高处，像是召唤和呼应的关系，又是高一声，低一声，错落得鲜明，跌宕得清楚。暖香坞两侧又有青山，前面临着一道曲水，水之上又有一座藕香榭，天光云影，山水相依。暖香坞不仅风景好，风水也不差："坞"在凹陷之处，有山挡住风袭，保温很好，坞中的香气都是有温度的。冬日大雪，诸钗在芦雪庵中联诗，贾母怜惜她们体弱，道："这里潮湿，你们别久坐，仔细受了潮湿。"因又想起附近暖香坞，遂又云："你四妹妹那里暖和，我们到那里瞧瞧他的画儿，赶年可有了。"惜春擅长绘画，大观园的全景图便在暖香坞中被她如切如磋、如琢如磨了许多日子，切磋琢磨的

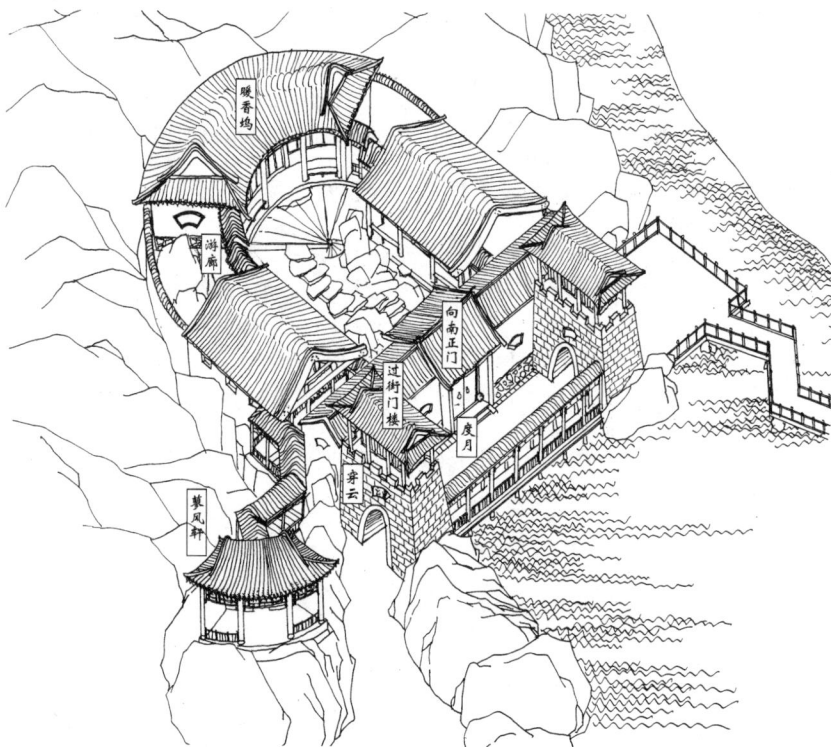

暖香坞意象图

结果，是惜春勘破三春，舍身出家。

　　那日贾母"坐了竹椅轿，大家围随，过了藕香榭，穿入一条夹道，东西两边皆有过街门，门楼上里外皆嵌着石头匾，如今进的是西门，向外的匾上凿着'穿云'二字，向里的凿着'度月'两字。来至当中，进了向南的正门……从里面游廊过去，便是惜春卧房，门斗上有'暖香坞'三个字。早有几个人打起猩红毡帘，已觉温香拂脸。"果然是暖和的，不枉了"暖香坞"的令名。暖香坞的建筑形制也从中可见一斑：正门前是一个夹道，左右有过街门楼，门楼为门上起楼，是来增加气势以示壮观的，其中西门楼内外分别刻着"度月""穿云"的匾额，依据作者惯有的无处不象征的手法，这里建造起繁复的门楼，大概是象征风花雪月的波澜壮阔，不易穿越。惜春不看破它，也就无由出家。进了正门后，两侧亦是游廊，从游廊穿过去，便到了惜春的卧房暖香坞。

暖香坞虽温香扑面，惜春却是冷脸冷心的人，与这宅子的气氛截然相反。惜春是宁国府贾敬之女，贾珍的胞妹，是贾府里"四春"中年龄最幼的，被称为"四小姐"或"四姑娘"，经世最少，本应懵懂无邪，却偏偏是她犀利苛刻，抛却繁华出了家。惜春的慧根和悟性都很高，并不一定要亲身去经历才能勘破幻灭，她成长的岁月中见到的已是贾府日趋衰败的景象，呼吸的是末世的阴冷气息，感受着"三春本无常"的命运：元春纵然是荣享皇妃之尊贵仍不免一朝黯然香消，探春任如何逞强好胜不过是迢迢远嫁路三千，迎春再怎样忍耐屈服也逃不掉命运的凌厉指爪。惜春知道自己即将到来的命运会是什么，再好好不过元春去，但最坏将会怎样？似乎怎样坏的境遇都有可能，"坏"是触不到底的，她不见得会比迎春和探春好到哪里去。惜春未必是彻悟了佛教的真谛才削发为尼的，她为自己选择出家的道路，不过是在现实世界向她拉开森冷的大幕之前，先行逃到另一个世界里，将自己的知识悟觉都封闭起来。只是，她所投奔的世界并不一定能保护她，成为她最终的归宿。妙玉不就没能逃脱现实世界的魔爪、仍旧被丢到万丈红尘中最腌臜的地方去了吗？命运总是无可预测的。

既是对这世界如此恐惧和绝望，如此缺乏安全感，自保尚且不能，他人就更无暇顾及，惜春在常人眼中便显得峥嵘和冷峭了，是寒冰一样凄厉的剑锋，是探春口中的"孤介太过"。抄检大观园时，惜春的丫头入画被抄出些男人用的物品，后来证实是入画哥哥从贾珍那里得来的一些小赏赐，私下寄存在妹妹这里。私自传送东西有违府规，但性质并不严重，惜春却坚决要求凤姐不要轻饶她："我竟不知道，这还了得！二嫂子，你要打他，好歹带他出去打罢，我听不惯的。""嫂子别饶他这次方可。这里人多，若不拿一个人作法，那些大的听见了，又不知怎样呢。嫂子若饶他，我也不依。"反倒是凤姐替入画求情。惜春却不依饶，请来尤氏，摔出一句狠话："嫂子来的恰好，快带了他去。或打，或杀，或卖，我一概不管！"这个惯于在尺牍上写意抒情的惜春，竟能够做到如此狠心，非同一般。其后的一席话更将尤氏气得羞恼激射：

> 古人说得好，"善恶生死，父子不能有所勖助"，何况你我二人之间。我只知道保得住我就够了，不管你们去。从此以后，你们有事别累我。
>
> 我不了悟，我也舍不得入画了。
>
> 古人曾也说的，"不作狠心人，难得自了汉"。我清清白白的一个人，为什么教你们带累坏了我！

还不到及笄之年，惜春却能发出这样凛冽的逼问，她的精神仿佛在极高极寒的绝地，全无亲情爱意，自己也要冻僵了一样，从里到外散发寒气；又仿佛躲在千重万重屏障之后，向世间抛出这冷箭一样的咒诅和质疑，同时还想要保护自己，任无辜的、有罪的皆不宽恕。因痛恨这腌臜，便想躲避逃开，惜春不惜将自己投掷到极端隔绝、孤介难容的境地。也许她更是知道，各人有各人的冤业，各有各的运命，谁也救不了谁的，所以才会这样不容情理。但若果然看破，又何必如此决绝痛烈地想要保住自己。她是自己家族的囚徒，被这个世界捆绑着，下沉便也跟着一起下沉的，而愈想挣脱，挣扎得愈狠，下沉得也只能愈快。

在受命为大观园画全景图时，惜春就完成了对大观园来去经过的盘点和清算，也完成了对贾府奢华生活的祭奠和告别。她制作的灯谜曰：

前身色相总无成，不听菱歌听佛经。

莫道此生沉黑海，性中自有大光明。

再怎样灯火楼台，再怎样温香暖玉，暖香坞也留不住这个心冷口冷尘心冻彻的四姑娘了。只是佛经听得再多，可真能得了大光明吗？惜春判词说"可怜绣户侯门女，独卧青灯古佛旁"，是含混的、摇摆的，并不能说明惜春在精神上真得到了她想要的解脱。倒是她依附于尼姑庵，每日沿街"缁衣乞食"、化缘谋生的日子，见证着贾府又一钗孤独和凄惨的结局。

村舍稻香
静掩扃

潇湘馆出来后，便见大主山斜阻在前，待转过山怀中，隐现一带黄泥筑就的矮墙，墙头皆用稻茎掩护。眼前渐渐开阔了，一派花药自芬、竹林翳如的田园风光。这便是稻香村了。

繁华垫底的田舍村庄

还没到稻花香的时候，迎面拂来的是一股子一股子热熏熏的杏花香——只见几百株杏花，开得如喷火蒸霞一般，映着茅檐。原是有人提议叫杏花村的，宝玉嫌其俗陋浅白，取"柴门临水稻花香"的意境，换了"稻香村"的名，果然气味和境界都出来了。

　　朱门深宅之中，蓦然撞见村野山庄，膏腴之气顿扫而空，新鲜妩媚又添一倍，贾政也不由叹道："固然系人力穿凿，此时一见，未免勾引起我归农之意。"里头数间茅屋环抱，外面是桑、榆、槿、柘各色树稚新条，随其曲折，编就两溜青篱。篱外山坡下，有一土井，旁有桔槔辘轳之属。下面则分畦列亩，佳蔬菜花，漫然无际。

稻香村意象图

宝玉却不以为然，他自有一番道理：大观园这等花锦繁华地，"却又来此处置一田庄，分明见得人力穿凿扭捏而成。远无邻村，近不负郭，背山山无脉，临水水无源，高无隐寺之塔，下无通市之桥，峭然孤出，看去觉得无味，似非大观。争似先处有自然之理，得自然之气，虽种竹引泉，亦不伤于穿凿。古人云天然图画四字，正畏非其地而强为地，非其山而强为山，虽百般精巧终不相宜。"因稻香村的田舍家气是以花锦繁华垫的底，再怎样巧夺天工，始终是不明不白，出处可疑。其实，作为一种理想和情怀，自不必如宝玉这般苛求。何况稻香村模仿得如此酷肖逼真，自有一种归园田居的气派。

李纨选择住在了这里。她觉得心中很安定——这是侯门深似海中可供隐退蛰居之地，没有聚光灯照在头顶，没人注意到自己。诸钗结诗社的时候，她自封"稻香老农"，年纪这样轻，不过二十五六岁，还是馥郁饱满好年华，心境却已苍老衰颓到如此。

李纨亦是金陵名宦之女，父亲李守中曾为国子监祭酒。李氏族中男女无有不诵诗读书者，一路书香下来，到李守中这里，事情就起了些变化。他信奉"女子无才便是德"，生了女儿时便不十分令其读书，只不过《女四书》《列女传》《贤媛集》等三四种书，使她认得几个字，记得前朝这几个贤女便罢了；却只以纺绩井臼为要，因取名为李纨，字宫裁。自幼便是三从四德的教育，纵使李纨原本是活泼淘气的，恐怕也渐渐被驯服了。所以她年轻的丈夫贾珠——贾政的长子、宝玉的长兄溘然长逝后，她虽处膏粱锦绣之中，竟亦如槁木死灰一般，一概无见无闻，古井无波，唯知"侍亲养子，外则陪侍小姑等针黹诵读"而已。

这样一个贞烈驯顺的女子，言行举止几无甚出彩之处，以至于俞平伯认为她不过是聊充十二钗之数，谈《红楼梦》尽可以撇开李纨不谈。某种意义上，这并未冤枉她。小说中许多重要事件李纨都在场，可在场的只是她的姓名，她自己在这姓名后却消失了。她总是角落里最沉默的一个，轻易就被遗忘了。

她的第一次出场是黛玉进府时，一句"珠大嫂子"就带过去了，远不及凤姐出场彩绣辉煌，声势煊赫，二人反差极大。红楼梦的大幕刚刚拉开，凤姐就已是焦点和主角之一了，李纨则注定将是位居边缘、无足轻重的角色。她就是这样，没有什么分量，最多不过是敲敲边鼓，仿佛是贾府的光产生的一道影儿——光总要生出影子，所以处处都要提到她，她却不是那光。她自己也不要做这光，远远地退开了，躲到稻香村里。李纨自己不做这"光"，却是一心要她的儿子贾兰做光里最亮的那束。她未嫁从父，婚后从夫，失了父与夫的依傍后，她便一心服侍培养儿子，这是她唯一的终极的目的。她从未意识到自我的存在，甚至没有丝毫主动的意志，她是缺乏行动的，但也同样不会思考，她只是按部就班地服从和遵守，从没有疑问。就似这繁华场上的稻香村，虽粗头乱服，却不掩国色，底子终究还是华贵的，却无一天然本色，处处是人力强行斧凿的痕迹，只能为人所安排。李纨就是这样始终在阴影里。

李纨对妇德、妇言、妇容、妇功极在意的。《女戒》说"妇德不必才明绝异"，不需多大的才华，只要"清闲贞静，守节整齐，行己有耻，动静有法"，就很好了。坚守节操，守身如玉，婉娩听从，谦恭有礼，穷能安贫，富需恭俭，这些李纨完成得都很好。至于妇功，自幼李纨便以纺绩井臼为要，完全符合"专心纺绩，不好戏笑；洁齐酒食，以奉宾客，是谓妇功"的要求。李纨也不喜多言，远不如凤姐能言善辩，但"妇言不贵多，而贵当"又很考验智慧和修养，李纨的策略便是不说话、不发言，惹来是非的几率总要少得多。

因寡妇身份，李纨更不可精心修饰了，所谓"盥浣尘秽，服饰鲜洁，沐浴以时，身不垢辱，是为妇容"，据此审视，李纨也是绝无不妥的。李纨当然是天生丽质的美人，跻身十二钗正册总须如此才可以。贾母曾说过择媳标准，"不管根基富贵，只要模样配得上就好。"李纨又有两个堂妹"精华灵秀""水葱儿似的"，也可为佐证。但她却心如死水，掣签说"竹篱茅舍自甘心"，不施粉黛，简装易行，在俭朴里是安之若素的。第七十五回里，尤氏在她这儿盥洗，用的都是大丫头素云的脂粉，她是无心打扮自己的。第七回送宫花一节，所有人都直接忽略了她——薛姨妈这样分配了十二枝宫花的去处："你家的三位姑娘，每人一对，剩下的六枝，送林姑娘两枝，那四枝给了凤哥罢。"周瑞家的得了令，便开始一路去分花，"穿夹道从李纨后窗下过，隔着玻璃窗户，见李纨在炕上歪着睡觉呢，遂越过西花墙，出西角门进入凤姐院中"。新鲜制法的宫花与正睡觉的李纨擦墙而过，这真是一个玲珑机警的写法。凤姐拿到四枝宫花，便吩咐周瑞家的拿两枝给秦可卿送去。无人想到李纨，李纨清心寡欲的生存状态已经被众人视作理所当然，再无人去关注了。

她在这阴影里成为贾家的一座活牌坊，成为贾家自封"诗礼簪缨之族"的一个鲜活有力的佐证，她的存在价值或许就是这么些了。虽然一心抚养贾兰，指望他能高中做官，但结果是否会如愿谁也说不好。无论怎样，她都是茧中的蛹，无力挣脱，终将了结于传统观念所施于她的沉重的精神负荷里。

竹篱茅舍中的精明

"杏帘招客饮，在望有山庄。菱荇鹅儿水，桑榆燕子梁。一畦春韭绿，十里稻花香。盛世无饥馁，何须耕织忙。"这是黛玉描绘的稻香村的桃源景象。稻香村里就如普通农家一样，数楹茅堂，一色芦苇、稻草苫顶，里面纸窗木榻，什么古董玩器一概皆无，摆设也都极尽精简节约，富贵气象一洗皆尽。这是照着过日子的景象来设计的，却不似潇湘馆等处，精神上总还要些多余的陈设。刘姥姥二进荣国府时，没有来稻香村一览，不知这位真正的乡下农妇，对此刻意设计出的田园风光会有怎样感想。

李纨倒是甘于在此闲居的。她的生活也像稻香村一样，丝毫纤华繁缛也无，人往素净的极致走，越走越单薄、透明，就是贾府的一枚勋章，说出去总还是贾家的家族名声好，规矩大，但说不重要就一点意义也没有，谁会在意一枚没有实际价值的勋章呢？

众人为宝玉过寿，李纨掣的签上画着一枝老梅，写着"霜晓寒姿"四字，诗云："竹篱茅舍自甘心。"注云：自饮一杯，下家掷骰。李纨笑道："真有趣，你们掷去罢，我只自吃一杯，不问你们的兴与衰。"

这自吃一杯的闲居，"不问你们的兴与衰"，有时候也正是李纨的精明。作为一个为贾家接续了香火的大少奶奶，李纨本更有资格列身于贾府的管理层，直接参与到府中内政的管理。但事实却相反，李纨对整个家族的事务几乎是不闻不问的，倒是贾赦的儿媳凤姐过来支撑局面。凤姐病了后，王夫人请李纨来主持，实际开展起来后，探春却成了主角，李纨倒侧身而立。李纨的小心行事、有意避让可见一斑。李纨当然明白，偌大贾府暗潮汹涌，主持家政的人便是站在风口浪尖，各种矛盾都会汇总到这里来，稍有不慎，便大厦尽倾。她一个寡妇，何德何能，总有差池的时候，又何苦惹火烧身，自毁形象？大家都冷漠了她，而她亦是对谁都不怎么用情的，侍亲养子，陪侍小姑针黹诵读，在她都是一种义务；凤姐生病后，她与探春宝钗接管大观园，她也只是尽一份职责罢了，并无重振园子的雄心。只要不损害她的利益，她乐得做好人，赵姨娘的弟弟死了，她张口就赏四十两，按照规矩，二十两便足够了。再加上这般谨慎退隐，李纨果然面子里子俱都得了好处。下人心中，她是个"活菩萨"；诸钗眼里，她随和温柔，并不端着捂着这样无趣；贾母则赞她"带着兰儿静静地过日子"，觉得她"寡妇失业的"可怜，给她的物质待遇极好。所以，在经营人际关系，塑造自我形象上，她比凤姐成功。

她何尝没有判断和决断，只是在外不轻易显露罢了。在"起诗社"这样无关大雅的事情上，就显出她的魄力和识见来。探春成立海棠诗社，她也来了，进门就笑道："雅的紧！要起诗社，我自荐我掌坛。前儿春天，我原有这个意思的。我想了想，又不会作诗，瞎乱些什么，因而也忘了，就没有说得。既是三妹妹高兴，我就帮你作兴起来。"一番话说得干净利落，滴水不漏，一改从前的低调：将这主意归到探春头上，以保护自己寡居者的身份，又赞这主意雅的紧，同意帮忙，送探春一个顺水人情。咏白海棠时，众人看了，都道是黛玉的诗为上，她力排众议，道："若论风流别致，自是这首；若论含蓄浑厚，终让蘅稿。"又道："怡红公子是压尾。"宝玉说"只是蘅潇二首还要斟酌"，李纨却很坚持："原是依我评论，不与你们相干，再有多说者必罚。"宝玉听说，只得罢了。李纨道："从此后，我定于每月初二、十六这两日开社，出题限韵都要依我。"这里的音调声气格外不像"槁木死灰"的李纨会有的。

　　她的俭朴持家，也不全是清心寡欲的结果。在贾府这样一个亲骨肉都恨不得"你吃了我，我吃了你"，下人们更"人多口杂"，"专能造言诽谤主人"的地方，李纨很明白，她和贾兰的生存只能靠自己。她的俭朴倒有三分是为将来打算而来的，是种模糊的远见和下意识的精明。她虽不占人家便宜，但也不肯吃亏的。第四十五回众人起诗社，李纨带着浩荡一行人到凤姐那儿拉赞助，凤姐儿笑模笑样地戳穿她："亏你是个大嫂子呢！……这会子他们起诗社，能用几个钱，你就不管了？……你一个月十两银子的月钱，比我们多两倍银子。老太太、太太还说你寡妇失业的，可怜，不够用，又有个小子，足的又添了十两，和老太太、太太平等。又给你园子地，各人取租子。年终分年例，你又是上上分儿。你娘儿们，主子奴才共总没十个人，吃的穿的仍旧是官中的。一年通共算起来，也有四五百银子。这会子你就每年拿出一二百两银子来陪他们顽顽，能几年的限？他们各人出了阁，难道还要你赔不成？这会子你怕花钱，调唆他们来闹我，我乐得去吃一个河涸海干，我还通不知道呢！"凤姐虽是戏谑，却也不客气，在众后辈前，公开了李纨的财政收支状况，话里说她有钱，话外则嘲她小气，说得至清至白，满情满理，李纨无言以对，只好顾左右而言他，将话题扯开以为支吾。但平心而论，一个寡妇家的，没有男人可依靠，获得进项便很困难，只能靠自己控制支出，建立一点生活安全的基础。

　　却见第三十七回憨头憨脑的湘云主动提出自罚东道，先邀一社，若非宝钗替她分析说："你家里你又作不得主，一个月通共那几串钱，你还不够盘缠呢。……况且你就都拿出来，做这个东道也是不够。"兴头上的湘云都不会想到这么多。经济状况如此窘迫，却依旧大方豪气，对比湘云的"憨"，李纨的精明可见一斑。

"守着窗儿，独自怎生得黑"

独自守着窗户，看稻香村外的天一点一点黑下来的时候，纵是古井无波的李纨也会起一点寂寥的心思了。白日还可以与众姐妹一起风雅风雅，多余的时间则在田畴地间消磨掉，但到了晚上，时间一寸一寸，太长了。宝玉挨打那回，王夫人哭得肝肠寸断，忽然想起贾珠来，李纨终于可以跟着痛快淋漓地哭一场。她是孤单的，螃蟹宴上触动心事，说起贾珠在世时，也有几个房里人，可惜都守不住，日日在屋里不自在，只好趁年轻都打发了。"若有一个守得住，我倒有个膀臂。"说着滴下泪来。这次意外的失态对于寡言的李纨是不常见的，只因在众多不设防的姐妹群里，她敞开了一次心扉，但此后再也没有敞开过。

她全副精力都放在培养儿子贾兰身上。宝玉为此处题诗曰"好云香护采芹人"，也是谓此。"采芹人"是指读书人。后人将考中秀才入学官称"入泮"或"采芹"，且赠芹以贺。而且，李纨对贾兰的培养是全方位的，不仅促他读圣贤书，还安排他习武。第二十六回宝玉在大观园里闲逛，沉浸在美景和诗意里面，忽然山坡上两只小鹿箭也似的跑了过来，只见贾兰拿着一张小弓追了下来，宝玉问他做什么，他回答说："这会子不念书，闲着作什么？所以来演习演习骑射。"答得何等堂皇正大，何其坦然之至，与宝玉正是两路人物。

按说贾兰身为贾府的重长孙，地位并不比宝玉差。但大多数热闹场合都没有贾兰的身影，他的显示度还赶不上襁褓里的巧姐。第五十四回荣国府元宵开夜宴，那般隆重的场合，婆婆媳妇孙子重孙子灰孙子滴滴答答的孙子都来了，还有众多不相干人等，却无人注意这个孩子的缺席。第二十二回全家聚在一起猜灯谜，贾政不见贾兰，李纨笑着答道，他说方才老爷并没叫他去，他不肯来。作为贾政的嫡孙，贾兰地位并没有得到应得的重视。他是敏感的，早熟的，寡母带大，对人事就会另有一种体察，多出一些警惕，而且对自己要求愈是苛刻，愈懂得自励图强。

李纨的判词说："桃李春风结子完，到头谁似一盆兰"，贾兰最终实现了母亲的愿望，"气昂昂头戴簪缨，光灿灿胸悬金印，威赫赫爵禄高登"。只是美韶华去之何迅，这"戴珠冠，披凤袄，也抵不了无常性命"，李纨最后应是在儿子显贵后没多久就香消玉殒了。她成为荣国府里一道显著的贞节牌坊，成为《列女传》中的一个姓名和事迹，其间苦行僧一般的辛苦煎熬，只在寂寥寡淡的稻香村里供人揣想凭吊。

蘅芷清芬
苑在山

过了"沁芳亭""有凤来仪""杏帘在望"三处，缘径循泉，一路来到萝岗石洞。此处并无舟楫可渡，只能攀藤援树，"从山上盘道上去"。宝钗的蘅芜苑赫然出现眼前。

古语说"仁者乐山、智者乐水"，潇湘馆中水最丰富，黛玉正是一个看透世事、翩然世外的智者；而宝钗之居位于山上高处，苑中有玲珑大石头和各种石块，藤蔓披拂，则见曹雪芹将其定位于仁者的意图。智者多赖天然灵性，仁者则多系后天修习而成，且所重并不在学问才华，而在于情操与道德的完善。这与温良恭俭让诸德兼备的宝钗恰好符合。

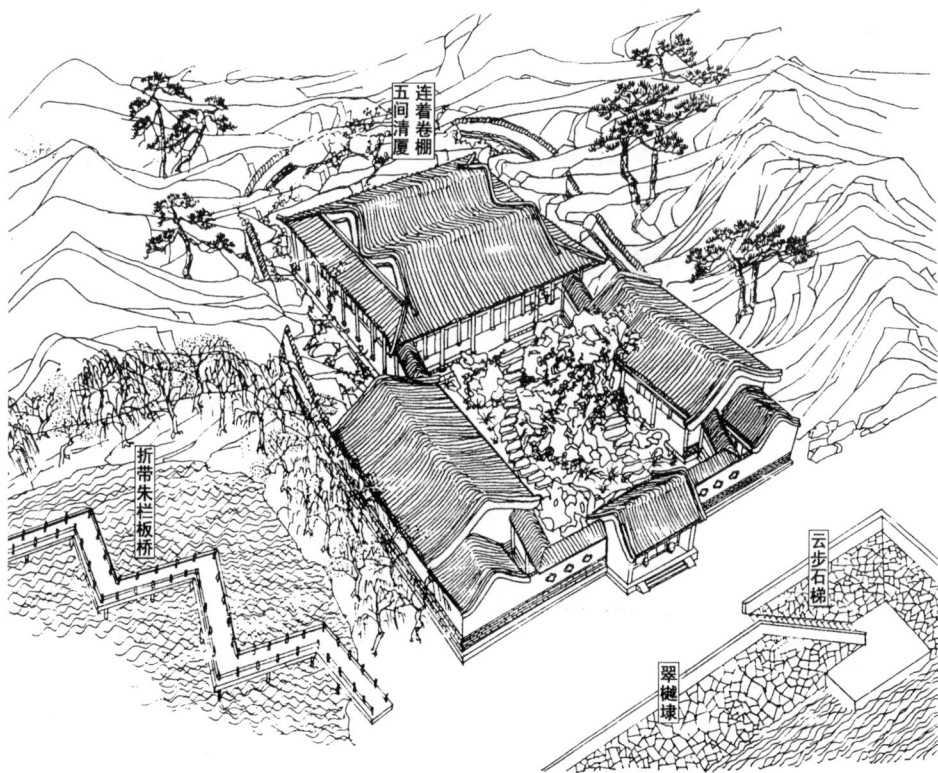

连着卷棚
五间清厦

折带朱栏板桥

云步石梯

翠樾埭

蘅芜苑意象图

　　一路过来，"只见水上落花愈多，其水愈清，溶溶荡荡，曲折萦纡。池边两行垂柳，杂以桃杏，遮天蔽日，真无一些尘土"。落花愈多而水愈清，可见得这水的有容乃大，涵蓄实深；垂柳桃杏虽是寻常园林植物，却颇有妩媚姿态，饶多新鲜颜色。更为难得的，是其"遮天蔽日"却能"真无一些尘土"，洁净到如此，唯有仙品方能。

蘅芜苑的清瓦花堵

　　蘅芜苑周遭的环境折射着宝钗的博大气度和容量，暗示着她非同凡品的仙姿。其实宝钗刚来贾府未多久时，就因"行为豁达，随分从时"，已"比黛玉大得下人之心。便是那些小丫头子们，亦多喜与宝钗去顽"（第五回），日后与人为善，怀体恤之心，容纳各类人等，亦于文中处处见到。清人涂瀛虽是贬钗派，却不得不承认宝钗的气量宽广，谓"宝钗静慎安详，从容大雅，望之如春。以凤姐之黠，黛玉之慧，湘云之豪迈，袭人之柔奸，皆在所容。其所蓄未可量也"。正因为气量大，格局大，宝钗才能不为外在表象所惑，能将许多复杂关系调理清晰，繁琐事务处理妥当。

山石背后的风光

　　度过柳荫中露出的折带朱栏板桥，往前，便见"一所清凉瓦舍，一色水磨砖墙，清瓦花堵，那大主山所分之脉，皆穿墙而过"。外表看去，建筑的形制和材质均无甚特奇之处，所以贾政毫不客气地批评说："此处这一所房子，无味的很。"——此句只是曹公的写作技法，"先故顿此一笔，使后文愈觉生色，未扬先抑之法。"（脂砚斋批语）其实，蘅芜苑的外观是经典的款式与样貌，有其固有的深刻传统，绝非"无味"一语可抹煞的。清凉瓦舍、水磨砖墙、清瓦花堵，简洁，浑朴，不事雕饰，是为本真。又有山脉穿墙而过，墙体的一部分借了一脉山体，陡增峥嵘奇崛之气，经典的形态中增添了许多意想之外的新鲜和奇趣，这正是宝钗性情的很好说明。

宝钗出现在贾府时，已经是训练有素的大家闺秀，而且名副其实是闺秀中的翘楚。闺秀究竟应该如何，只要拿宝钗这个模范去衡量便是。中国人不赞成太触目的女子，总要女子小心包藏起来，以表内敛涵养，却不肯她有丝毫的私密，哪怕挂起帐子，门总要大开的，以示清白情操。黛玉便是锋芒"太多太露"了，容易遭受逞才傲物之讥。宝钗正是温柔敦厚的，微婉委曲，从不张扬，只是自己却在这"模范"和"标准"之中消失了。

只是到了大观园中，日与姐妹们嬉戏，离母亲的管教和外界势力的束缚远了，一些天性中的风趣开始复苏，虽然偶尔也仕途经济地理论一番，但也会沉醉于春色自在扑蝶，也会因一时的气结而讥讽宝黛，会借螃蟹的诗题作出犀利的讽世诗，会展露自己与诗和管理的才华，而暂时忘记"女子无才便是德"的闺训。这些都加起来，才是立体的宝钗，很理性，但也有性情；素承贵族的教养，但也依旧女儿可爱。对于这一点，从对蘅芜苑的描述中，可窥见更深一步的说明和启示。

步入蘅芜苑大门，"忽迎面突出插天的大玲珑山石来，四面群绕各式石块，竟把里面所有房屋悉皆遮住"。这是有意地挡住全部景象，不随意，不附庸——这是对宝钗性

玲珑山石的掩映

格直接的折射：她是惯于"藏愚"与"守拙"的[1]，她展现给外人的，都是有意无意计划好的，是她要给别人看到的一面——而且，她确实也做到了。

若要真正探到她的真相，须从纸背上看，须绕到这玲珑山石后去。

这道山石的遮挡，与宝钗判词"金簪雪里埋"的内涵是相通的。"金簪雪里埋"暗含了宝钗的名字和"冷美人"的个性，但何谓"埋"，意见却各不同。有人说这"埋"是暗指宝钗的深藏不露、在暗处觊觎宝二奶奶的位子，而结局只落得个孤凄。其实，作

---

[1] 第八回中就形容宝钗是"罕言寡语，人谓藏愚；安分随时，自云守拙"。

者对宝钗，始终是怀着怜爱与悲悼的心情，赞她有"停机之德"并"咏絮之才"，不仅在金陵十二钗正册中将宝钗与黛玉同画在一幅图里，而且通过曲子《终身误》直接称颂宝钗是"山中高士晶莹雪"，态度相当明确。

如大石将房屋"悉皆遮住"一样，宝钗表面看去虽难免有凤姐所讥诮的"一问摇头三不知"，其实却是精神内敛、涵养极高的。她自幼受到正统教育，可以做到"可厌之人亦未见冷淡之态形诸声色，可喜之人亦未见醴蜜之情形诸声色"，维持一种不疏不亲、无喜无悲、平和均衡的状态。宝钗深知，女性最要的是"静美"，静水方能流深，所以必须要砥砺自己的性情，将锋芒削平了，棱角磨圆了，与众人皆为良善。宝钗对黛玉、邢岫烟和香菱，都是怀着体恤和怜惜之心对待的。一直以来，她是真诚地相信外界给她的垂训和教诲，并真心地奉行它，虽然这些垂训和教诲遭到了后世的严厉鞭挞。同黛玉一样，宝钗也是个才女，但她认为诗词为小道末技，女子无才便是德，品质才是最要紧的。她有过一段自我表白，虽是劝告黛玉的，但字字都是成长的心得："咱们女孩儿家，不认字的倒好……就连作诗写字等事，原不是你我分内之事……你我只该做些针黹纺织的事才是，偏又认得了字，既认得了字，不过拣那正经的看也罢了，最怕见了些杂书，移了性情，就不可救了。"（第四十二回）这些都是正统闺秀的规则，宝钗一直在恪守谨行。所以，她最多只参加集体活动，而从不主动发起，至于个人私密的写诗行为，更是从没有过的。黛玉有过大量的、纯个人的赋诗写作行为，结社赋诗也总是大展其才，锋芒毕露，舍我其谁的，她不压抑也不隐藏自己的真实情绪，总要抒发干净才止。红楼中，宝钗总共作了九首诗，计有四百四十四字，黛玉是二十五首，一千六百五十九个字，在数量上就是压倒性的。宝钗多是律诗，这是一种格律谨严、形式规范的诗歌体式，情感是在轨道之内行走的，不会有泛滥的危险，而黛玉的《秋窗风雨夕》《葬花吟》《桃花行》都是长篇歌行，相对散漫自由，不拘一格，情感的流动赋予它最后的形体，都是熔铸着血泪真情的实在篇幅，绝非无聊应景之句。纵是题帕，她一写便是三首——情感强烈丰富，非三首表达不尽。

宝钗善于自我控制，有着清明透澈的理性，于此可见一斑。但她毕竟还不到十五岁，纵然有些城府，也说不上是阴谋，对未来有所设计和构想，也是完全可理解的，何况她并没有直接伤害到谁。层层将自己包裹起来的宝钗，是没有侵犯性和危害性的。她是一个温暖美好的存在，因为她用来包裹自己的东西，是礼仪和修养中比较成熟和友善的部分。

"香草"的真性情

其实，这块插天玲珑大石头也是宝钗的况喻，虽冷漠，无智无识，无知无觉，却依旧是玲珑的，势可插天。宝钗先天的性情依旧是金相玉质的，只是在周围的惯例中变得保守了，但这也并不影响她绝非凡花的人品。就如她满院与众不同的"异草"：

> （院内）且一株花木也无，只见许多异草，或有牵藤的，或有引蔓的，或垂山巅，或穿石隙，甚至垂檐绕柱，萦砌盘阶，或如翠带飘摇，或如金绳盘屈，或实若丹砂，或花如金桂，味芬气馥，非花香之可比。

连贾政也不禁要赞叹："有趣！只是不大认识。"脂批云："前有'无味'二字，及云'有趣'二字，更觉生色，更觉重大。"这些异草皆是曹雪芹据《离骚》《文选》等赋体文借用或杜撰而来，可统归为"香草"类，形态并不一，却都有异样芬芳。

香气是植物的精髓，是魂魄一样的东西，凡花固然姹紫嫣红，却难有香草的钟灵毓秀、味芬气馥。何况这香草中，很多是不曾被凡间俗人亲眼见过的，至多只在《楚辞》等风流文章中打过照面。从"无味"到"有趣"的变化，正是绕过山石遮挡、发现其中实况的结果。非登堂入室，不能窥见堂奥，揭破规训的包裹，见到宝钗禀赋异草仙藤的芬芳，绝非寻常花朵所能望其项背。到第四十回，贾母带刘姥姥游园子，见到蘅芜苑清厦旷朗，便一行人"顺着云步石梯上去，一同进了蘅芜苑。只觉异香扑鼻，那些奇草仙藤愈冷愈苍翠，都结了实，似珊瑚豆子一般，累垂可爱"。苍翠色的奇草仙藤中，点映着珊瑚珠般鲜红圆润的籽实，是老练中的明媚，熟透了后居然又添来几分新鲜可爱。宝钗不喜花儿插戴，更不会浓妆艳抹，也没有妖娆纳罕的姿态，外貌是天然去雕饰的，仍保有几分赤子之心，却能深谙世俗规则、主动顺应，并且做得八面玲珑，风生水起，这对宝钗而言，是不容易的。

宝钗懂得礼法规矩，不逾雷池半步，做事总兼顾众人各方，因此贾府中主仆上下都喜欢她。第二十二回宝钗过生日，贾母出资为她做寿，宝钗"深知贾母年老人，喜热闹戏文，爱吃甜烂之食，便总依贾母往日素喜者说了出来。贾母更加欢悦"。尊敬长辈，客随主便，是传统道德的精华，迄今依然被倡导。宝钗琢磨长辈心思，顺应长辈心思说话做事，是她聪慧和懂事的表现，这不能说成是奸诈和逢迎。宝钗愿意助人解难，也总站在别人立场想问题，宽厚能容，有仁仁之心，所以能"大得下人之心。便是那些小丫头子们亦多喜与宝钗去顽"。第三十二回袭人请湘云帮忙做针线活,宝钗悄悄告诉袭人,说湘云在婶娘家"一点儿作不得主,做活做到三更天",并主动接过活计来做。第三十六回湘云婶娘家来人接她回去,她舍不得走,"眼泪汪汪的,见有她家人在眼前,又不敢十分委曲"。宝钗很能替湘云想,深知湘云"家人若回去告诉了她婶娘们,待她家去又恐受气,因此倒催她走了"。而湘云再来时,宝钗主动邀请她同住蘅芜苑。第四十八回她主动要香菱到大观园和她一起住,因为早看出香菱羡慕园子里的生活,所以寻了个借口成全了香菱的心愿。而第五十七回,宝钗对贫寒的邢岫烟的怜惜和关照是细致入微的。宝钗为人是忠厚真诚的,但凡她自己认为是好的、对的,便希望他人也能遵循,希望大家能一起好,对黛玉说出的那番"女子无才便是德"的话,虽然现在很多人不以为然,但宝钗并无坏心。在她看来,黛玉这样做才是对的,她认为自己是为了黛玉好。宝钗就是这样一个在传统规训圈定的范围内举手投足的女子,她是属于她那个时代的,而且是那个时代的最高点。而黛玉,则超越了她的时代,不再归属于那个时代了。

在大观园的自由空气中,宝钗也渐渐逸出了规则的拘囿,像芳香从草茎上渐渐喷薄一样,真性情渐渐有所回归,自我的本真有了微弱的复苏。宝玉痛恨的那些仕途经济的"混账话",很少再被宝钗提起了。第三十八回时,宝钗竟在螃蟹宴上咏出了一首极具讽刺性和箴世意义的诗:"桂霭桐阴坐举觞,长安涎口盼重阳。眼前道路无经纬,皮里春秋空黑黄。酒未涤腥还用菊,性防积冷定须姜。于今落釜成何益?月浦空余禾黍香。"众人都道好是好,却未免狠了些。这首诗里哪里还寻得见一丝藏愚守拙的影子,倒更像是个一肚皮不合时宜的高士说的话。第四十二回黛玉一再"捣乱",又拿宝钗逗趣,宝钗一面说:"狗嘴里还有象牙不成?"一面走上来,"把黛玉按在炕上，便要拧他的脸"；第五十六回时，宝钗摸着平儿的脸，要她张开嘴，看看她的牙齿舌头是什么做的。这些活泼的肢体动作的增多，看得出宝钗不再那么拘谨于闺秀风范的要求，开始有所释放了。她虽劝说黛玉"就连作诗写字等事，原不是你我分内之事"，但诗社一成立，宝钗很快成了其中的积极分子和优秀成员，一再扬才露己，而且话也多了，说得也很有水平。在惜春画大观园的事情上，宝钗是这组人物中最活跃也最权威的，一通演讲下来，才学尽显无遗。第五十六回凤姐告病，探春等人接管大观园时，宝钗虽是在姨妈王夫人"亲口嘱托"了"三五回"后才决定参与大观园的管理的，却说"我免不得去小就大，讲不起众人嫌我"，已不再那般步步周全了。而且，很快就表现出优异的管理才能，协调好了各方的利益关系，为探春等人补台，也贡献了很好的"政策"建议。及至第七十回，贾政即将回京，而宝玉因一直懒于功课，为避贾政的惩罚，众钗纷纷效力摹写字帖，集体为宝玉作弊，宝钗也是其中最踊跃也最用心的之一——这与往日里要宝玉改弦更张，多学些"仕途经济"的学问的行动区别太大了。

骨子里的富贵气象

过了奇草仙藤，沿着两边的抄手游廊步入内庭，"只见上面五间清厦连着卷棚，四面出廊，绿窗油壁，更比前几处清雅不同"。直见其富贵气象。真正的富贵绝非字面上的金玉锦绣，而是一种气象和格局。欧阳修《归田录》中记载晏殊的一则妙语，就很能说明这个问题："晏元献公（殊）喜评诗，尝云：'老觉腰金重，慵便枕玉凉'未是富贵语，不如'笙歌归院落，灯火下楼台'，此善言富贵者也。"这正是不着一字，尽得风流。其实，曹雪芹对蘅芜苑的描写也是如此，字眼都很寻常，朴实，但力道很足。

从庭院本身来看，蘅芜苑的建筑规格相当高。进门迎面的插天大山石，这是山石中的珍品。卷棚，一种没有正脊的屋面，屋面两坡的连接处呈一弧形的转折，盖为弧形瓦，南方称为黄瓜瓦。"五间清厦连着卷棚"，为五间正房前另加卷棚。园内虽然没有一株花木，却有各样的香草，这些香草可比一般花木名贵得多。园内的油壁，是用精制的桐油反复涂刷过的木壁；这种木壁，需用优质木材制作，涂刷也很费工。而水磨砖墙，俗称干摆，是一种最讲究的墙体，对砖的平整度要求极高，每块砖的棱角要整齐。在砌筑前，要对所有的砖进行检查，不合规范的要现场加工。最后出来的墙体平直光洁，磨砖对缝精细密实，表面呈灰色，平整无花饰。这都是真正的"富贵气象"，不显山不露水，其实却相当苛刻，贵族气派尽在其中。

宝钗出身于书香世家、四大家族中的薛家。第四回贾雨村看到的护官符上，描述薛家云："丰年好大雪，珍珠如土金如铁。"的见得薛家好大的家业。脂评写道："隐'薛'字。紫薇舍人薛公之后，现领内府帑银行商，共八房分。""紫薇舍人"即中书舍人，专领拟撰诰敕之事，有文学资望者方有资格充任。"帑银"是指国库资财。这段评语点破了薛家的显贵荣耀。这样看来，宝钗的出身既富且贵，虽然她不喜首饰脂粉，也无古董玩物，但是，恰如她"唇不点而红，眉不画而翠"的容貌一般，她的贵族气质是与生俱来的。这种气质随处可见，比如第八回中，宝玉去看宝钗，进屋之前，"只见吊着半旧的红绸软帘"，掀帘进去，"看见薛宝钗坐在炕上做针线，头上挽着漆黑油光的纂儿，蜜合色棉袄，玫瑰紫二色金银鼠比肩褂，葱黄绫棉裙，一色半新不旧，看去不觉奢华。"

圆明园"西峰秀色"的卷棚屋顶样式。"西峰秀色"为圆明园十景之一，
建于雍正年间，位于"鱼跃鸢飞"之南。此正殿为五间三卷勾连搭屋顶

宝钗的衣服以淡色为基调，蜜合色、葱黄色都属浅暖色调，不奢华，却也绝非是朴素，半新不旧——因为以新为俗，以巧为鄙，这是一种不动声色却极有自信的大家闺秀气象。王夫人房中半旧的坐褥和靠背，与此处是一个道理。富贵在骨子里的，散发的气质却温柔和平，这是真正贵族才有的素养和修为。

　　蘅芜苑亦如宝钗一般，一洗浮华，只觉清雅富贵气象，丝毫也无斧凿雕琢痕迹。至此，贾政对蘅芜苑表示了由衷的叹服："此轩中煮茶操琴，亦不必再焚名香矣。此造已出意外，诸公必有佳作新题，以颜其额，方不负此。"脂砚斋则给出了更高调的评价：

"沁芳亭""有凤来仪""杏帘在望"三处其实"皆还在人意之中，此一处则今古书中未见之工程也"。即便是遗世高蹈的潇湘馆，亦不如蘅芜苑匠心独运、妙合天成。

闺房如"雪洞一般"

建筑院落外，蘅芜苑的内部陈设也是与众不同，其风格令人惊叹。第四十回写贾母一行人进了蘅芜苑房中，只见"雪洞一般，一色玩器全无，案上只有一个土定瓶中供着数枝菊花，并两部书，茶奁茶杯而已。床上只吊着青纱帐幔，衾褥也十分朴素"。寥寥

蘅芜苑室内陈设

数笔，蘅芜苑神采毕现于纸上。

　　室内是大片雪白的墙，极素淡，愈显得山高路远，衬着房中分外空旷。只有一案、一床等有限的家具点缀其中，一切多余都被剔除。床帏上的花纹都是不被宝钗允许的，更不消说"玩器"之类丧志费神的东西。"玩器"应当是指那些超出实用价值的器物，比如观赏性的花瓶古董，游戏性质的玩具等等。宝钗是"玩物丧志"这一理念的信徒，从不让这些靡费淫侈的东西占据心神，扰乱性情，她要维护"本性"的端方与和正。

　　唯一的花瓶是个土定瓶。北宋定州所出定窑瓷器享盛名之后，各地仿制者有土定、粉定、新定、南定等。土定瓷器也是定窑瓷器的一种，特点是胎土白中发黄，比较粗松，胎体厚重，釉色白中闪黄或赤，但造型古朴浑厚中显出雅致。赵汝珍《古玩指南》说："质粗而色稍黄者为低，俗称土定。"宝钗的案上就是这么一个乍看无甚精彩的土定瓶，上面供着数枝菊花，色香淡雅，这是这房间里唯一具有审美功能的东西，却是极朴素无华的。

宝钗案上的陈设：茶奁、茶杯、
两部书、供着数枝菊花的土定瓶

131

案上也是空旷的，唯两部书和茶奁茶杯而已。"茶奁"是盛放茶具的小器，漆木制成或陶制，同茶杯一道，是生活必需的物品。宝钗既认为女子不认得字为好，所以书也不过是略置两本，绝不会像潇湘馆里那样两排架子都摆满了书，而且，想来这书也必定不会是诗词曲赋一类会"移人性情"的书，是《女诫》《列女传》也不一定。

从文中推测，房中摆着的床当是造型简单的架子床。床四角安立柱，床面的左右和后面装有围栏。上端装楣板，顶上有盖，俗谓"承尘"。围栏多用小木做榫拼接成各式几何纹样。因床上有顶架，故名"架子床"。架子床有精工雕刻、装饰繁复的，也有一洗纤缛、简单明快、仅供睡卧之用的，宝钗的架子床当为后者。青布帐幔再挂上去，垂下来，是一大块透明的黑色面积，素净是毫无疑义的，但视觉上便显得压抑和沉重。将自己藏在中庸色之后，总是压抑后的结果。以一个芳华正茂的小女孩，要做到"见素抱朴，少私寡欲"，"同乎无知，其德不离；同乎无欲，是谓素朴"，实属苛刻；宝钗却全盘接受，并付诸实践。这样淡泊、冰冷的室内，映射出宝钗的性格特征和内心世界，也暗示着她日后孤单枯寂的结局。

蘅芜苑室内就像一幅笔触极淡、墨色极浅的水墨图，大块大块的留白，中间只淡淡几笔线条，唯一一点亮色，是案上黄色菊花。是以贾母对着这样的布置陈设，先以为是薛家的东西"自然在家里没带了来"，感慨宝钗"这孩子太老实了"，便命鸳鸯去取些古董玩器以为修饰。后来得知是宝钗自己不要、将送了来的东西都退回去的事实后，恍悟这是宝钗的性子所致，便只摇头道："使不得。虽然他省事，倘或来一个亲戚，看着不象；二则年轻的姑娘房里这样素净，也忌讳。我们这老婆子，越发该住马圈去了。你们听那些书上戏上说的小姐们的绣房，精致的还了得呢。他们姊妹们虽不敢比那些小姐们，也不要很离了格儿。有现成的东西，为什么不摆？若很爱素净，少摆几样倒使得。"这番话里，先是考虑到大户人家的面子，这样简朴的布置，在亲戚面前便是"不象"——潜台词有两个，一来或许显得"寒碜"了些，二来薛家母女是客，亲戚见其居住朴素，也许会编排贾家的不是，主人之谊未免不周。然后考虑到闺房摆设应有的模样，可精致也可素净，但素净虽可，却不能"离了格儿"，不然也是"忌讳"，素净还依旧要大方得体才是。

于是，贾母命鸳鸯去取来几件珍藏的梯己："你把那石头盆景儿和那架纱桌屏，还有个墨烟冻石鼎，这三样摆在这案上就够了。再把那水墨字画白绫帐子拿来，把这帐子也换了。"贾母在潇湘馆时，便将碧窗纱换为银红色的霞影纱，使得潇湘馆中过于密集的冷色调里亮出一抹暖色，增加了色彩的参差感，提升了配搭效果。贾母是素有审美眼光的，她说自己从前"最会收拾屋子的，如今老了，没有这些闲心了。……如今让我替你收拾，包管又大方又素净"。而贾母为宝钗增加的四样东西，并没有改变蘅芜苑素净简约的整体风格，不过是依循既有的格局和情调，加上几处点染。

一是"石头盆景"。盆景有"无声的诗、立体的画、萦绕的乐符"的美称，通常由树或石、景名、盆和盆架四部分组成，尤其重视构图的创意和意境的设计。石头盆景一般只选取一种石头，造型崇尚天然，稍露斧凿痕迹便成下品，且其精品貌虽小巧，却能引人起啸傲烟霞山石间的念想。这石头盆景也与蘅芜苑中的大石头及各式石块遥相呼应，是一种很自然的延伸。

再就是"纱桌屏"，这是摆在桌案上作为装饰的小座屏，一般由屏框、屏心、站牙、立柱、套环板和抱鼓墩组成，屏心是主体，分为正背两面，一般来说，正面多以木雕、石雕、牙雕镶嵌，内容多是山水、人物等，背面一般镶嵌诗句或素板。贾母送给宝钗的是纱制的屏心，清透利落，具体图样花纹作者没有描述，也就无从揣测，可以肯定的是，应也是素净颜色，旷远景象，如水墨山水图，与拿来置换床幔的这顶水墨字画的白绫帐子同属一种风格，在屋子里相映成趣，更有力地渲染了蘅芜苑的特质。

另外就是"墨烟冻石鼎"了。墨烟冻石是福建寿山石牛角冻石的一种，色如淡墨，间有水流纹状，或有墨点散布，浓淡交织，匀布全身，故有"墨烟"之称。"石之精者，……又或如米芾之淡描云烟一抹，又或如徐熙之墨笔丹粉兼施。"[1] 正是形容此种石头的妙处。这种石头做成鼎的形制，作为摆设，形似古代一种圆形三足两耳的炊器，又淡泊又庄重，别具一格。

宝钗在贾母询问和发表言论的过程中始终是沉默的，都是王夫人、凤姐和薛姨妈在替她回答，一来这自然是尊重长辈的意思——规矩上在长辈面前唯有她洗耳恭听的份儿，绝无还口的道理，何况贾母的擅作主张本也是出于疼爱和眷顾；二来宝钗显然并不以为意，她是无可无不可的，但凭老祖宗做主就是。因此，在蘅芜苑的整个游览过程中，宝钗竟像是缺了席的，一丝声息也无，一句言语不出的，倒似与自己无关了。

淡极始知花更艳

在海棠社上作诗时，宝钗的《咏白海棠》可谓其人自况：

---

[1] 语出清代高兆《观石录》。

珍重芳姿昼掩门，自携手瓮灌苔盆。

胭脂洗出秋阶影，冰雪招来露砌魂。

淡极始知花更艳，愁多焉得玉无痕。

欲偿白帝宜清洁，不语婷婷日又昏。

　　因其蕴藉淡雅，李纨评此诗第一，因为"这诗有身份"，将其置于黛玉的风流别致之上。怎么说？"珍重芳姿昼掩门"，便是白日也要关紧房门，洁身自好，这是闺秀应有的做派。而且清洁，不要粉饰，还出本来，是冰、雪和露一样的品质，却并不伏低做小，"淡极始知花更艳""欲偿白帝宜清洁"，这是闺秀应有的矜持和自重。脂砚斋评宝钗此作"清洁自励""纤巧流荡之词，绮靡秾艳之语，一洗皆尽""逸才仙品固让颦儿，温雅沉着终是宝钗"。颜色是白海棠的"淡"，却得其"雅"和"洁"，而内在是牡丹花王的"艳"，她自有丰富充实的精神，虽与黛玉完全不同，却更能得到世俗的认同和尊严，最后正得了牡丹的"荣"和"名"。

　　只是，这诗却有些寒意逼人。宝钗修身养性，清心寡欲，有时难免显得有些苛酷，因对自己并不那么着意，对他人也就会有些冷漠。因此，宝钗虽也是"水做的骨肉"，这"水"却多为晶莹冷凝的"冰""雪""霜""露"。"薛"谐"雪"，判词与曲辞俱直言"雪里埋""晶莹雪"；调制冷香丸用的"四样水"分别是雨水日的"雨水"、白露日的"露水"、霜降日的"霜"和小雪日的"雪"；宝玉诗有"出浴太真冰作影"作喻，宝钗亦有"冰雪招来露砌魂"自比。是以宝钗绝非鲜活而多情的，而是一种情感冷藏自我深埋的状态。

宝钗又极喜白色——她不爱花儿粉儿，穿衣打扮都很清淡，蘅芜苑又雪洞一般，冷香丸也是"春天的白牡丹花蕊十二两、夏天的白荷花蕊十二两、秋天的白芙蓉花蕊十二两、冬天的白梅花蕊十二两"所制成。过于追求洁净，往往会有不期然的回反，白色到了极致便更显得污点的触目。金钏儿跳井，她劝说王夫人的话是："据我看来，他并不是赌气投井，多半他下去住着，或是在井跟前憨顽，失了脚掉下去的。他在上头拘束惯了，这一出去，自然要到各处去顽顽逛逛，岂有这样大气的理！纵然有这样大气，也不过是个糊涂人，也不为可惜。"也许为了安抚王夫人的情绪，减轻她的罪孽心理，宝钗故意拣择了这些话，但一来宝钗素不爱多管闲事，此处却特意来寻王夫人，如此热心令人费解，二来这番话是她"笑"着说出来的，于此情此境都有点怪异。这样说来，也许宝钗的那套价值观对金钏儿寻死的解释正是"糊涂人，也不为可惜"了。但凡一种观念，过于严正，便显苛酷；宝钗奉行它，不免要沾染到它的缺陷，只是这瑕，自是不掩瑜。

宝钗内外兼修，但精神更多用在处世上，是外在的，与黛玉更多关注自己，向内纵深处挖掘的取向正好是相反。只是她求仁未能得仁，宝玉空对着"山中高士晶莹雪"，终挂念"世外仙姝寂寞林"，与多情公子"恨无缘"，倒不如黛玉历尘世一劫，功德圆满了。

桂殿兰宫
妃子家

　　出蘅芜苑向东走，便是省亲别墅。"金门玉户神仙府，桂殿兰宫妃子家。"只有热情到这般毫不掩饰的赞美，才能说出大观园中"头一个"建筑的富贵和精美。

　　省亲别墅位于大观园中轴线的正北部，扼守大观园的核心部位，仿宫殿形制，前有玉石牌坊开局，再有大观楼和左右两侧楼垫步，中间则是富丽堂皇的正殿与东西侧殿，最后有嘉荫堂压阵，规模宏阔，秩序谨严，有不可侵辱之皇家风范。为迎接晋为皇妃的元春回府省亲，也是为了迎接即将盛装而至的鼎盛未来，满心欢喜的贾府专门营造了这座省亲别墅，倒成了一种对自己的庆贺、表彰和肯定。为了这别墅的好看，强调它的地位，以示盛大，又特意起

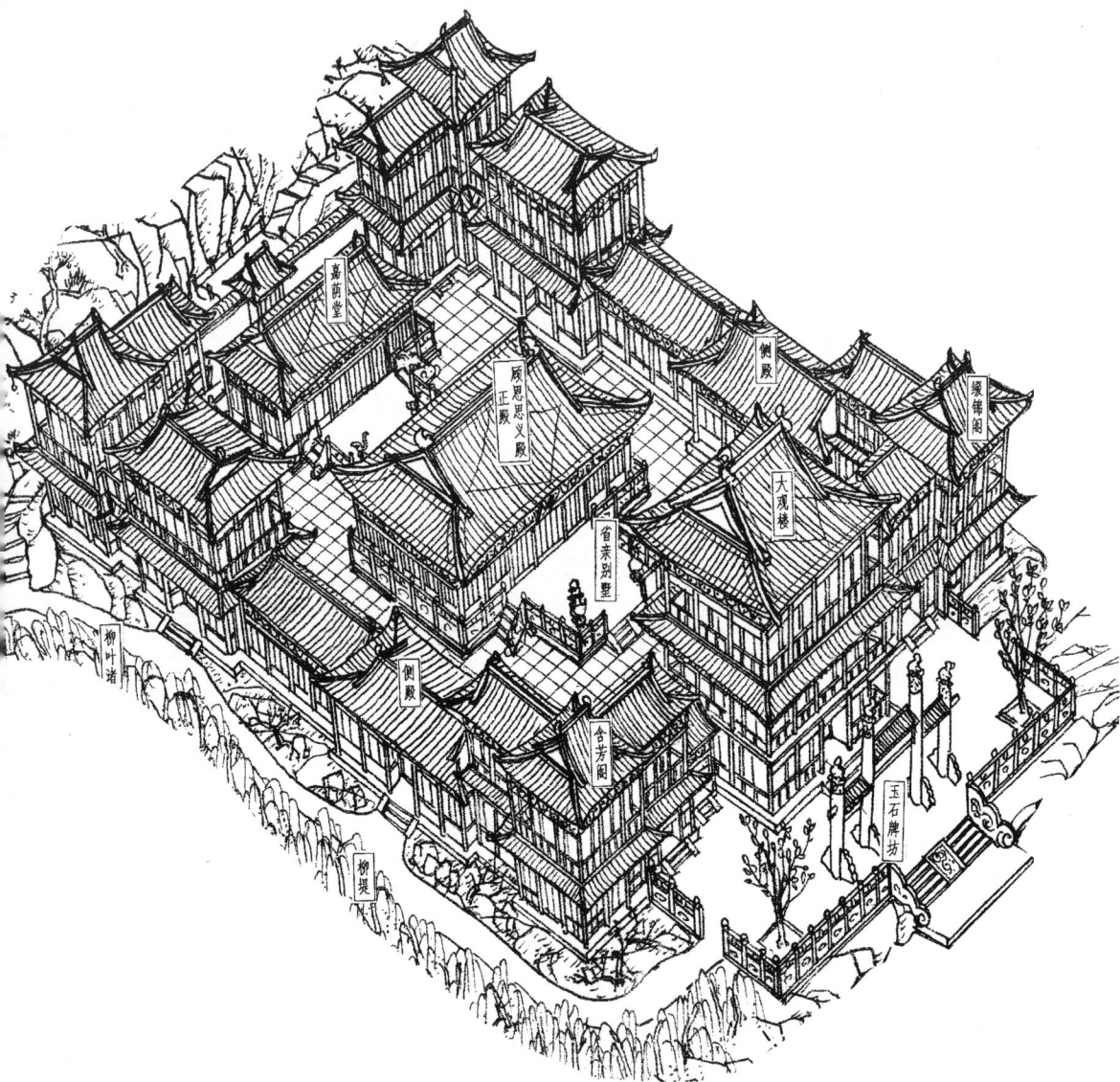

嘉荫堂

颐恩思义殿
正殿

阅殿

缀锦阁

大观楼

柳叶渚

省亲别墅

侧殿

含芳阁

柳堤

玉石牌坊

省亲别墅意象图

了一座煌煌大观园，将其美轮美奂地包裹起来，拱卫在中央，就像是以苍苍蒹葭来托护水中央的伊人。

元春省亲时，便在此处驻跸，接受众人的朝觐。她的凤舟在大观园的主脉沁芳溪上逶迤而行，弃舟登岸后便到了玉石牌坊之下。只见琳宫绰约，桂殿巍峨，宏大的石牌坊上刻着"天仙宝境"四字。元春忙命换成"省亲别墅"——她素来崇节尚俭，天性恶繁悦朴，一路所见本已过于奢华，此处题名未免张扬太过，须知乐极容易生悲，话太圆满就难免有不虞之憾。

过了这座玲珑凿就的玉石牌坊，迎面即是主楼"大观楼"，东面飞楼曰"缀锦阁"，西面斜楼曰"含芳阁"，皆为元春赐名。此时看去，但见"崇阁巍峨，层楼高起，面面琳宫合抱，迢迢复道萦纡，青松拂檐，玉兰绕砌，金辉兽瓦，彩焕螭头"，规格和形制，布置和修饰，都是依照宫殿的规矩来的，应有的都有了，只是要按比例相应缩小，气势却还是十分充足的。后来，缀锦阁被作为储物间使用，第四十回写李纨站在大观楼下，令人上去开了缀锦阁，一张一张往下抬桌子。小厮老婆子丫头一齐动手，抬了二十多张下来。又请刘姥姥上去瞧瞧，刘姥姥登梯上去，只见乌压压堆着围屏、桌椅、大小花灯之类，五彩炫耀，各有奇妙。李纨又命人将舡上划子、篙桨、遮阳幔子也都搬了下来预备着。"缀锦阁"果然如它的名字所言的，连缀起了各种锦绣般的摆设和花样。

元春进入行宫，到了正殿，看到的是恍若皇宫中的豪威与荣华。但见"庭燎烧空，香屑布地，火树琪花，金窗玉槛。说不尽帘卷虾须，毯铺鱼獭，鼎飘麝脑之香，屏列雉尾之扇"。庭中有香炉焚香，青烟缭绕，香屑落了一地。随处系着水晶玻璃各色风灯，如银花雪浪，树上粘着通草绸绫纸绢做成的花朵，每棵树都悬着数盏灯，别是一个朗朗乾坤。又有各色绣帘轻颤，掩映着里面更旖旎华贵的风光。地上铺着昂贵的毯子，锦屏绣障排开，只等着尊贵的元春就坐其前。

元春搦管，为正殿赐名"顾恩思义"殿，赐联曰：

> 天地启宏慈，赤子苍头同感戴；
> 古今垂旷典，九州万国被恩荣。

正殿的一贯风格和规矩便是如此，元春在其规训之下，深知该如何做派，也早已习惯于将自己藏于其后。正殿之后尚有一处较大厅堂，是为"嘉荫堂"，南向，前有月台，是作为退居使用。贾母八旬大庆时，此处为接待女宾所用。贾府中秋开夜宴，贾母率众人在此处举行了祭拜月亮的仪式。

省亲别墅是太虚幻境在人间的幻象。当初贾政一行人来游此处，见此处金碧辉煌，珠光宝气，都认为拟题"必是'蓬莱仙境'方妙"，已点明它非同俗境的仙风；宝玉见了这个所在，心中忽有所动，像是在哪里见过的，脂批说：这是"仍归于葫芦一梦之太虚玄境"，则直接点破了它与虚空中起设的太虚幻境之间的对应关系。省亲别墅是大观园的核心和中枢，它的虚幻辐射到整个大观园都虚幻了。

省亲别墅只在此短时辰内第一次也是最后一次见到元春，此后这里便是恒久的空位。大观园因元春而起，虽然她永久消失于大观园，大观园的兴衰却直接受制于她的命运，一荣俱荣、一损俱损，那不可见的深处，看似虚空，却直接而结实地遥控着这里的荣枯。

凸碧山庄

嘉荫堂

嘉荫堂意象图

　　元春的面影是模糊的，《红楼梦》中，她的事迹并不多。

　　关于她的生，我们从他人的转述中知道一些：元春是贾政和王夫人的长女，宝玉的姐姐，正月一日出生，因"贤孝才德"选入宫中，起初掌管皇后的礼职，充任女史，不久封为凤藻宫尚书，加封贤德妃。

　　关于她的死，千古而下，依旧是个谜团。虽然红楼判词里画着一张弓，弓上挂着香橼，词云："二十年来辨是非，榴花开处照宫闱。三春争及初春景，虎兔相逢大梦归。"又有曲子唱道："喜荣华正好，恨无常又到。眼睁睁把万事全抛，荡悠悠把芳魂消耗。

望家乡,路远山高。"所能确定的无非是她极年轻正荣华时便横死异乡,中间到底发生了什么,至今只是各种无端有意的猜测。

在这生与死的中间,她唯一一次露面,就是这次回贾府省亲的时候,而且一露面便是红楼里最隆重的盛事。更多时候,元春是作为一个华丽的背景出现,一个极度有能量的背景。她是贾府"烈火烹油"里的"烈火",鲜花着锦中的"鲜花",是贾府的荣华富贵登峰造极时的那个"峰"和"极",而她的猝然殒命,也直接成为贾府堕入深渊的加速度,说明着这一切都是多么的脆弱不堪,一旦破裂,竟是粉碎性的,无法再行拼凑。

同时,元春也是宝玉和诸钗得以欢享大观园的缘由和原点,她给了他们值得日后缅怀和哀悼的青春记忆。她是这些女儿们在尘世里浮游所能达到的最高标度,而她根基和命运的脆弱,则如大观园上空硕大无朋的阴影,垂覆下来,无人可避。而她任由钳制不能自主的凄凉,也是所有女儿们的凄凉。

有一天,繁华落尽,故人远去,省亲别墅里蛛丝儿结满雕梁;桂殿兰宫成为死寂寂一处陋室空堂,金门玉户也已到处枯杨衰草鬓如霜;大观园在罡风一般扑面而来的无常运命里,无语向黄昏。

栊翠庵里
槛外人

　　栊翠庵是大观园里一个尼姑庵。最初大观园落成时，不过提及"或山下得幽尼佛寺，或林中藏女道丹房"，细不多讲。至元春省亲，"忽见山环佛寺，忙另盥手进去焚香拜佛，并题一匾云'苦海慈航'"，也只是点到即止。盖烈火烹油、鲜花着锦之时，寺庙庵堂不过是点缀性的建筑，略带一带到，有些彼岸警示的意思晃进来，但也不用力的。总是在落魄危难的时候，寺庙的意义才显示出来。

　　从省亲别墅正门出来，过沁芳闸桥，便见密林中隐现女道丹房、玉皇庙等宗教建筑，再往南行，便是栊翠庵。这处幽深杳渺的寺庙区，使得大观园特立独行于世俗园林之上。它规模并不浩大，静安于东南一隅，沉香氤氲，钟磬长鸣，大观园里红尘深可万丈，这寺庙便是这大幕即将拉上之前，始终存在于背后的那个雪白耀眼的"完"字。一切故事从这里看去，都像是过度夸张、庸人自扰的荒腔走板，人既不能自主，都是它的幕布上晃来晃去的皮影。

"栊翠"作为庵名，至第四十一回才正式出现。贾母来游时，曾见庵外花木繁盛。庵堂静隐在平和从容的山林气氛里面，形制却是整肃规范的，由院墙及山门围合而成，里头绿意蓊郁，青烟缭绕。

栊翠庵意象图

庵是两进或三进，正中一条甬道直通过去。正房端方穆严，供礼佛斋戒，两旁连着耳房。院子东西两侧是禅房，供静修居住、讲经诵佛所用，形制虽小，却自有巧构。栊翠庵是秀美淡素的，不宏大，不张扬，有着尼姑庵特有的典雅和庄重。

妙玉虽在贾妃省亲前已入住栊翠庵，但直至第四十一回才正式露面。前面不过留个名姓和事迹，淡淡地交代过去，如飞鸿踏雪泥。但，居然让人记住她了。因她不与其他尼姑一般谦恭和悦、有平常心，而是倨傲的，凛凛地说："侯门公府必以贵势压人，我再不去的。"王夫人命书启相公亲写了请帖，方才请来入了庵。

妙玉祖上是读书仕宦之家，自幼在富贵里养成，繁华场面是见过的，极自尊，纵然委身庵庙，依然还有身份的矜持。因自小多病，"买了许多替生儿皆不中用"，只好自己入了空门，方才好了。之后一直带发修行。妙玉父母皆已亡故，身边只有两个老嬷嬷、一个小丫头服侍，依然还是贵族小姐的待遇。文墨极清通，模样儿也极好，"气质美如兰，才华阜比仙"。只是孤芳自许，目无下尘，较黛玉还过了些，不仅容不得不洁之事，若境界达不到，也一样被她拒之门外。宝玉评价她"为人孤癖，不合时宜，万人不入他目"（第六十三回）。大观园诸人稍入得她法眼的，不过宝钗黛三人而已。曲高则和寡，高处不胜寒，妙玉对人这样挑剔，自然很难招人亲近，李纨这样的"老实人"对她都有微辞，不消说其他俗人了。贾母带刘姥姥过了栊翠庵的山门，进到东禅堂小憩，人刚走她便吩咐下人打水洗地；刘姥姥喝过一口的茶杯，极名贵的成窑小盖钟，她嫌脏，竟直接要扔掉。宝玉求情送给刘姥姥，她说："幸而那杯子是我没吃过的，若我使过，我就砸碎了也不能给他。你要给他，我也不管你，只交给你，快拿了去罢。"其人偏畸如此。她自言是个"畸人"，这些言谈行事上的出格离经之处皆是佐证。多年旧相识的邢岫烟坦承多年前妙玉即是如此，"这脾气竟不能改，竟是生成这等放诞诡僻了"。

单就这一点论，空门修行若许年，妙玉何尝勘破红尘。所谓"槛外人"的自诩不过是女孩儿家自立的名头，也许竟是刻意设计的一种文字游戏也说不定。她对刘姥姥如此憎厌，没有丝毫体恤和怜悯的意思，显然极度缺乏出家人的慈悲；却又"亲自捧了一个海棠花式雕漆填金云龙献寿的小茶盘，里面放着一个成窑五彩小盖钟，捧与贾母"，透着那么股子殷勤劲儿，叫人怀疑妙玉的用心，显然她也未曾领悟佛法"众生平等"的训诲。她带宝钗黛三人到耳房，品梅花雪煮茶，对黛玉直言道："你这么个人，竟是大俗人，连水也尝不出来……"却是过于藐视礼仪。后又将前番自己常日吃茶的那只绿玉斗来斟与宝玉，竟是别有幽情传递了。

这点黛玉看在眼里。第五十回芦雪庵争联即景诗，因宝玉联句落第，李纨罚他去栊翠庵向妙玉讨一枝红梅。宝玉忙吃一杯酒，冒雪而去。李纨命人好生跟着。黛玉忙拦说："不必，有了人反不得了。"果然未几多时，宝玉掮了一枝红梅进来，二尺来高，旁有一横枝纵横而出，约有五六尺长。其间小枝分歧，或如蟠螭，或如僵蚓，或孤削如笔，或密聚如林，花吐胭脂，香欺兰蕙。这株"槛外梅"，"入世冷挑红雪去，离尘香隔紫云来"，正是妙玉的精神。晁补之有首《盐角儿·亳社观梅》，可借来形容这一种精神："开时似雪，谢时似雪，花中奇绝。香非在蕊，香非在萼，骨中香彻。占溪风，留溪月。堪羞损、山桃如血。直饶更、疏疏淡淡，终有一般情别。"

"槛外梅"后，有了"槛外人"。事隔经年，宝玉过生日，意外接到妙玉的贺帖："槛外人妙玉恭肃遥叩芳辰"，暗暗称奇后，知道妙玉将其引以为知音，而以他的经验和聪慧，大概也知道这"槛外人"对他这"槛内人"暗通的款曲。妙玉在惜春处遇到宝玉时，脸上红潮一片，可知并非知音这样简单。妙玉又有这一番心事牵挂，"欲洁何曾洁，云空未必空"。

黛玉、湘云于凹晶馆联诗时，妙玉再一次隆重出场了。她听出了二人联诗中"过于颓丧凄楚"之音，特出来止住。三人一同来到栊翠庵，只见龛焰犹青，炉香未尽，庵堂里是一种要舍身沉沦下去的气氛。妙玉续诗前说："如今收结，到底还该归到本来面目上去。若只管丢了真情真事，且去搜奇捡怪，一则失了咱们的闺阁面目，二则也与题目无涉了。"这一通议论竟像是宝钗的言语口气。妙玉虽出家离世，何尝是槛外之人，其身份、性情全与世俗僧尼截然区分。她后续的诗句里说"香篆销金鼎，脂冰腻玉盆"，依旧富贵景象，满是红尘气味。"箫增嫠妇泣，衾倩侍儿温。空帐悬文凤，闲屏掩彩鸳"，意象是暧昧的，是独守空闺的女子的复杂情绪。妙玉仍是闺阁中人，只不过她的闺阁放在了栊翠庵。"可叹这，青灯古殿人将老；孤负了，红粉朱楼春色阑！"正是这一层意思。

大雪天气，宝玉出了怡红院门，四顾一望，天上地下皆是一色，自己如装在玻璃盆内一般。于是走至山坡下，顺着山脚刚转过去，已闻到一阵寒香扑鼻，回头一看，却是妙玉门前，栊翠庵中有十数株红梅，如胭脂一般映着雪色。这第四十九回里的一段，见出栊翠庵与怡红院竟是相隔不远的。红尘里最是温柔富贵之处，转个弯，便看到青灯古佛。

栊翠庵却不过是荣国府的附属，一荣俱荣、一损俱损。荣国府抄了家，妙玉跌回凡尘，到头来，依旧是风尘肮脏违心愿。妙玉流落到镇江瓜洲渡口，也许嫁给一老头，或竟至沦落为妓。可怜金玉质，终陷泥淖中。脂批叹道："妙玉偏僻处，此所谓过洁世同嫌也。他日瓜洲渡口，各示劝诫，红颜固不能不屈从枯骨，岂不哀哉！"

锦簇花团
怡红院

　　进入大观园正门后，沿着曲径逶迤而去，由南至北，
经潇湘馆、稻香村、蘅芜苑、省亲别墅，过沁芳闸，再
从北向南，一路下来，"或山下得幽尼佛寺，或林中藏女
道丹房，或长廊曲洞，或方厦圆亭"，贾政等一行人绕园
子行了一圈，最后到了怡红院，显得此院隐藏在园子最深
处一样。其实，怡红院的位置，距园子正门并不远。过
了"曲径通幽"处，便见沁芳溪上翼然一座沁芳亭，此亭
左右可通，一边往通潇湘馆，即贾政一行人的方向，另一
边则直通怡红院，两处宅院隔水相望，过桥就可到达，相
距最是近便。当初分配住所，宝玉对黛玉说："我也要叫
你住这里呢。我就住怡红院，咱们两个又近，又都清幽。"

日后宝玉来寻黛玉，果然不费什么工夫。

　　于是，绕过一片碧桃花，穿过"一层竹篱花障编就的月洞门"，便见"粉墙环护，绿柳周垂"，枝条间若隐若现的峻宇飞檐，就是大观园中的"总枢纽"，宝玉的怡红院。周汝昌说，"这京城圈内，套着一个'区'，区内有条'宁荣街'，街内有座荣国府（毗

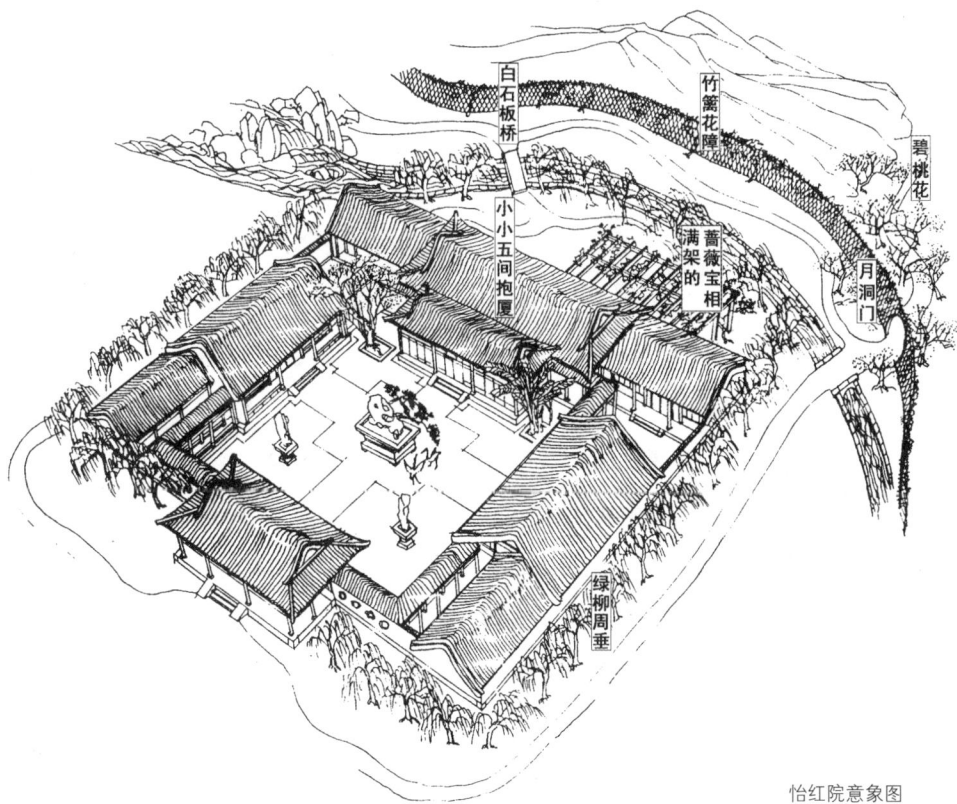

白石板桥

竹篱花障

碧桃花

小小五间抱厦

蔷薇宝相满架的

月洞门

绿柳周垂

怡红院意象图

连着宁国府）。此府的圈内，套着一个大花园，题名'大观'。大观园内，又套着一处轩馆，通称'怡红院'。这个院，方是雪芹设置的全部'机体'的核心。"这一处宅院是大观园中最为富丽堂皇的，想到和想不到的人间珍异和机巧，均可在此见一斑。

怡红院是这温柔富贵之乡中头一个去处，更是大观园悲欢离合、风花雪月一出庞然大戏的推动力量。所有人物的来去，皆以宝玉为轴心驱遣安排。金陵十二钗正册、副册及又副册上诸姝，深深浅浅都得过他的深情，位置的主次与故事的繁简，也因他而铺排敷衍。没有这怡红院里"怡红公子"，红楼万千，不觉其为一场大梦。

红香绿玉应解怜

怡红院，果然就与众各殊。一入院门，两边是游廊宛转相接。院中点衬几块山石，一边种着数本芭蕉，阔大叶脉，鲜绿肥厚，有玉的光泽；再远几棵松树，两只仙鹤在树下闲在剔翎，令人有出尘之想。另一边则是一棵西府海棠，其势若伞，丝垂翠缕，葩吐丹砂，唤作"女儿棠"，说是来自"女儿国"，云彼国此种花最盛产。虽然心知不过是传说罢了，但总归是不寻常有异质，才有可能成为传说。既是"女儿棠"，自然要养在怡红院中，别处风土养护恐不如此处精细贴心——须知宝玉才是第一等护花惜花之人。他眼里看这花，觉其色"红晕若施脂，轻弱似扶病，大近乎闺阁风度"，必会青眼相待、好生扶养的。脂批于此处叹道："若海棠有知，必深深谢之。"

当初一帮闲人要为眼前此景题匾表赞，有直言"蕉鹤"二字最妙的，也有取东坡"东风袅袅泛崇光，香雾空濛月转廊"的诗意，欲题"崇光泛彩"的，只是此处蕉棠两

怡红院的海棠与芭蕉

植，所题匾额若不能同时纳入，便未免有偏爱不周的遗憾。宝玉既心仪此处，必不肯顾了此而失了彼——寻思着："若只说蕉，则棠无着落；若只说棠，蕉亦无着落。固有蕉无棠不可，有棠无蕉更不可。"道理是对的，于是题额曰"红香绿玉"，却未免过于香靡，公子哥儿气了些。宝玉整日流连于香奁脂粉之间，文章中香艳绮靡之风，绝胜于清隽飘逸之气。盖他终只是个富贵闲人，情性禀赋亦源自这繁华的背景。后来元春改题曰"怡红快绿"，将这富贵绮靡的味道冲淡了不少，而且有人物、有情境、有动感，说的可不正是宝玉的这股子性子。

　　宝玉对这蕉棠无疑倾注了不少情意。怡红院中诸景皆备，他的怡红院歌咏却只在这"两婵娟"身上："绿蜡春犹卷，红妆夜未眠。凭栏垂绛袖，倚石护青烟。"自叹云："对立东风里，主人应解怜。"就是这么多情。春天时，好好一棵海棠树却无故死了半边，后来晴雯病逝，宝玉疑其死应在海棠上——原来草木亦是有情种，心下戚戚，备添哀愁。

一溜回廊上吊着各色笼子，笼子里各色仙禽异鸟，偶尔清啼要妙，点破这深庭日长静。盛夏永昼人困倦时，老婆子和小丫头们会在此取便乘凉，坐着打盹，或移一张榻来，就地睡卧。

沿着这回廊进入小小三间抱厦，一色雕花槅扇。槅扇为高级木材制成，槅心、绦环板、裙板三部分均镂着新鲜花样；槅心是镂空的窗格，由棂条拼成各种精奇图案，根据不同时令再镶玻璃或糊以纱绫；裙板上亦镶有各种木雕或玉石、贝壳、珐琅等图案，看上去错彩镂金，毫不掩饰它的奢华，喜气洋洋都摆在明处。槅扇上方悬着一个匾额，正是"怡红快绿"。

抱厦内不设隔断，敞开的，左右均放有数张小榻，是夜间值班嬷嬷睡觉的地方。贾政游园时在此小憩，后宝钗顺着游廊来房中寻宝玉，见这榻上横三竖四，都是丫头们在

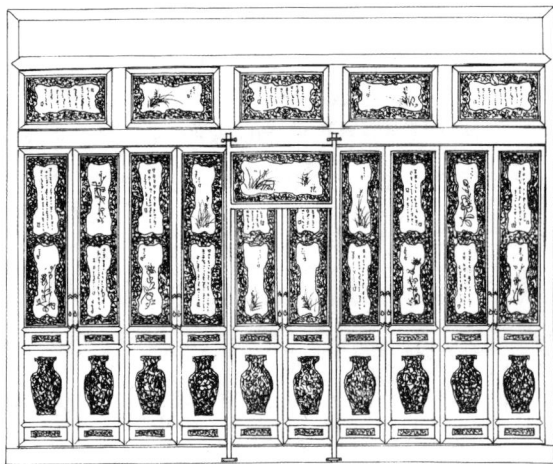

贾母房中的碧纱橱槅扇

睡觉（第三十六回）。歇卧之外，这里也是丫鬟们嬉戏之处，第六十四回宝玉回来，见到西边炕上麝月、秋纹、碧痕、紫绡等"正在抓子儿赢瓜子，正玩得欢实，心下自是欢喜"。他愿意看见这些女孩儿们无忧愁无心机的玩耍。

花团锦罩，金碧辉煌

抱厦后便是五间正房，抱厦与正房间靠隔架来分隔开，这隔架上放有一个自鸣钟。只见这几间房内收拾的与别处不同，饶是另一种希见的新奇。

格局就不一样，竟分不出间隔来的。四面皆是"雕空玲珑木板"，花样新颖不重复，或"流云百蝠"，或"岁寒三友"，或山水人物，或翎毛花卉，或集锦，或博古，或万福万寿纹，皆是名手雕镂，五彩销金嵌宝的。处处令人眼花缭乱，不知该从哪里看起，竟要怀疑这里是个木雕展览馆。

室内不见死板呆滞的墙体，只有灵活机警的槅扇，将空间依据功能一一划分得很清楚，或有贮书处，或有设鼎处，或安置笔砚处，或供花设瓶，安放盆景处，归属都很明了。而细观这些槅扇，则各式各样，或天圆地方，或葵花蕉叶，或连环半璧。真是花团锦簇，剔透玲珑，让人百看不足，却又要怀疑这里竟是个槅扇展览馆。

且满墙满壁，皆系随依古董玩器之形抠成的槽子，诸如琴、剑、悬瓶、桌屏之类，因此物件虽悬于壁，却都深嵌在槽内，与壁相平的。这样做却不为节省空间，而是要不遗余力地打造立体空间，将所有的方位全部一一修饰到，是一种大汗淋漓、呼呼直喘的富贵，无所不到，无处不在，让人的视线无处闪躲，就要用这富贵闪死你的眼睛。直到头晕目眩的众人都大赞道："好精致想头！难为怎么想来！"它还不罢休，倏尔五色纱糊就，竟系小窗；倏尔彩绫轻覆，竟系幽户，看得人头昏脑涨。门窗本为清净通畅之属，这里却毫无收敛的意思，愈发五彩缤纷、光怪陆离起来，叫"小窗""幽户"未免太谦虚，说是"绣窗""绮户"也绝不为过。更连地下踩的砖皆是"碧绿凿花，金彩珠光"的，愈发了不得。清代家具便有此弊，造型喜新奇，修饰尚繁缛，一切都来不及了一样，能雕饰的地方全雕上，塞得满满的才叫痛快似的，以致多成为赘疣和笑料。这样拍着胸脯子的炫富，像是暴发户的形状，宝玉房间虽有精致想头，却不免有此弊之嫌疑。

脂评说："花样周全之极，……正是作者无聊，撰出新意笔墨，使观者眼目一新。

怡红院一角

所谓集小说之大成，游戏笔墨，雕虫之技，无所不备。可谓善戏者矣。"看来雪芹兄是有意炫技，杜撰出这一游戏，邀人同赏一乐罢了。不过安排宝玉住在这样密集紧迫的富贵里头，却正与日后宝玉的落魄成一最尖锐的对比，唯富贵之于极致，落魄之于极致，两锋芒相对峙，才见得可悲之于极致。"好"到了尽头，才是"了"的入口。

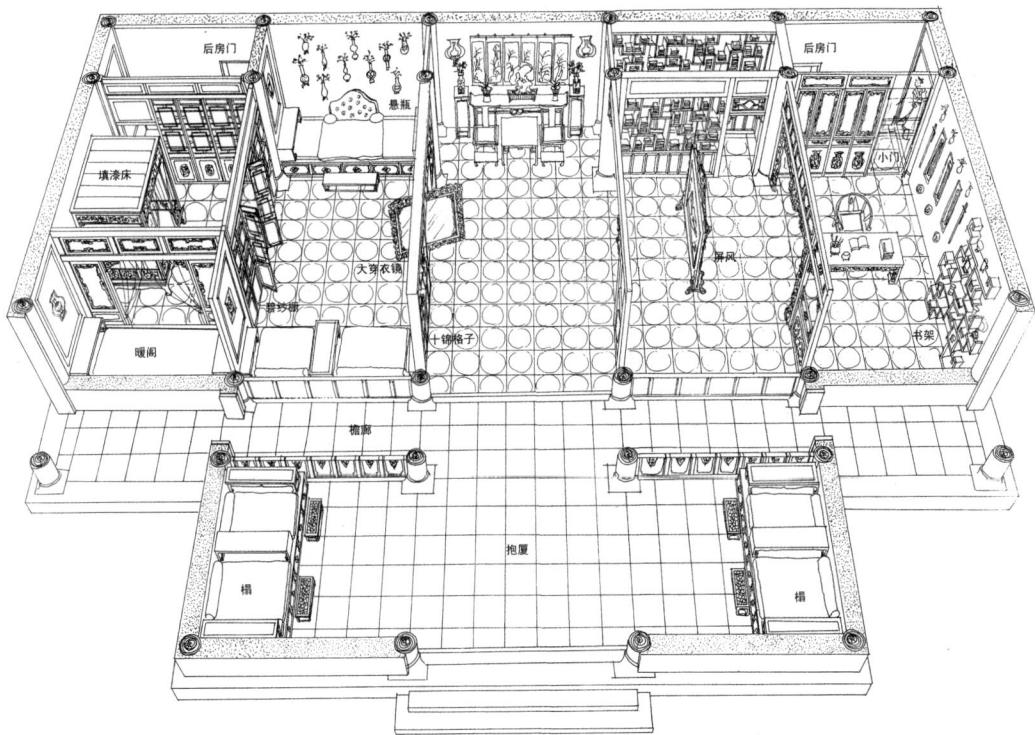

后房门 悬瓶 后房门 小门

填漆床 大穿衣镜 屏风 书架

暖阁 十锦格子

檐廊

抱厦 榻 榻

怡红院室内空间格局

贾政等人在房中未进两层，便在里头迷了旧路，富贵是见惯了的，应是被这等新鲜花样晃晕了。他们左瞧也有门可通，右瞧又有窗暂隔，及到了跟前，又被一架书挡住。回头再走，又有窗纱明透，门径可行；及至门前，忽见迎面也进来了一群人，都与自己形相一样——却是一架玻璃大镜相照。及转过镜去，益发见门子多了。刘姥姥来时，更是眼花，四处找不到出口，没头苍蝇一样四处乱撞。

初次进去，恐不免要晕头转向，待从各处叙述来综合考量，仔细辨析，便知怡红院大体格局——

正房五间，中间一间是堂屋，当地有个大鼎，燃香所用。西边两间是卧室区，东边

怡红院室内的镜壁

两间是书房区。西面第一间与中间明间的隔断是一个木雕格子架，上面有金西洋自行船、联珠瓶、缠丝白玛瑙碟子等物，中间设有一个大穿衣镜做的活动门。穿衣镜在当时是极考究的陈设，怡红院中，这大型穿衣镜作为活动门来设置，绝是独出机杼的创意，启发后世至今。此外，镜子本身是有不尽神秘的，"风月宝鉴"这面镜子照出一切繁华的末路和荒唐；怡红院这个大穿衣镜不仅将房间内富贵景象往虚幻里头翻了倍，使得景致愈发迷离惝恍，而且也带进了风月宝鉴的警世意味。矗立在大观园的核心位置怡红院里，自有其深意。刘姥姥初见时被唬了一跳，才发现是四面雕空的板壁，将这镜子嵌在中间，用手摸时，只听硌磴一声，撞开了西洋机括，进入了西面第二间房，临窗有炕，后檐有床。

再向西，次间与梢间之间是一道碧纱橱隔断，碧纱橱隔断门正对着东面穿衣镜，内设一张小小的填漆床，这是宝玉的卧床。床采用填漆工艺制作——填漆是指漆胎上髹漆以后，以平浅的刀法在漆面上雕阴文，再将所需色漆填入阴文并高出漆地表面，然后经过一番打磨，使其与原漆地平滑一体，再经推光后，表面会平滑、光亮、细腻。这样一张富丽的床配着大红销金撒花帐子，真正是只有"怡红公子"这样的风流名头才住得的。刘姥姥醉酒就酣卧在这副最精致的床帐里头，酒屁臭气，鼾声如雷，唐突了佳人，亵渎了风月。亏了此事被袭人按下不表，若被黛玉知晓，不知要怎样刻薄她，若被妙玉

怡红院房门入口处的油画

知晓，恐怡红院再也住不得也。这个梢间临南窗设有一个暖阁，阁内有木炕可供坐卧。群芳为他过生日宴时就都挤在这大炕上，掣签说令饮酒。

东面两间是书房，格局就疏阔了些，隔断没有西间那样固定，基本上是靠花罩分隔空间。在次间与明间的花罩入口处，摆着一座屏风，以防室内一览无余，缺乏层次感。梢间是宝玉书房，满屋都是书架。此间有门可通往后院，挂着"葱绿撒花软帘"，刘姥姥酒醉糊涂，误打误撞，正是从这后门进来的。进来时只见一个女孩儿满脸含笑迎将出来，刘姥姥"跟她嘀咕半日不见答应，便赶上来拉手，却咕咚一声撞到板壁上，细瞧瞧才看出是一幅画，活凸出来的一样，却又是一色平的"，则见后门入口处是一幅油画仕女图。

怡红院室内整体设计极尽新巧奢侈之能事，更弥漫着欲望的风流淫靡之气，宝玉所居可谓是红尘中第一等繁华地了。宝玉却是这繁华地的第一个离经叛道者。他与自己所居的空间形成了一种张力关系，这种张力源自他常怀有好景不常、乐极生悲的哀感，这哀感使他珍惜花与女儿等一切美好而短暂的事物，并将他远远地从那些淫滥的欲望里头推开。

花落水流红，闲情万种

怡红院里花最多。李纨说："单只说春夏天，一季玫瑰花，并那篱笆上的蔷薇花、月季花、宝相、金银藤等类……"（第五十六回）月洞门外是一片碧桃花林子。篱笆下是玫瑰花丛，五儿一径到了怡红院门首，"只在一簇玫瑰花前站立，远远的望着"（第六十一回）。院子里植着数本芭蕉和一株西府海棠。平常还在玉盆里栽花的，第四十四回里宝玉便将盆内开的一支并蒂秋蕙，用竹剪撷了下来，簪在平儿的鬓上，一腔爱惜的心肠活凸纸上。

宝玉更有用花研制脂粉的癖好，最善闺阁中事，更喜分赠出去以作养女儿容颜，仍于第四十四回安抚平儿时最见一斑：

> 宝玉忙走至妆台前，将一个宣窑瓷盒揭开，里面盛着一排十根玉簪花棒，拈了一根递与平儿，又笑向他道："这不是铅粉，这是紫茉莉花种，研碎了兑上香料制的。"平儿倒在掌上看时，果见轻白红香，四样俱美，摊在面上也容易匀净，且能润泽肌肤，不似别的粉青重涩滞。随后看见胭脂也不是成张的，却是一个小小的白玉盒子，里面盛着一盒，如玫瑰膏子一样。宝玉笑道："那市上卖的胭脂都不干净，颜色也薄。这是上好的胭脂拧出汁子来，淘澄净了渣滓，配了花露蒸叠成的。只用细簪子挑一点儿抹在手心里，用一点水化开抹在唇上；手心里剩的就够打颊腮了。"平儿依言妆饰，果见鲜艳异常，且又甜香满颊。

这等别致笔墨，最见得宝玉实是第一等护花爱花之人，第一等怜香惜玉之人。七八岁时他便语出惊人，说："女儿是水作的骨肉，男人是泥作的骨肉。我见了女儿，我便清爽，见了男子，便觉浊臭逼人。"于是大观园萦纡宛转一条沁芳溪，终究在怡红院里收束，才算是得其所了。

掀开葱绿撒花软帘，从正房的小门出去，就到了怡红院的后院。沿着石子甬路，转过花障，则见青溪前阻。沁芳溪是从会芳园的北拐角墙下引来的活水，流到东北角的沁芳闸桥处，再向西流过萝岗石洞，引到稻香村，开一道岔口，流往西南方向。溪水主流和支脉最后在怡红院重新汇聚，仍旧合在一处，从墙下出去。怡红院中一带水池，有七八尺宽石头镶岸，里面碧波清水，上面有块白石横架。第三十回宝玉淋雨赶回怡红院，不想水沟堵了，雨水积在院内，丫鬟们把些绿头鸭、花鹨、彩鸳鸯等捉的捉，赶的赶，可见池中还养着这些彩色斑斓的小动物。

"沁芳溪"这一名称便体现了水和女儿圆融一体不可拆分的意义。水就是女儿，女儿就是水，这一意象本身就生出丰厚的诗意深情。女儿们拥有水的生命特质，洁净、自然、风情万千，其柔曼的姿容，清洁的品格，清秀的性灵，脱俗的精神和灵动的才华，在在是水的意象，其如夏花一般绚烂的青春和落红一样静美的生命，最终都付与这道流水。

唯有宝玉懂得她们，因为懂得，所以这样慈悲。他自然只认黛玉一个是精神上的知音，痴傻疯狂，闹出多少赌誓凄绝的话来，烟消云散，也要追随她而去，痴情一至于此。涂瀛赞贾宝玉："宝玉之情，人情也。为天地古今男女共有之情，为天地古今男女所不能尽之情。天地古今男女所不能尽之情，而适宝玉为林黛玉心中、目中、意中、念中、哭泣中、幽思梦魂中、生生死死中悱恻缠绵固结莫解之情，此为天地古今男女之至情。惟圣人为能尽情，惟宝玉为能尽情。负情者多，微宝玉，其谁与归？孟子曰：'伯夷，圣之清者也。伊尹，圣之任者也。柳下惠，圣之和者也。'我故曰：宝玉，圣之情者也。"

但宝玉这一"圣之情者",却并非单为黛玉所设,也非只为他一己的爱情所设。宝玉实在是一切女儿的知音。"无故寻愁觅恨,有时似傻如狂。"这愁与恨,傻与狂,是因为他看到女儿生命的凄凉、苦痛、没有出路,自己也只是一个偶然,一个徒然,无力解放她们,也无力施以援手,只能眼睁睁看着"飞鸟各投林",唯有"悲金悼玉"而已。纵然是替她们当差服役,为她们焚香祭奠,又能如何?丝毫触动不了她们滑向各自深渊的命运。何况,他连自己都拯救不了……但女儿们又何尝真指望宝玉来援救她们呢?只得了这样一颗真心来贴近和理解便已是足够了。

迎春出嫁后,宝玉天天到紫菱洲一带徘徊瞻顾,惋惜二姐姐结束闺阁生活,从此前途莫测;闻邢岫烟受聘,又立在杏子荫下,感慨万般。他为香菱替换石榴裙;为受辱的平儿梳妆打扮;为彩云埋赃,以维护探春的自尊;为藕官隐瞒烧纸钱事;为龄官遮雨,忘了自己湿透;探望垂危的晴雯,一篇《芙蓉女儿诔》,哭出所有女儿的可怜。"女儿"是终极上的真善美,是宝玉视为神祇供奉起来的圣物。他为这世界没有真善美而只有势利愚蠢感到痛心。沈从文说:"我看久了水……对于人生,对于爱憎,仿佛全然与人不同了。我觉得惆怅得很,我总像看得太深太久,对于我自己,便成为受难者了,这时节我软弱得很,因为我爱了世界,爱了人类。"这一丝款曲倒与宝玉有些暗通了。宝玉因对女儿的爱,而对身边人都有这样一些模糊的爱,与身边的小厮和外面的朋友,都是一般怜惜和友善的。只是他的经历太过惨烈,对比太过犀利,皈依佛门才成了他对他所爱的一切最大的祭奠和补偿。

宝玉虽与秦可卿、袭人有过身体的接触,但他却决不是那种"悦容貌,喜歌舞,调笑无厌,云雨无时,恨不能尽天下之美女供我片时之趣兴"的"皮肤淫滥之蠢物"。根底上，宝玉是纯真的、唯美的。警幻仙姑称他为"意淫"，并告诫他："'意淫'二字，惟心会而不可口传，可神通而不可语达。汝今独得此二字，大闺阁中，固可为良友，然于世道中未免迂阔怪诡，百口嘲谤，万目睚眦。"因对女性的欣赏、审美与维护，本身就是大逆俗世之所为的，就是为天下先的"破天荒"。仙姑并未深入分析这"意淫"二字的具体含义，其实却是基于深刻的理解和同情，而生出一种深沉的博爱与悲悯。所以鲁迅说他"爱博而心劳"。在别人看来固然是近乎疯魔痴傻，宝玉念念的却是永恒的生之悲哀。

　　落花流水，想来是宝玉最不堪的景象。沁芳溪里落红成阵，他觉得出繁华终将落尽、至美终会凋零的消息。他虽哀痛，又能如何？他只想要"把心迸出来"让女儿们瞧见了，然后若果有造化，就正于此时死了，女儿们哭他的眼泪"流成大河"，将他的尸首漂起来，"送到那鸦雀不到的幽僻之处，随风化了，自此再不托生为人"。女儿的眼泪是世上最洁净最美好的东西，还有什么比被这眼泪流成的大河更值得奔赴呢？这即是对宝玉生命的永恒征召，才是他最好的坟墓和最美的悼文，"只求你们同看着我，守着我"，他就觉得一切都圆满了。得此一死，胜过永生，宝玉之情，圣人之情也。

花袻寒塘
见湘云

　　大观园有这样多去处，却没有为史湘云单独安排一个院落，容她偶尔寄居的落脚。不过，湘云是这园中一片自由流动、宛转翔游的云，花下有她醉卧的倩影，雪里有她飒爽的身姿，水上溶溶荡荡载着她和黛玉玲珑的诗情和娇音……

芍药花下真名士

　　大观园西北角是一带花圃，有芍药栏、红香圃、牡丹亭、榆荫堂、蔷薇院和芭蕉坞，各有其声色光景，可以想见春暖花开时节，这里定是园子里第一个繁华锦绣之处。

红香圃三间小敞厅

因了湘云，这里诞生了园子里精神最自由、生命最纯真的一个瞬间，一个注定将永恒下去的瞬间。

那日，贾母邢王二夫人因皇家老太妃辞世，"皆入朝随班按爵守制"，凤姐儿又因小产卧床，压制的力量一下子全都缺席了。众人便齐聚红香圃三间小敞厅，"筵开玳瑁，褥设芙蓉"，为宝玉、宝琴、岫烟、平儿等人祝寿。因没了管束，便任意取乐，对点的对点，划拳的划拳，呼三喝四，喊七叫八，只见满厅中红飞翠舞，玉动珠摇，十分热闹。

这大概是大观园群芳唯一一次没有约束和顾忌、抛开尊卑体面肆意而为的场合，即便是为宝玉开夜宴过生日时，也比这次拘谨矜持得多。这次湘云喝多了，也嚷嚷够了，不知怎么就没了影儿。众人遍寻无着，正在狐疑，只见：

> 一个小丫头笑嘻嘻的走来说："姑娘们快瞧云姑娘去，吃醉了图凉快，在山子后头一块青板石凳上睡着了。"众人听说，都笑道："快别吵嚷。"说着，都走来看时，果见湘云卧于山石僻处一个石凳子上，业经香梦沉酣，四面芍药花飞了一身，满头脸衣襟上皆是红香散乱，手中的扇子在地下，也半被落花埋了，一群蜂蝶闹穰穰的围着他，又用鲛帕包了一包芍药花瓣枕着。众人看了，又是爱，又是笑，忙上来推唤挽扶。湘云口内犹作睡语说酒令，唧唧嘟嘟说："泉香而酒洌，玉碗盛来琥珀光，直饮得梅梢月上，醉扶归，却为宜会亲友。"（第六十二回）

湘云以鲛帕裹花为枕，以芍药落花为衾褥，以青石为席，实在豪爽落拓，有魏晋名士的风流气度。刘伶《酒德颂》中说"有大人先生，以天地为一朝，万期为须臾，日月为扃牖，八荒为庭衢。行无辙迹，居无室庐，幕天席地，纵意所如"的名士风度，湘云果然差强耳。历来许多诗人画家都非常喜欢湘云醉卧的场景，成为《红楼梦》里最富诗情画意的一幕之一。早已有人指认湘云"纯是晋人风味"。她醉眠之时说出的酒令"泉香而酒洌""醉扶归"，并无女子闺阁柔靡之气，一股男子的英气豪气自在表露。湘云自己很飒爽地说："是真名士自风流"，如自在娇莺恰恰啼，声韵婉转而外，还有生气满贯流动，扫荡了一切的扭捏、矜持、乔装。湘云从不屑为此的，她天然是一片清白痛快心肠。

凄风惨雾低垂、病柳愁花缭绕之中，忽见一片鲜艳的朝霞辉煌天际，会使人顿觉眼前一亮，心胸开朗——唯有湘云，能给我们带来这样的一种愉快。湘云爱穿男子衣服，打扮成男孩儿模样，衣冠之间带来独出机杼的情趣和谐趣。她兴致来了，把宝玉的袍子穿上，靴子穿上，额子也勒上，不细看还真以为是宝玉，老太君直叫她："宝玉你过来，仔细头上挂的那灯穗子招下灰来迷了眼。"在场的都撑不住笑了，贾母恍然，也笑了，说湘云"倒是扮上小子更好看了"。这样的无顾忌，这样的活泼伶俐，完全出自天性，不见丝毫做作。

有湘云在，到处是一片欢声，她总能将天然一股妙趣赋予周围的环境。纵然是雨雪天气，湘云出现在其中，却是一切都明朗开阔了。她披上老太太一件新的大红猩猩毡斗篷，拿了个汗巾子拦腰系上，竟是个风流偶傥公子哥儿，在后院子里扑雪人，一跤栽到沟跟前，弄了一身泥水，还兀自大笑大闹，天真烂漫，活泼顽皮。换作黛玉，恐怕早已是不胜忧愁的萧瑟凄凉了。又一日打扮成游牧骑猎民族的形状，穿着一件"貂鼠脑袋面子大毛黑灰鼠里子里外发烧大褂子"，头上戴着一顶"挖云鹅黄片金里大红猩猩毡昭君套"，又围着"大貂鼠风领"，黛玉见了称她为"孙行者"和"小骚达子"。湘云脱去外面衣服，"里头穿着一件半旧的靠色三镶领袖秋香色盘金五色绣龙窄褙小袖掩衿银鼠短袄，里面短短的一件水红妆缎狐肷褶子，腰里紧紧束着一条蝴蝶结子长穗五色宫绦，脚下也穿着鹿皮小靴，越显得蜂腰猿臂，鹤势螂形"。这套公子装，惹得众人笑个不住，赞她"打扮成个小子的样儿，原比他打扮女孩儿更俏丽了些"。湘云便是这样别具一格，男装打扮"不独（不）见（其）陋，且更觉轻俏妖媚，俨然一娇憨湘云立于纸上"。她正如江上卷舒的云，闲在晏然，阔达致远，虽然父母早亡，由叔叔婶婶抚养长大，算是寄人篱下了，却丝毫未影响到湘云心性的疏朗明亮。

湘云在人生上并没有一整套的理解，遇事不假思索，毫无定见和偏见，她更多是靠鸢飞鱼跃的心灵来生活的，而不是靠理性，因此她很少沉默下来去思考，所以她能吟着黛玉式的清高的诗，又说着宝钗式的世故的话，零碎撷拾，不能一贯。但这正是湘云的可爱，她活得晴朗，活得坦荡，不偏执，不强求，不做无谓的担忧，她痛快地活在当下。平常说话，她了无忌惮，吃起酒来，照旧掳袖挥拳。香菱请她谈诗，她便满口是杜工部怎样沉郁，韦苏州怎样淡雅，温八叉怎样绮靡，李义山怎样隐癖，丝毫不懂"女子无才便是德"的韬光养晦和一嘴正经。听见别人结社吟诗，她便抢着闹着要参加，毫不掩饰自己的兴趣与才华。她似乎从来不知道那些"坐莫动膝，立莫摇裙，喜莫大笑，怒莫高声"的女诫，真是一道最无遮掩的光，从哪里来，便到哪里去，裙角带着风，眼角眉尖也都是风，不累赘，不逶迤，照到哪里哪里就顿时一扫阴霾，清爽明快。她身上也没有闺阁小姐们的斯文，她甚至连拙也不会藏，心可以拿出来给任何人看。

啖肉芦雪庵

犹见湘云名士风度和侠女气概的，还有芦雪庵里烤鹿肉联诗一节。芦雪庵是大观园中另一处有田园风光的建筑，盖在"傍山临水河滩之上，一带几间，茅檐土壁，槿篱竹牖，推窗便可垂钓，四面都是芦苇掩覆，一条去径逶迤穿芦度苇过去"，便到了藕香榭。

这日，一夜大雪，下的将有一尺多厚，诗社诸人齐聚芦雪庵，唯湘云撺掇宝玉要了

芦雪庵意象图

块新鲜鹿肉，拿了铁炉、铁叉、铁丝蒙来，要烤鹿肉吃。湘云围着火炉子，吃得津津有味，边说："我吃这个方爱吃酒，吃了酒才有诗。若不是这鹿肉，今儿断不能作诗。"这些话出来，又坦率，又有趣，可以想见她娇憨淘气的模样。不仅自己要吃，见宝琴披着凫靥裘站在那里笑，便呼道："傻子，过来尝尝。"宝琴犹豫"怪脏的"，但禁不起撺掇，便过去吃了一块，果然好吃。黛玉便笑湘云，说他们是一群"花子"："今日芦雪庵遭劫，生生被云丫头作践了。我为芦雪庵一大哭！"湘云很不客气地回敬黛玉说："你知道什么！'是真名士自风流'，你们都假清高，最可厌的。我们这会子腥膻大吃大嚼，回来却是锦心绣口。"

这股子豪爽气，与好汉们大块吃肉大口喝酒的江湖气味倒是相投的。湘云不作假，没有酸文假醋，却有一种古道热肠的侠义和善良。在群芳射覆的游戏中，香菱紧张慌乱，湘云为她抓耳挠腮、不惜作弊私传谜底；得悉邢岫烟被欺负的事，湘云动了气说：

"我骂那起老婆子丫头一顿，给你们出气何如？"说着便要走。黛玉说她"要是个男人，出去打一个抱不平，你又充什么荆轲聂政"，虽是无心之语，却点出湘云爱打抱不平的侠女气质，因邢岫烟身世贫寒，虽与宝玉、宝琴、平儿一天生日却无人记得，独有湘云在意，特意提出，让她也享受了一个华美的寿辰。湘云虽穷却忘其穷，一无所有却要大请客，饶有兴致要办赏菊吃蟹大会，虽在宝钗的赞助下才成功，却绝对是名士侠客才有的举止。

《红楼梦》常以间色法写人，以侠义豪情而论，尤三姐和湘云身上都有这种禀性，她们俩却有明显的区分。尤三姐豪侠之气甚是刚烈，令人敬而远，湘云豪侠气中内蕴清秀明澈，不若尤三姐这样崇高刚直，却机敏活泼，可亲可爱。涂瀛一番话最形容得湘云的好："青丝拖于枕畔，白臂搂于床沿，梦态决裂，豪睡可人，至烧鹿大嚼，褪药酣眠，尤有千仞振衣、万里濯足之豪也。不可以千古舆！"[1]

凹晶馆联诗悲寂寞

大观园山之高处取名"凸碧"，山之低洼近水处叫作"凹晶"，这是黛玉的妙想。历来少有人用"凸""凹"二字命名或作诗，园中直用作轩馆之名，新鲜天真，不落窠臼。凸碧山庄位于嘉荫堂后面的大主山上，是大观园中轴线的终点处，凹晶溪馆几间房就在此山环抱之中，乃凸碧山庄的退居，位于沁芳闸桥下面的水池上，与藕

---

[1] 涂瀛《红楼梦论赞》。

凹晶溪馆意象图

香榭相接。凸碧山庄与凹晶溪馆一上一下，一明一暗，一高一矮，一山一水，仿佛特特为了玩月而设的。若想观山高月小的景致，凸碧山庄最妙，若爱皓月清波，便往凹晶馆。

　　中秋夜宴结束后，黛玉见人家团圆，便有几多感怀，独有同是孤女的湘云宽慰她："你是个明白人，何必作此形象自苦。我也和你一样，我就不似你这样心窄。何况你又多病，还不自己保养。"论起处境，湘云不如黛玉，至少黛玉还有贾母的疼爱和庇护，黛玉却比湘云消沉悲观得多。为了转移她的注意力，湘云便要联诗对句，两人一起往凹晶溪馆去，下了山坡，转弯就到了水池边，沿上一带竹栏相接。两人坐在凹晶馆卷棚底下两个湘妃竹墩上，"见天上一轮皓月，池中一轮水月，上下争辉，如置身于晶宫鲛室之内。微风一过，粼粼然池面皱碧铺纹，真令人神清气净"。说起虽忝在富贵之乡却有许多不遂心的事，湘云极力劝慰黛玉，一派光风霁月，仿佛丝毫不以为意。但这样明朗清逸的月色下，她们俩的联诗却尽是悲凉哀婉之情，到"寒塘渡鹤影，冷月葬花魂"时，湘云内心里深藏的凄楚和辛酸已彰显无遗了。

湘云的判词写道："襁褓中，父母叹双亡。纵居那绮罗丛，谁知娇养？"她还是婴儿时父母俱已双亡，寄居在叔叔家，生活上并不得意。小说借薛宝钗之口说：

> 那云丫头在家里竟是一点儿作不得主。他们家嫌费用大，竟不用那些针线上的人，差不多的东西多是他们娘儿们动手。为什么这几次他来了，他和我说话儿，见没人在眼前，他就说家里累得很。我再问他两句家长过日子的话，他就连眼圈儿都红了，口里含含糊糊待说不说的。想其形景来，自然从小儿没爹娘的苦。

每次被接走时湘云总是恋恋不舍，跟宝玉留话儿，请他时常提醒老太太打发人接她去。大观园是湘云的乐土，叔叔家的旅居客寄生活是她的尘世。有人说："想到史湘云就如同见其笑靥、星眸、诗狂和醉态，仿佛云敛天宽之际，唯余霁月一轮，无须举杯，已自沉醉。"这是湘云给世人的好处，她抛却自己尘世里的酸辛苦痛，如一潭春水洗濯掉尘埃草芥，如一轮朗月挣脱开阴云笼罩，终于清清爽爽一身松快。她没有闺阁中惯有的纤弱病态，她的美是煌煌大气的，健康完整的，是"英雄阔大宽宏量"的美，如"霁月光风耀玉堂"。只是，这样美好的人，却"终究是云散高唐，水涸湘江"的尘寰命运，让人恨不能扼腕，拔剑而起。

史湘云醉卧芍药荫（何君华　绘）

山石多妩媚

　　明文人邹迪光在《愚公谷乘》中说，"园林之胜，唯是山与水二物。"亭台饶是如何富丽，花木饶是如何璀璨，没有精妙设置的山、水，无法成就一个精致的园林。山和水，奠定了一个园子的根本。

　　大观园沿用了叠石成山的传统手法，以多处堆叠假山的方式，营造了丰富的山林趣味。而假山在自成一景之外，更有效起到了"隔景"的作用。园中的山有两种：一是石山，岩石堆成，但非全石，也以薄土施于其间，以植花木、树藤蔓；再一是土山，也非全土，而以碎石、乱石点缀其间。

　　石山有两座，其一便在大观园进门处，是座巨型假山，因上面"苔藓成斑，藤萝掩映"，绿苍苍颜色，故称"翠嶂"。此处不仅是园林的一道点缀，已是绝好风景，也形同一道影壁，挡住游人视线，形成隔景，盖因"一进来园中所有之景悉入目中，则有何趣"。翠嶂下有洞，洞下有清流，山上还有羊肠小道。宝玉为其命名"曲径通幽"。小说写道：

　　（贾政）遂命开门，只见迎面一带翠嶂挡在前面。众清客都道："好山，好山！"贾政道："非此一山，一进来园中所有之景悉入目中，则有何趣。"众人都道："极是。非胸中大有丘壑，焉想及此。"说着，往前一望，见白石崚嶒，或如鬼怪，或如猛兽，纵横拱立，上面苔藓成斑，藤萝掩映，其中微露羊肠小径。

叠嶂的妙趣：翠嶂遮目——穿过石洞——豁然可见飞楼绣槛隐于山坳树杪之间

　　障景又称"隔"，即用山石、廊墙等物，在山水景区出现之前营造一个较小的前导空间，前庭之窄，山石之隔，是一种含蓄谦逊的姿态，避免景物一览无遗，将更多的峥嵘秀色隐藏于后。园林本就以直白显豁为浅陋，总要曲折婉转，意味连绵不绝才是胜境，这道翠嶂就起到这样的作用，越过它，将有更多趣味等待被发现和撷取。大观园的故事也就是以这样欲说还休，欲迎先拒的一道屏障开了头。

大观园的萝岗石洞大假山

其二则是位于大观园西北部的萝岗石洞。洞由怪石堆起，沁芳溪由洞中穿过，石上萝薜倒垂，如再前进，就要"攀藤抚树"，经过山上盘道。这里是山与水通力协作的佳绩，若无此山，沁芳溪未免显得平铺直叙，平庸无奇；多了这一层掩盖和曲折，水才有了声色光影，巉岩幽壑，喷珠泻玉，景致才显得层次丰富。

其余山系基本是以土山为主，即堆土而成的丘陵。从潇湘馆往稻香村，先见青山相阻隔，这山只有土筑，才与稻香村一带山野农家的趣味衬托得足，调子才扣得上。土山多集中在园子的北部，其所分之脉向东西两侧向南延伸到园子的各处。这些山中有位于省亲别墅北的大主山，山脊上有凸碧山庄，山下临水有凹晶溪馆，山上有盘道，且多藤树。此山所分之脉穿蘅芜苑的院墙，其中怡红院后亦有山。

假山泉池虽多非自然山水，系人力穿凿而成，但全在匠心把握，造成"虽由人作，宛自天开"的效果。从纯形式看，假山本身就是一种石头雕塑艺术，具有线条飞舞跌宕，块面虚实凹凸的美，是用纯美的文学与书画的意念浇筑出来的。宋人杜季阳在《云林石谱》序言里说："天地至精之气，结而为石，负土而出，状为奇怪……虽一拳之石，而能蕴千年之秀。"石头正是天地精华的凝聚，与山水画中的"咫尺山水蕴千里江山"有异曲同工之妙。

大观园入门处的翠嶂"白石崚嶒，或如鬼怪，或如猛兽，纵横拱立，上面苔藓成斑，藤萝掩映"，极得叠石之妙，石面苍而润，丑而雄，明明是新造，却往沧桑里做去，形状在似与不似之间，却风骨磊磊。蘅芜苑中进门即是"插天的大玲珑山石"，并没有点明这石头的形态模样，但既然以仙境异草为衬，这山石必定也是仙品之属：其线条与造型是"玲珑"的，外形轮廓与石面上的纹理当处于变化流动、自由飞舞的状态；好的山石本身就产生旋律，块面的虚实、凹凸的平峻，光影与明暗，色彩的变化，都有着丰富的层次，而陪衬物件的不同，也能对其起到强化的作用，蘅芜苑中香草缭绕于山石之上，像是附着于山石的纹理，不仅有形、影、声、色的一体美感，而且也能渲染人物的性格特征。

蘅芜苑中插天的大玲珑山石

载不动许多愁

水则是大观园"活"起来的命脉和灵魂。水景是园林中最具韵味和魅力的，它同山石之躯交相辉映，共同成全和提升一座园林的品位。静水有静水的深致，安谧、祥和、有容乃大，流水有流水的生机，伶俐、活跃，带动园林整体的鲜活气质。

大观园的水系实际上是比较简单的，但并不粗糙。第十七回贾珍说："原从那闸起流至那洞口，从东北山坳里引到那村庄里，又开一道岔口，引到西南上，总共流到这里，仍旧合在一处，从那墙下出去。"由此推断：大观园的水源头是从会芳园"北墙角引来的一股活水"，这水引到大观园东北角的沁芳闸桥处，通过闸口提升水位，然后

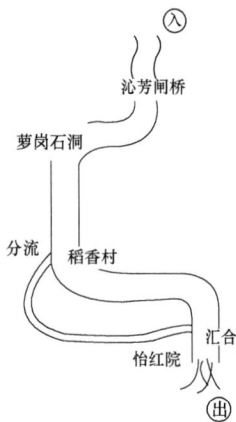

大观园水系示意图

水再从东北向西流，流经位于正中的正殿，再经蘅芜苑附近的萝岗石洞，折向稻香村，在稻香村处分出一股水流，这股支流流到西南方向。主脉继续向南流经紫菱洲、蓼溆，穿过沁芳桥东与支流汇合。支流向东南流经芦雪庵、藕香榭、秋爽斋，汇注为荇叶、柳叶两渚，又南流穿山石经怡红院外与主脉合流，从园东南出园。这就是大观园水系的总体情况。

"问渠哪得清如许，为有源头活水来。"沁芳泉激活了整个大观园，花繁木茂，起亭立榭，皆赖沁芳泉的滋养培育，因此沿途风景各具面目，个个不同。它"一带清流，从花木深处曲折泻于石隙之下"，在沁芳闸处"水如晶帘一般奔入"，倾泻而下，喷珠溅玉，形成一道小小的瀑布景观；到了花溆则"水声潺潺，泻出石洞，上则萝薜倒垂，下则落花浮荡"，"水上落花愈多，其水愈清，溶溶荡荡，曲折萦迂"（第十七回），并不是"流水落花春去也，天上人间"的凄清伤感，而是古琴奏出来的"高山流水"，腾越宛转，哀而不伤。

飞泻涌动的泉水赋予了水流和园子形貌俱佳的立体动感，静物不再呆板，凭添无限生机。泉水在流动过程中，水面时宽时窄，形成不同的水池，如沁芳池、花溆、荇叶渚、柳叶渚等；园中不少建筑是依河临池而建，如紫菱洲、秋爽斋临水而建，滴翠亭、藕香榭则建筑在水池中。藕香榭可演戏奏乐，凹晶馆可临水赏月，可见池子都是静水。黛玉、湘云在凹晶馆临池观月，"天上一轮皓月，池中一轮水月，上下争辉，如置身于晶宫鲛室之内。微风一过，粼粼然池面皱碧铺纹，真令人神清气爽"（第七十六回）。这是水给予女儿们的最直接最完美的馈赠。

周汝昌说："大观园全部的主脉与'灵魂'是一条婉若游龙的'沁芳溪'。亭、桥、泉、闸，皆以此二字为名，可为明证。一切景观，依溪为境。""大观园的一切池、台、馆、泉、石、林、塘，皆以沁芳溪为大脉络而盘旋布置。"很多故事都发生在水附近，水作为潜在的背景，让故事的发生和演进显得格外有纵深和情致。

建筑在水中的滴翠亭和藕香榭

稻香村的"一畦春韭绿，十里稻花香"，若无这水的灌溉滋养，便无此等美景了；元春省亲，若无这一路水舟之行，看得那池中荷若尧鹭之属，文章怕要减色三分；宝玉读西厢时余香满口，落花满身，"兜了那花瓣来至池边，抖在池内，那花瓣浮在水面，飘飘荡荡竟流出沁芳闸去了"；宝钗扑蝶一直跟着蝴蝶到了池中水上的滴翠亭上，春光水景无限好；中秋节众人在藕香榭水亭子上，吃得好螃蟹，赏了山坡下两棵好桂花，看了河里的碧清的水，人都清亮了；贾母一行荡舟在水里，船到了池当中只乱晃，自有天

清人《大观园图》局部

真野趣，众丫鬟则沿河随行，水两岸花团锦簇，好不美丽；黛玉湘云下了山坡，一转弯到了凹晶溪馆的池沿，看见池中一轮水月，又投石惊起白鹤，才有了"寒塘渡鹤影，冷月葬花魂"的两句妙想……

　　水是《红楼梦》中蕴涵丰富、在在而有的意象。除了这一带清流溶溶荡荡，大观园里的水，亦是梨花上的轻露，石径上的薄霜，有时为寒雨，淋漓在竹梢、芭蕉和黛玉的秋窗上，有时也冷凝成雪，飘在半空、梅花枝头及众女儿的诗中，更从黛玉眼心底流出，无风仍脉脉，不雨亦潇潇。春梦随云散，飞花逐水流。一道曲折迂回的沁芳溪，载满了大观园女儿的悲凉，载不动宝玉许多恨愁。

大观园水路、大路、小路示意图

园中无处不飞花

大观园中种植的花草如此繁多，须得专有一位花神来管理。第二十七回中，女孩儿们在芒种节祭饯花神，祈祷花繁木茂。沸沸扬扬，大观园中一派佳木葱茏、奇花闪灼的繁华景象：

> 至次日乃是四月二十六日，原来这日未时交芒种节。尚古风俗：凡交芒种节的这日，都要设摆各色礼物，祭饯花神，言芒种一过，便是夏日了，众花皆卸，花神退位，须要饯行。然闺中更兴这件风俗，所以次日大观园中之人都早起来了。那些女孩子们，或用花瓣柳枝编成轿马的，或用绫锦纱罗叠成干旄旌

幢的，都用彩线系了。每一颗树上，每一枝花上，都系了这些物事。满园里绣带飘飘，花枝招展，更兼这些人打扮得桃羞杏让，燕妒莺惭，一时也道不尽。

大观园的花木种植是一项不小的工程。第二十四回写贾芸向贾琏、王熙凤求情送礼，谋得在大观园监种花木工程的差使，花木工程由贾芸监工，打理花木则有一批花匠，可见其规模的宏大。

细数的话，这些花里有荷花、芙蓉、梅花、杏花、桂花、石榴花、碧桃花、梨花、葵花、海棠花、芍药、蔷薇、稻花、水仙花、桂蕊、白菊、红梅、秋菊、春梅、月季、莲、茉莉花等等，营造了一个色彩繁复、光泽耀眼、香气弥漫的园林空间。园中无花则无生气，是以大观园中自春至冬皆有花在，供人欣赏游观，怡情育物，四时之景虽各有分别，却一样风情万种。

还有一些披拂滋长的草叶藤蔓，如西番草、苔藓、藤萝、薜荔、桃杏、青芷、葛、

碧桃花

牡丹花

海棠

茉莉

梨花

梅花

杜衡、长生果、玉路藤、紫芸、丹椒、蘼芜、风连、玉蕙、金兰、女儿棠、蘅芷、三春草、稻茎、荇菜、落花生、苍苔、竹、佛手、紫茉莉花种、金兰、芦苇、宝相、金银藤、柳叶、桂子、菱角、龙眼、梨、樱桃、桂圆等，很多是香草，清芬淡雅，媚人精神，其他则有袅娜绰约的体态，攀爬滋蔓，像园子生出的无数根温柔的触角，将各处山石水纹都抚摸到了，给这园子一种深在的柔媚和旖旎。

　　更有许多林木，如芭蕉、松、桃树、李树、菩提树、梧桐、白杨、青枫、白柳、荆榛、青松、海棠树、垂柳、黄柏、翠竹、红杏、桑树、榆树、槿树、老杨树、柘树、葡萄架、水松等。扑面临头，只觉绿意碧鲜，餐翠腹可饱，饮绿身须轻，绿色是让一座园林活泛飘逸最动人的笔触，为花卉各呈异彩的颜色提供了既深厚又轻盈的广阔背景。没有这绿的底子，显不出那些红黄粉紫的鲜艳和光泽。何况绿色本身也有深浅不同，经四时而有变化，"春初时青，未几白，白者苍，绿者碧，碧者黄，黄变赤，赤变紫"[1]，叶色

[1] 语出李斗《扬州画舫录》。

也有异艳奇彩可观。

其他如时鲜花卉、白花、黄花、春花、花荫、花障、花草、花光柳影、众花、花枝、佳蔬菜花、花房、树、庭树、春柳、绿树、万木、树梢、衰草、红叶、佳木、藤萝、藤、异草、竹篱、草地、奇草仙藤、红绿离披等抽象化的词语，并不具体指涉某一种花草，而是一股脑儿将花草树木汇拢在一处，用一两个词汇泛泛点染一下，而情绪、氛围和意境都虚虚实实地出来了。

植物花木是园林意境不可或缺的构成，它们仿佛是园林的毛发，花木森然蓊郁，既见得一个园子的血脉深厚流畅，也赋予这园子华滋繁荣之貌，否则光秃秃一些山石，一道水流，又有什么好看。

这些花草并不只是园子中的点缀和填充，它们为园子提供了丰富自由的色、香、味，以及声音，它们间隔和设置园子里的各种空间，既能分别配合各院落和景区的特点，同时又能深入刻画这些特点，将其更加鲜明地凸显出来。

怡红院外有碧桃花、蔷薇花、宝相花、玫瑰花、垂柳等，园内有一株海棠花树，有芭蕉和松树；潇湘馆有"千百竿翠竹""大株梨花兼着芭蕉"；稻香村有"几百株杏花如喷火蒸霞一般"；蘅芜苑中"一株花木也无，只见许多异草"。还有荼蘼架、木香棚、牡丹园、芍药圃、芭蕉坞、藕香榭、梨香院、榆荫堂这样以植物命名或作为主题的景点或建筑。

色香而外，花木还有声音韵律的美。雨打芭蕉，风卷松涛竹萧萧，留得残荷听雨声，这些花木与风声、雨声、雪落之声合奏的声响，使得大观园余韵袅袅，美不胜收。而且，它们被赋予了更深在的意蕴和审美内涵。比如潇湘馆，"凤尾森森，龙吟细细"（第二十六回），作为黛玉居所，竹的意蕴与黛玉的性情和禀赋融为一体。暮春时节，桃花落红成阵，黛玉葬花吟的音韵里，是刺眼的鲜红，大片大片飞落着桃花瓣，没了衣裙的边幅。

很多植物则是因为情节的需要而生的，如：为了配合龄官画"蔷"字，而配以蔷薇架；秋天螃蟹宴而配以桂花；湘云醉酒则配以芍药花。这些花影扶疏的印痕，将人物映衬得格外有韵致。

> 外面小螺和香菱、芳官、蕊官、藕官、豆官等四五个人，都满园中顽了一回，大家采了些花草来兜着，坐在花草堆中斗草。这一个说："我有观音柳。"那一个说："我有罗汉松。"那一个又说："我有君子竹。"这一个又说："我还有美人蕉。"这个又说："我有星星翠。"那个又说："我有月月红。"这个又说："我有牡丹亭畔的牡丹叶。"那个又说："我有琵琶记里的枇杷果。"豆官便说："我有姊妹花。"众人没了，香菱便说："我有夫妻蕙。"豆官说："从来没听见说有个夫妻蕙。"香菱道："一箭一花为兰，一箭数花为蕙。凡蕙有两枝，上下结花者为兄弟蕙，有并头结花者为夫妻蕙。我这枝并头的，怎么不是？"（第六十二回）

斗草是一个有趣的民间游戏，有文斗、武斗之分，武斗便是比草的韧性了，以百折不挠者获胜；文斗就是对花草名称，以对仗的形式互报草名，谁采的草种多，对仗的水平高，坚持到最后，谁就赢。因此，没点植物知识、智力水平和文学修养肯定是玩不转的。大观园里花草资源如此丰厚，为丫鬟们的斗草游戏提供了最直接的知识来源，她们玩起来毫不费力，如数家珍。大观园里百花发，佳木繁，晴光清朗，女儿们折取花枝簪满鬓，醉卧花荫之下，玩斗草游戏，这真是大观园里瞬间极美的韶光了。

门和窗的故事

　　房屋出现，并不是重大的事情，同鸟巢兽穴一样，不过是人累了要歇卧的地方，门则是为了人进出而在墙壁上留出的口子。当禁锢的四壁和屋顶被凿开一道豁口，引天光云影、花香鸟语进到屋子里来，人仰头就看得见星空，四顾就望得见一个多姿多彩的春天，这时，事情开始有意思了。外面的世界镶嵌在这些精致的景框里，放在我们眼前，让我们可以暂时跳出自己的悲喜剧，得以走神，分心在别的无关的事体上。

　　后来，槅扇门出现，门和窗的功能合一，一种古典的优雅的态度降临在明清时期，打开成排的槅扇门，即刻间气息流通，外部空间与内部空间融合无垠，连成一体，尽

从蘅芜苑的槅扇门望庭
院中的玲珑山石

收景观风物，门窗在这个时期收获了它最美的形态，最悠游的审美情趣。在廊柱内的柱与柱之间安装的槅扇门，一般用上好的楠木、樟木、柏木、黄杨、龙眼木等木材雕成，历百年而不变形，忠实地维护着初创者的心愿和努力，在时间的浸润中愈发鲜亮。它们多为六扇或八扇，造型细长高挑，上部为格心，中部和下部称作腰板和裙板，多雕饰，手法繁复，圆雕、浮雕、线雕、透雕等方式不一而足，每个部件都不厌其烦地刻上美好的图案，举凡芸芸大观，其间寓意吉祥者皆可出现其上，在山水中有人物，在花草中有动物，故事戏曲与人物神仙，在门窗上重重叠叠，堆出一个热闹繁华的俗世，堆出说不清的欢喜、眷恋和执着。

《红楼梦》里有重重的门，院落屋宇的正门、前门、后门、旁门、侧门，每一道门都通向一个隐秘幽微的所在，打开一道门，就会揭开一段委曲的故事和心事。宝玉"晃出了房门"，"顺着脚一径来至一个院门前"，"举目望门上一看，只见匾上写着'潇湘馆'三字",进了潇湘馆的门,在窗下听到黛玉的喟叹,掀开帘子进去,才有了两人嬉闹的一节,有了整部书里最好的时光。刘姥姥误入怡红院,到处"找不着门","一转身方得了一小门",门里的世界光怪陆离,晃得她眼晕。有人说,开门和关门是人生中含义最深的动作,聪明人总是怀着谦逊和容忍的精神打开房屋的前门。《红楼梦》里门多,开门和关门这样的动作自然也多,譬如"进门""掩门""绕进便门""锁门""关园门""穿过门""步入园门""立门外""赶到门前""拦住门""倚门""扣门""气怔在门外""角门虚掩""挨门边坐下""直扑房门""叩门""三门掩上""门儿紧关""门窗大开"等等,每一个动作后头都拖着一串绵延下去的氛围和故事,不知道会是什么,因为侯门深似海,什么都在意料中,又多少都在意料之外,唯有谦逊和容忍的精神才能带着你到那一重重门后,扑面而来的是人生悲喜剧的罡风。

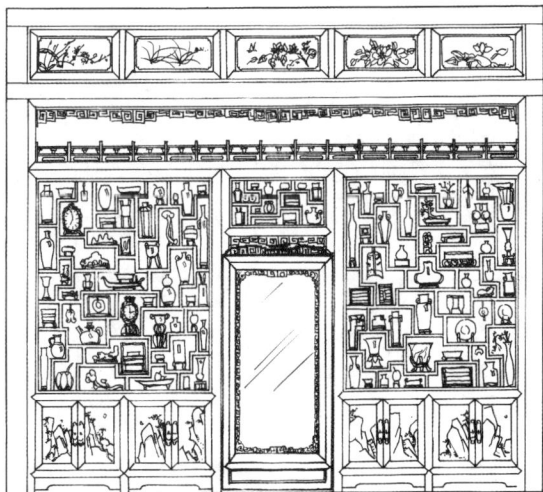

怡红院什锦格子墙上的镜门

大观园结海棠社，由迎春限韵，迎春向一个小丫头道："你随口说一个字来。"那丫头正倚门立着，便说了个"门"字。众姐妹对门都是有深刻体悟的，门里重重掩着她们的往事和期盼，探春的"斜阳寒草带重门"、宝钗的"珍重芳姿昼掩门"、宝玉的"秋容浅淡映重门"、黛玉的"半卷湘帘半掩门"和湘云的"神仙昨日降都门""蘅芷阶通萝薜门"，每一道门都在替主人发言，都拖着她们浓密的影子。消解掉这"门"的存在价值的，是自诩"槛外人"的妙玉的命运，山门挡不住世界的魔手伸进来，将孤高洁净的妙玉从槛内再次抛入槛外，这道门从被撞开的那一刻起，就再也兜不住故事的发展，妙玉被劫走，这道门就永远关不上了。

从潇湘馆的花窗向外看，是曲折的回廊

门是欲望的，开门是征服，是要揭开未知；关门是受挫，是退缩和躲避，门里夹着个黯然销魂的背影。能开启多少道门，很多时候不由自主，恐怕受外界钳制更多。窗户才更是自己的，更内心的，躲进门里的人，更多会独自守着窗子，窗是无限向内的。陶渊明在外头受了重挫，回来自掩了柴门，"倚南窗以寄傲，审容膝之易安"，又"夏月虚闲，高卧北窗之下，清风飒至，自谓羲皇上人"。窗下的陶渊明重新获得俯仰啸傲的意气。

　　窗是心的退居，窗边人凭依在此，就仿佛有了小小的据点，能审察自己，然后才能有"望出去"的姿态。李商隐"何当共剪西窗烛，却话巴山夜雨时"的感伤，因旅居在外的一场夜雨而起，情境与潇湘馆里"青灯照壁人初睡，冷雨敲窗被未温"，"已觉秋窗秋不尽，那堪风雨助凄凉"似无不同。这淋漓不尽的《秋窗风雨夕》，窗成了通向黛玉内心的一条甬道，成为她精神世界的一扇依凭，"谁家秋院无风入，何处秋窗无雨声"，"不知风雨几时休，已教泪洒窗纱湿"，曲折宛转，缠绵悱恻。潇湘馆里镶着茜云纱的月洞窗，是黛玉最常流连的地方，开了窗，是竹影和淡月，是黛玉的品格和精神。晴雯死后，宝玉请黛玉修改诔文，黛玉只改了"茜纱窗下，我本无缘；黄土垄中，卿何薄命"一句，可见她对窗的敏感。

　　《红楼梦》里窗大概比门要多，形形色色，有"琼窗""幽窗""纸窗""绿窗""小窗""金窗""秋窗""虚窗""玻璃窗""茜纱窗""支摘窗""纱窗""鸡窗""寒窗""雪窗""轩窗"。窗都是与各处环境合式的。警幻仙境里"雪照琼窗玉作宫"，大观园正门上"门栏窗槅，皆是细雕新鲜花样"，蘅芜苑里"绿窗油壁，更比前几处清雅不同"，怡红院"倏尔五色纱糊就，竟系小窗；倏

潇湘馆的月洞窗

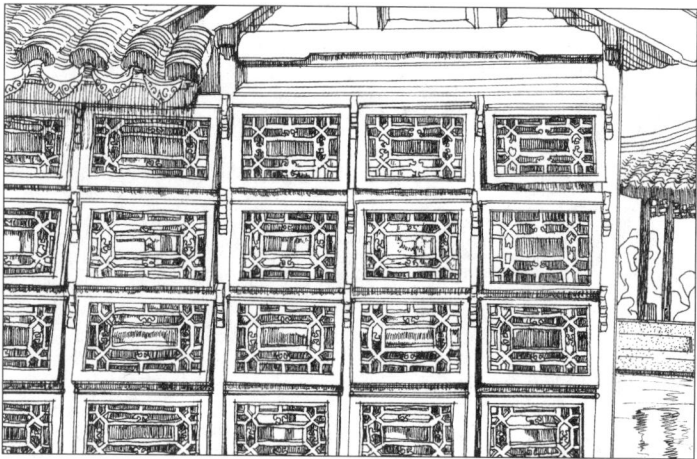

苏州园林中的支摘窗；
潇湘馆亦为支摘窗

尔彩绫轻覆，竟系幽户"，稻香村中"纸窗木榻，富贵气象一洗皆尽"。贾母为潇湘馆的碧纱窗换成银红的霞影纱，以搭配这园子里满眼的翠色，从这纱窗望出去，碧色将隐在霞影里，是银红中影影绰绰透过来的绿光。

有了窗，便自然有了窗外与窗内、窗前与窗下的区隔，也便自然有了推窗与关窗的动作，以及隔着窗户偷窥或偷听的动作。下人听差有时只能隔窗而听，第十五回里"众人不敢擅入，只在窗外听觑"，第五十六回"只见院中寂静，只有丫鬟婆子诸内壶近人在窗外听候"，窗内是主子，窗外是奴才，"窗"标识着人的身份与权力。窗户的隐秘性是脆弱的，纱或纸都是细薄绵软之物，本只是为了一点虚弱的遮挡，主要的功能倒不在维护隐私上，因此隐秘很容易为外界所戳破和窥探。第十九回中宝玉"刚至窗前，闻得房内有呻吟之韵"，"乃乍着胆子，舔破窗纸，向内一看——那轴美人却不曾活，却是茗烟按着一个女孩子，也干那警幻所训之事"；第二十七回宝钗戏蝶时，隔着四面糊着纸的槅扇无意中听到滴翠亭里小红和坠儿的谈话。窗因此是不明朗的，环护其间的是幽情，很多深邃或私密的东西都是贴在窗棂上的，不仅关窗的动作有时会意味着这本应封锁在深处的东西将要发生，若闭了门后去推窗，意味也不无暧昧的。刘方平《春怨》诗说："纱窗日落渐黄昏，金屋无人见泪痕。寂寞空庭春欲晚，梨花满地不开门。"门不开，无论纱窗是开是合，这世界都是寂寞的。

葫芦庙中烧着的窗纸，毁了半条街，毁了甄家，也将这部悲金悼玉的《红楼梦》继续往悲剧里推进。最终只是，"蛛丝儿结满雕梁，绿纱今又糊在蓬窗上"。

园中的海棠景门、月亮门以及
粉墙上的花窗

帘帏背后的风景

　　院落房宇并几案桌椅都有了，还远不能算完，《园冶》说得很明白，更费心血的是装修。它说的装修很宽泛，天花槅扇门窗彩绘都在里头，主要是些小木装修。小木装修是由帐幔装修发展而来的，帐幔因其卓越的装饰和优化空间的功能依然占尽风光。贾政一向不问家事，也知道帐幔帘子并陈设玩器古董，需要"一处一处合式配就"。帐幔帘子是柔软而妩媚的东西，以一种不动声色的机智，区隔开各种空间，保护空间内部的私密与界限；又能依据空间的个性变幻自己的色彩和模样，最能渲染空间的氛围，袅袅如风情万种的霞光云彩，一片一片地照亮细节，赋予空间很多种朦胧的精彩，使

帏帘帐幔分割的室内空间（左）
潇湘馆中的帷帐（右）

其既有条理和层次，又有过渡和变化，促成了不同小空间之间的渗透、流动和引申，空间呈现出活泼精致的动感和力度。

大观园里建筑既多，品种亦繁，殿堂轩馆、亭台楼阁，不一而足，各有各的面目和特性。所需配备的帘帏帐幔也就累积出了不小的数量，据贾琏的记录，有："妆蟒绣堆、缂丝弹墨，并各色绸绫大小幔子一百二十架，……帘子二百挂……外有猩猩毡帘二百挂，金丝藤红漆竹帘二百挂，墨漆竹帘二百挂，五彩线络盘花帘二百挂……"这些散布点缀各处的帘帏帐幔，使大观园的美更加具体而微，又像唇上一点胭脂的红那样，愈加细致地烘托出大观园的柔情似水。它们同繁花佳木一起，构成大观园细小而无处不在的纤维管，园子再怎样神秘缥缈，因为这细节的坚实和充盈，而不会是荒诞无稽的。

　　帐幔有其实在用处：冬可却寒，夏蔽蚊蝇，又具有遮蔽和装饰功能。很久前就已跃然于室内，富贵人家多以色彩鲜明的高级丝织品精工制作，加施华美纹饰，悬挂香囊流苏等物，东晋《邺中记》记十六国后赵主石虎的用帐："春秋用锦帐，里以五色缣为夹帐，夏用纱罗，或綦文丹罗，或紫文縠为帐。"华丽风韵只是其中一种，帐幔的总体要与其他器物的形体、色泽相协调，使人产生舒适温馨安详之感。文人中还一度兴起过纸帐，宋人林洪在《山家清事》的"梅花纸帐"条目下写道："于独床四周立柱，挂瓶，插梅数枝；床后设板，可靠以清坐；床角安竹书柜，床前置香鼎；床上有大方目顶，用细白楮（纸的代称）作帐罩之。"这种床帐，暗示着清雅而淡泊的生活。

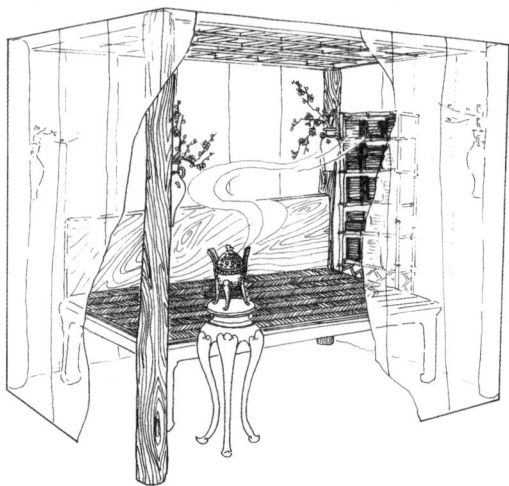

梅花纸帐

　　帐幔是古代居室内不可或缺的东西，它的质地和美饰程度，直接影响到居室整体的氛围和情调。《红楼梦》里多处提到帐幔，如"藕合色花帐""绣帐""绡帐""鲛绡帐"等，无不是富贵人家的气度。"鲛绡帐"还有个神话的来源，更能说明其富贵之非同一般："南海出鲛绡纱，泉室（指鲛人）潜织，一名龙纱，其价百余金。"秦可卿房中挂着"同昌公主制的联珠帐"，同昌公主是唐懿宗李漼的女儿，"联珠帐"是用珍珠串起来的帐子。唐苏鹗《杜阳杂编》里记载："咸通九年，同昌公主出降，宅于广化里，锡钱五百万贯，更罄内库珠宝，以实其宅……堂中设连珠之帐，却寒之帘，犀簟牙席。龙凤绣联珠帐，续真珠以成也。"可见其豪奢程度。怡红院宝玉床上挂着"大红销金撒花帐"，晴雯睡的暖阁则垂着"大红绣幔"，色彩鲜艳明快，纹饰富丽，与人物性情的鲜亮痛快颇有关联；探春的拔步床上悬着"葱绿双绣花卉草虫纱帐"，葱绿色不张狂，表里两面都绣有花卉草虫则清新淡雅；宝钗床上吊着"青纱帐幔"，贾母认为过于素净，不像大家气度，命令鸳鸯拿来一幅"水墨字画白绫帐子"替换掉，这帐子绫白如雪，墨含五色，有水墨飘逸清雅的特质。蘅芜苑过于素朴简单，在贾母看来便是个缺陷，她选择了这顶"水墨字画白绫帐"而不是绣帐，首先是尊重蘅芜苑整体的素洁品质，同时又以其不凡的质地和纹饰，来弥补和改善这一气质，这一着是巧妙而智慧的，在调节其过重的朴素之上，更新了视觉环境，扩充了室内素雅的内涵。

省亲别墅盛装迎接元春时，有"帘卷虾须，毯铺鱼獭"，"虾须"为精细竹丝所编帘子的别名。唐陆畅《咏帘》诗曰："劳将素手卷虾须，琼室流光更缀珠。"元马祖常《琉璃帘》诗："吴侬巧治玉玲珑，翡翠虾须迥不同。"诗中均见出虾须帘的珍贵，从它与水獭皮地毯相提并论上，也能见出此帘的奢侈豪华。

《红楼梦》里藏着重重帘幕，有湘帘、珠帘、绣帘、软帘、猩猩毡帘、金丝藤红漆竹帘、黑漆竹帘、五彩线络盘花帘等，很多日常生活就在打帘子、摔帘子、掀帘子、甩帘子、卷帘子、放帘子、挂帘子的响动声里静悄悄过去了。

门帘分季节悬挂，因却寒和避暑的功能而有不同的质地和纹饰，使得空间的画面感活泼流动，饶有趣味。刘姥姥误入怡红院，从正房的后门进来，门上挂着的"葱绿撒

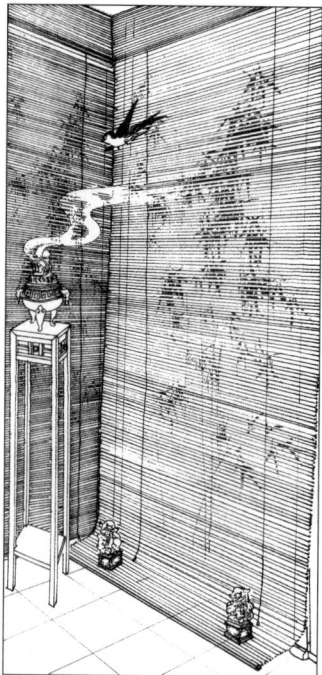

潇湘馆的垂地湘帘

花软帘"是夏日的明媚轻盈，冬天时则多挂上"毡帘"，厚密结实，有实际挡风保暖的功效。

潇湘馆夏日常是"湘帘垂地"，是湘竹的细丝编成，细细悄悄，又素雅，又悦人眼目，符合潇湘馆一贯的风格，隔着这水一样的竹帘，黛玉"每日家情思睡昏昏"的低叹显得既娇柔，又清远。春日来了，黛玉嘱咐紫鹃"把屋子收拾了，撂下一扇纱屉；看那大燕子回来，把帘子放下来，拿狮子倚住；烧了香就把炉罩上"。看似不经意，却是流动着的，纱帘与潇湘馆的春天有多么要紧的关联。春日闲在，一切静好，就在黛玉对这帘子的布置上。

帘子是扑朔迷离的，太多故事和情愫印在它上面，一层复一层，层层叠叠起来，是不能承受的轻。卷起来的是啼笑，松开的是闺阁女儿的韶光。"帘外雨潺潺，春意阑珊，罗衾不耐五更寒"，"帘卷西风，人比黄花瘦"，帘内帘外，别有幽愁暗恨。桃花扑簌簌沾满帘子，成就了黛玉的《桃花行》：

> 桃花帘外东风软，桃花帘内晨妆懒。帘外桃花帘内人，人与桃花隔不远。
> 东风有意揭帘栊，花欲窥人帘不卷。桃花帘外开仍旧，帘中人比桃花瘦。

花解怜人花亦愁，隔帘消息风吹透。
风透帘栊桃花满庭，庭前春色倍伤情。
…………

　　帘是背景，桃花是自己的幻形，投影在这背
景上，是深闺的自怜。她咏海棠也以帘子开幕：
"半卷湘帘半掩门，碾冰为土玉为盆。"帘仿佛是
她窥探外界的一道屏障，她目光流连在帘上，这
帘遮掩着她密密麻麻的心事。宝琴有首《西江月》
问："几处落红庭院，谁家香雪帘栊？"女儿走不
到帘外的世界，只能躲在帘内，向外投去迷茫的
一瞥。

透过半卷的湘帘、半掩的门，去看外面
的世界

　　帐幔窗帘，西方也很流行，但并无在东方这样
布置起来幽深曲折。很多道门里，隐藏着很多帘子
等待被掀开，掀开一道还有一道，终于抵达庭院最
深处了，还有一道帷幔，过了帷幔，还有屏风，过了屏风，还有一道床帐，将人封闭在
里面，外面看得影影绰绰的，里面透出细细的幽香和叹息。

炕上舒卷
有闲在

在叙述贾府人物日常起居生活时,"炕"作为一个极其寻常的室内陈设和活动场所,出现的次数不胜其多,占据了重要位置。南人习床,北人习炕,清人高佑《蓟邱杂抄》记北京人睡炕的习俗云:"燕地苦寒,寝者不以床,以炕。"炕与床一样,都是偃卧休息之具,有御寒取暖、舒筋活血、驱劳歇乏的功用,宋人朱弁《中州集》卷十有《炕寝三十韵》,云:"风土南北殊,习尚非一躅。御寒貉裘氅,一炕且踞伏。阳曦助喘息,未害摇空腹。惠气生袴襦,仍工展拳足。岂唯脱肤鳞,兼复平体粟。负暄那用诧,执热定思沃。收功在岁寒,较德比时燠。虽余炙手焰,宁有烂额酷。"正是说炕的这一好处。

关于普通炕的摆设情况，《宁古塔纪略》的记载很切实："房屋大小不等，木料极大。有白泥泥墙，极滑可观。墙厚几尺，然冬间寒气侵入，视之如霜。屋内南、西、北接绕三炕，炕上用芦席，席上铺大红毡。炕阔六尺，每一面长二丈五六尺。夜则横卧炕上，必并头而卧，即出外亦然。橱箱被褥之类，俱靠西北墙安放……无椅凳，有炕桌，俱盘膝坐。"

《红楼梦》中述及的炕有两种形式，一种是土炕，另一种是木炕。

"北人以土炕为床，而空其下，以发火，谓之炕。"[1] 土炕是炕最原始的形式，多是用砖石、土坯、泥灰砌筑的固定床位，通常比移动式床大得多。炕修砌容易，造价低廉，多就地取材，缘壁而建，一般呈长方体。炕内砌两三条烟道，连通灶膛和烟囱，便于烟穿过。烟道上铺盖石板、黄土，炕面以胶土泥抹平。炕边用砖石垒砌，上面安置石条或木质炕沿围护。炕面平坦，干透以后铺炕席、毛毡、棉褥、炕单等，十分宽大，坐卧都很方便，具有极高的实用性，因此北方寒冷地带长期沿用，至今不衰。

土炕写意

这古老的炕，包含着现代科

---

[1] 见清人顾炎武《日知录》卷二十八"土炕"条。

学中传热、散热、管道等专门学问在里头，是有很深的智慧的根基的。贫寒人家能够用上这种简陋的土炕就已经很不错了，他们通常一家大小都睡在一张炕上，无力做更多的修饰和美化，顶多是油上一层漆。炕上的铺设也很粗陋，若炕是没油漆过的，最下面就铺一条苇席，上面再铺些粗淡被褥而已；更不济的，就只有炕席一条，再无其他东西了。书中第七十七回写晴雯被逐出大观园后，卧病其姑舅哥哥家，宝玉去探望时，发现昔日心比天高的晴雯睡在铺了一领芦席的土炕上，宝玉心疼得潸然泪下。为了经济实惠，炕也通常和炉台结合设计，旧时北京形容人家清苦，就常说一句"锅台连着炕"的俗谚。在烧饭时，可利用烧饭的热力来暖炕，一举两得。书中写晴雯要茶喝时，茶壶就在炕头的炉台上，可见这里的炕也是灶炕一体的。

富裕人家的炕自然要讲究得多。饱暖思淫欲，这里的"淫欲"是指奢侈的过分的欲望，将这多出来的精力用在琢磨修饰一张炕上，也是表现之一。譬如，炕沿用朱漆漆过，炕周围的三面墙壁要用墨绿色或杏黄色等鲜艳适宜的色彩油一圈，再用金粉走几道边，转角处还画出"云头""如意""回文卍字"等吉祥的花纹，谓之"炕围"。这些颜色是非常讲究的，在庄重之上渲染些玲珑，素色打底，彩色包围，一张睡觉的炕也有了不少艺术美感。

《红楼梦》中土炕出现的不多，大量出现的、称之为"炕"的东西，是木炕。这种炕是砖炕和架子床的结合体。例如乾清宫东暖阁，楼下落地罩内的楠木包镶床。所谓"楠木包镶"，是指炕帮而言。炕帮内是杉木长方形的床。几张杉木床连接成一个整体平面，床面上只有一份铺设。《红楼梦》里提到的"炕"，实际上就是指这种"拼床"。拼床坚固平稳，床前常有落地罩，落地罩是从架子床的门罩演变过来的。

荣禧堂东边三间小耳房室内的炕

炕上的陈设自然也不同凡响，不落俗套。第三回王夫人炕上的陈设就是极其华丽考究的：

> 临窗大炕上铺着猩红洋罽，正面设着大红金钱蟒靠背，石青金钱蟒引枕，秋香色金钱蟒大条褥。两边设一对梅花式洋漆小几。左边几上文王鼎匙箸香盒，右边几上汝窑美人觚——觚内插着时新花卉，并茗碗唾盒等物。……炕沿上却有两个锦褥对设……

这是贾政与王夫人正室内炕的陈设，但与荣禧堂一样，已被划归为公共区域，仅供摆设之用，日常起居并不在这里。所以这儿的物件与陈设方式很有代表性，很能够说明一般富贵人家炕居上的正式陈设。

书中第五十三回细描了一个类似的室内布局，是在宁国府除夕夜尤氏接待贾母的上房：

　　尤氏上房内早已袭地铺满红毡，当地放着象鼻三足鳅沿鎏金珐琅大火盆，正面炕上铺新猩红毡，设着大红彩绣云龙捧寿的靠背引枕，外另有黑狐皮的袄子搭在上面，大白狐皮坐褥，请贾母上去坐了。两边又铺皮褥，让贾母一辈的两三位妯娌坐了。这边横头排插之后小炕上，也铺了皮褥，让邢夫人等坐了。地下两面相对十二张雕漆椅上，都是一色灰鼠椅搭小褥，每一张椅下一个大铜脚炉，让宝琴等姊妹坐了。

　　格局基本上是一样的，只因是除夕，天寒冷，增加了火盆在地，而坐褥、椅袱等都换成了皮的，愈发显出一屋子的热闹和富贵。

除夕夜尤氏上房陈设

相比较而言，王夫人日常所用的炕就显得家常些，更有生活气息：

老嬷嬷听了，于是又引黛玉出来，到了东廊三间小正房内。正面炕上横设一张炕桌，桌上磊着书籍茶具。靠东壁面西设着半旧青缎靠背引枕。王夫人却坐在西边下首，亦是半旧青缎靠背坐褥。见黛玉来了，便往东让。黛玉心中料定这是贾政之位。因见挨炕一溜三张椅子上，也搭着半旧的弹墨椅袱，黛玉便向椅上坐了。王夫人再四携他上炕，他方挨王夫人坐了。

居室中的所有陈设，是以一个临窗而设的"炕"为中心展开的，这炕是这耳房的

东廊三间小正房王夫人处陈设

核心区域。从这些关于炕上铺陈、摆设和起居方式的描述中，我们得以管窥古代大家庭炕居文化的关键内容。炕上有多重铺陈，毡、毯之上，有条褥和坐褥，褥上设有正方形的靠枕。黛玉看到的这些东西都已半旧了，正是不动声色地渲染了贾府的奢华，盖奢华已成习惯，只剩下在日子里慢慢消磨也。炕上的陈设家具都是比较小巧精致的，兼顾实用性和装饰性，常见的有炕桌、炕柜、炕几、炕屏。炕柜摆在炕的一头，炕中间放置炕桌，炕桌两边铺设坐褥，竖着靠背引枕。炕上也分主次座位，炕下也设圈椅，与炕又形成主宾关系，黛玉心到眼到，处处留意，处理礼仪的事体上做得谨慎得体。

书中第二十三回再次提到了这间房中的炕，只是每一处都坐满了人，炕具有了浓郁的家庭气息和生活质感：

> 可巧贾政在王夫人房中商议事情……宝玉只得挨进门去，原来贾政和王夫人都在里间呢。赵姨娘打起帘子，宝玉躬身进去，只见贾政和王夫人对面坐在炕上说话，地下一溜椅子，迎春、探春、惜春、贾环四个人都坐在那里。

这里呈现的正是寻常居家时候的炕居生活，主人盘坐于炕上，可以看书、休息、睡觉。夫妻可对坐于炕桌两侧，聊天喝茶，谈论些琐事，舒适悠闲，也可撤去靠背炕几，铺上被褥，就寝休息。

炕桌也可作临时的餐桌。第六回里刘姥姥一进荣国府里，在王熙凤屋子东间炕上等候时，"忽见二人抬了一张炕桌来，放在这边炕上。桌上碗盘森列，仍是满满的鱼肉在

王熙凤房中炕上陈设

内，不过略动了几样"。待她随着周瑞家的到西间去，只见"南窗下是炕，炕上大红毡条，靠东边板壁，立着一个锁子锦靠背与一个引枕，铺着金心绿闪缎大坐褥，旁边有银唾沫盒"，突出描述了凤姐房中炕上陈设的鲜明醒目。此处的炕既是待客之处，日常歇卧之处，也可为用餐之所。

炕有悠久的历史，考诸史籍，《唐书·高丽传》记载高丽人"冬月皆作长炕，下燃煨火以取暖"。宋、辽、金、元以降，"炕"传至黄淮流域，成为北方人的普遍风俗。《三朝北盟会编》卷三记女真族"环屋为床，炽火其下，相与寝食起居其上"。这里的"床"即指火炕，其后满族兴于白山黑水之间，承女真人习俗，仍是以"炕"坐卧。

第六十三回寿怡红群芳开夜宴，为给宝玉庆生，众佳人荟萃一炕上吃酒掣签嬉戏。怡红院的炕在外屋三间的西部，板壁集锦槅子后面。这次夜宴，往大炕上并排放了两张

怡红院群芳开夜宴

炕桌，宝玉、李纨、探春、黛玉、宝钗、湘云、宝琴、香菱八位主子坐在炕上，袭人、晴雯、麝月、秋纹、芳官、碧痕、春燕、四儿八个奴才在地下挨着炕沿一字排开。这炕可真不小。据邓云乡先生考量，这炕当是"顺山炕"，也就是顺西面山墙盘一条炕，人在炕上，右手是窗户，左手是后墙，这样炕的面积最大，八个人并排坐在炕沿下，就比较宽敞合乎情理了。只要想着一张大炕上花团锦簇，笑语盈暄，虽然已露衰兆，终还是红楼梦里人最温暖的记忆。

秋冬时节暖玉温香
——红楼室内的保温采暖设计

一场大雪下来，大观园里成了琉璃白雪世界。这样凛冽的寒气，又要去芦雪庵嬉戏联诗，众人都是锦衣貂裘重重紧裹。在室内就可以轻便些了，因为有多重保障措施，可以维护住一室的暖玉温香。这些"多重保障"在书中第五十一回里几乎尽数出现：

半日，果见袭人穿戴来了，两个丫头与周瑞家的拿着手炉与衣包。

晴雯只在熏笼上围坐……笑道："终究暖和不成的，我又想起来汤婆子还没拿来呢。"麝月道："这难为你想着！他素日又不要汤婆子，咱们那熏笼上暖和，比不得那屋里炕冷，今儿可以不用。"

晴雯自在熏笼上，麝月便在暖阁外边。

（晴雯）仗着素日比别人气壮，不畏寒冷，也不披衣，只穿着小袄，便蹑手蹑脚的下了熏笼，随后出来。

（麝月）又将火盆上的铜罩揭起，拿灰锹重将熟炭埋了一埋，拈了两块素香放上，仍旧罩了，至屏后重剔了灯，方才睡下。

总体说来，古代的保温采暖设计主要体现为三种：

一是建筑室内保温设计——暖阁；

二是建筑室内采暖设计——地炕；

三是室内局部采暖用具——熏笼、手炉、汤婆子、火盆等。

暖 阁

辞典里对"暖阁"的解释是：为防寒而从大屋中分隔出来的小居。如果细分，"暖阁"大致有三种类型，在《红楼梦》一书中均有反映。

第一种"暖阁"设置在大的明间正中，多用木围护结构分隔出来的小间。现存的实例可参见平遥县衙大堂中的暖阁，其基本设计如下：屏前高出地面约一尺的地方称作"台"，台上四根柱子围成的空间称做"官阁"，是知县审案所在的地方。由于官阁四面通风，冬天断案时，通常在台上的案下放一火炉，以供取暖，所以官阁又称为"暖阁"。

大堂中的暖阁

案上通常置文房四宝、令签筒、惊堂木等升堂用品。案旁有一木架，上置官印及委任状。官阁顶篷上绘有三十六仙鹤朝日图，象征皇权一统，四海归一。

　　第九十九回里贾政在官衙大堂"踱出暖阁"，此"暖阁"当与上述形容里的暖阁类似。宁国府、荣国府的正院中轴线上的大厅内也都设有类似的暖阁，形制摆设虽有不同，但都是厅堂之内具体处理公务所用。第五十三回里说："宁国府从大门、仪门、大厅、暖阁、内厅、内三门、内仪门并内塞门，直到正堂，一路正门大开，两边阶下一色朱红大高照，点的两条金龙一般……便到宁国府暖阁下轿……一面走出来至暖阁前上了轿……一时来至荣府，也是大门正厅直开到底。如今便不在暖阁下轿了，过了大厅，便转弯向西，至贾母这边正厅上下轿。"贾母的轿子一直抬到宁国府的大厅"暖阁"前，

宝玉卧室中的暖阁（上）
庙宇中的暖阁（下）

除夕天气寒冷，这样做主要是为了防风保暖。

第二种"暖阁"一般设在卧室中，是沿房间的纵向再用木围护结构分隔出来的小间。在暖阁内可设炕褥，两边安有槅扇，上边设一横楣，形成床帐的样子。书中多次提到了这一类型的"暖阁"，第三回里贾母说："今将宝玉挪出来，同我在套间暖阁儿里"；第五十一回"晴雯睡在暖阁里……有三四个老嬷嬷放下暖阁上的大红绣幔，晴雯从幔中单伸出手去"；第五十二回"紫鹃倒坐在暖阁里，临窗作针黹……因见暖阁之中有一玉石条盆，里面攒三聚五栽着一盆单瓣水仙，点着宣石"。当然，这种暖阁内未必全都放炕，也可放置桌椅，如第五十四回提到贾母花厅内的暖阁："王夫人起身笑说道：'老太太不如挪进暖阁里炕上倒也罢了。'……众媳妇忙撤去残席，里面直顺并了三张大桌，另又添换了果馔摆好"。这里的"暖阁"就是指保暖的小房间了，苏州园林拙政园中的三十六鸳鸯馆中的暖阁便是现实例子。

除了上述两种"暖阁"，还有一种"暖阁"书中并未提到，它多在寺庙中见到，多用木雕成，内挂帏幔，中设神佛塑像，设于房中。江南第一庙"曹娥庙"正殿中央的那座暖阁便是如此。它玲珑剔透，富丽堂皇，高六米五，三间六柱歇山重檐式，屋面为黄色琉璃，上雕铁拐李等八仙，檐檩、额枋间以斗拱、金丝走边，下置透雕花板数道，明间双柱盘降龙两条，左右对峙，声雷目电，神态不凡。孝女曹娥凤冠霞帔就端坐其中。

地 炕

"地炕"又称"火炕""暖地"，是北方过冬采暖而墁砌的一种特殊地面。它的构造层是在室内地面下，先砌墁一层砖，取齐平整，再在上面铺设有规则、等距离的砖垛。在砖垛上架设方砖，再铺砌地面砖。通常讲的"地炕"便是这种结构。它还包括

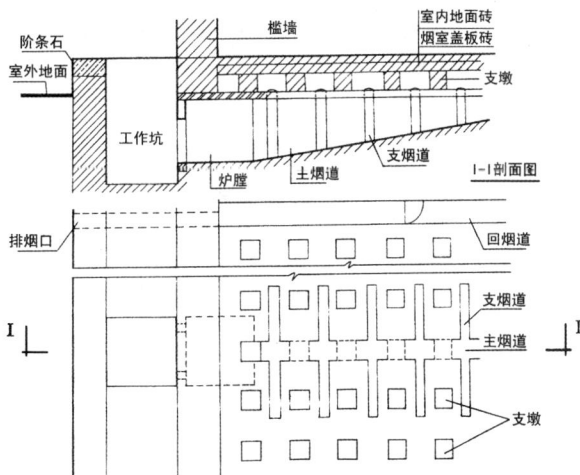

暖地（地炕）构造示意图

灶坑、主烟道、支烟道、烟室、回烟道、排烟口等几个部分。"灶坑"设在室外的台帮内或台帮外，其后部直通室内的主烟道。主烟道两侧设多条支烟道通向烟室。"烟室"是用砖垛架设的地面下的空间。在烟室的边沿设回烟道，直通室外的排烟口。排烟口多设在台帮上，冬季时，在灶坑内烧柴炭，产生的热气沿着主烟道、支烟道进入烟室的各个部门，使室内地面温度升高，进而使室内温度升高。这是中国北方特有的一种室内采暖措施。

《红楼梦》中对于地炕的描述有好几处。第四十九回道："李纨道：'我这里虽好，又不比芦雪庵好。我已经打发人笼地炕去了。咱们大家拥炉做诗'……说着，一齐来至地炕屋内……"第五十四回："于是大家蹑足潜踪的进了镜壁一看，只见袭人和一人二人对面都歪在地炕上，那一头有两三个老嬷嬷打盹。"

这种采暖方式清洁有效，室内毫无烟气，却有温暖如春的效果，和如今比较流行的地采暖其实有着异曲同工之妙。但它的耗煤量相当惊人，古代也只有帝王和王孙贵族才享受得起。

熏笼、手炉、汤婆子

书中还提到了不少可灵活移动的采暖用具，如熏笼、手炉、汤婆子等。第五十一回里"晴雯只在熏笼上围坐"，五十二回"四人围坐在熏笼上叙家常"，"（宝玉）又命将熏笼抬至暖阁前，麝月便在熏笼上……咱们叫起他来，穿好衣裳，抬过这火箱去"。

熏笼又叫"薰笼"，简单说来，就是由熏炉和罩在外面的笼子组成的一种器具，战

斜倚熏笼图（明·陈洪绶）

国时就已出现，称为篝、墙居、火笼等。熏炉多以青铜等金属制成，笼子则用细竹篾编成，起初形制简陋，渐渐精致繁复起来，比如上彩漆、绘制金银或彩色的纹饰，成为艺术品一样的玩意儿，晋人所著《东宫旧事》记太子纳妃所用器物，就有漆画手巾熏笼、大被熏笼、衣熏笼等各若干种。

熏笼不仅能御寒，而且因扣在炭火炉上，能有效防止炭灰飞扬。如此可见，熏笼透着股实际的聪明劲儿，不只是绣花枕头的俏丽轻巧。白居易《后宫词》里写一位宫女："泪湿罗巾梦不成，夜深前殿按歌声。红颜未老恩先断，斜倚熏笼坐到明。"他人的歌舞只衬得此处的凄凉，只有借熏笼来获得一点温暖和慰藉了。单将"斜倚熏笼坐到明"一句割裂出来，倒也十分适合林黛玉秋窗风雨夕的意境。

明清时，熏笼规制又有新的演进和变化，渐渐成为富贵人家常用的铜手炉或足炉。

清人所著《扬州梦》记扬州人"手炉、脚炉用上白铜镂山水、填石蓝，或用紫铜"，小物件上的雕镂，最能体现享受奢靡的风气。又有种袖炉，"中置小炭圆，布裹放袖中"。第六回刘姥姥见王熙凤，凤姐"粉光脂艳，端端正正坐在那里，手内拿着小铜火箸儿拨手炉内的灰"，手炉是凤姐拿势摆谱的道具。第八回雪雁奉紫鹃之命到梨香院给黛玉送手炉，则是深沉的疼爱和体恤在里面了。

"汤婆子"又称"锡夫人""汤媪""脚婆"，有铜质、锡质、陶瓷等多种材质，上方开有一个带螺帽的口子，热水就从这个口子灌进去，盖子内有屜子，防止渗漏。灌满热水的汤婆子旋好螺帽，再塞到一个相似大小的布袋中，放进被窝里，即可起到"布衾纸帐风雪夜，始信温柔别有乡"（明瞿佑《汤婆》）的作用，倒像是当今之日的暖水袋。元代佚名《东南纪闻》有此描述："锡夫人者，俚谓之汤婆。鞲锡为器，贮汤其间，霜天雪夜，置之衾席，用以暖足，因目为汤婆。"《清稗类钞》也说："铜锡之扁瓶盛沸水，置衾中以暖脚，宋已有之。"汤婆子为寒衾孤枕输送着温暖，明代吴宽不禁起兴为它浓墨作传："媪为人有器量，能容物，……性更恬淡，富贵家未尝有足迹，独喜孤寒士，有召即往，藜床纸帐，相与抵足寝，和气蔼然可掬。"虽是游戏笔墨，汤婆子面目可见一斑。

汤婆子

手炉

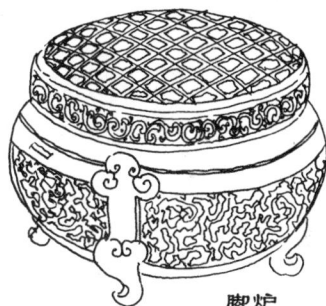

脚炉

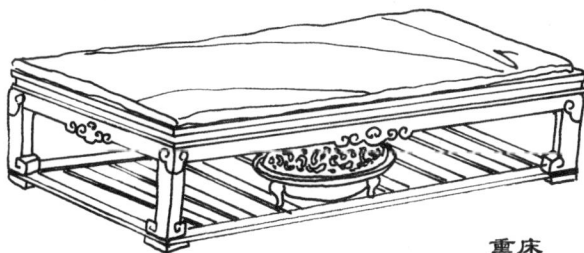

熏床

可移动的采暖用具

筵宴陈设里的风华

民以食为天，贾府也不例外，因此《红楼梦》中贾府的饮食筵宴生活是为重头戏之一。他们的饮食自然是"食不厌精、脍不厌细"，对付一道食材也要穷尽它的所有可能性；制作程序的复杂，作料的严格选择和配搭，显示出贵族家庭的气象。更重要的是，贾府系"诗礼簪缨之族"、"钟鸣鼎食之家"，饮食有一堆讲究，这讲究有着严格的秩序要求，有其阶层和地位所规定的套路。因此，在筵宴的陈设布置上，最能见出等级秩序和制度尊严渗透到寻常生活中的具体样态，且在长期的遵循推演中成为习焉不察的饮食"习俗"。

家　宴

　　在中国古典建筑中，不论住宅的面积有多大，屋子数量有多少，从没有在建造时就设定饭厅位置的习惯，一般都是在所居院落的堂屋里开饭。但堂屋有其固定的陈设格局，故不能把餐桌椅固定地摆在堂屋当中，都是用餐时摆放，餐毕后撤去。

　　中国的饮食习俗是"合餐制"，大家团团围坐，共同进餐。在就餐的座次上体现着鲜明的伦理次序。传统中坐北朝南是最尊贵的位置，所以当然归于贾母。按照"左为上"的原则，左侧次尊贵，所以第三回里凤姐让黛玉（客人）坐左上第一席。左边坐了，才是右边，依次挨下去。第七十一回贾母做寿："上面两席是南、北王妃，下面依

贾母晚饭座次（第三回）

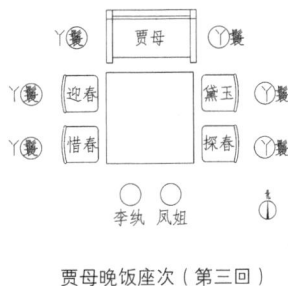

贾母日常就餐的陈设

叙，便是众公侯诰命。左边下手一席，陪客是锦乡侯诰命与临昌伯诰命；右边下手一席，方是贾母主位。邢夫人王夫人带领尤氏凤姐并族中几个媳妇，两溜雁翅站在贾母身后侍立。林之孝赖大家的带领众媳妇都在竹帘外面伺候上菜上酒。周瑞家的带领几个丫鬟在围屏后伺候呼唤。凡跟来的人，早又有人管待别处去了。一时台上参了场，台下一色十二个未留发的小厮伺候。"对就餐者座次的描述是极其详细的，宴席的座位格局体现出地位的尊卑和长幼的次序。

第七十五回记述荣国府中秋赏月的大型家宴，安排在大观园的凸碧山庄里："于厅前平台上列下桌椅，又用一架大围屏隔作两间。凡桌椅形式皆是圆的，特取团圆之意。上面居中贾母坐下，左垂首贾赦、贾珍、贾琏、贾蓉，右垂首贾政、宝玉、贾环、贾

大观园凸碧山庄中秋夜宴筵席陈设

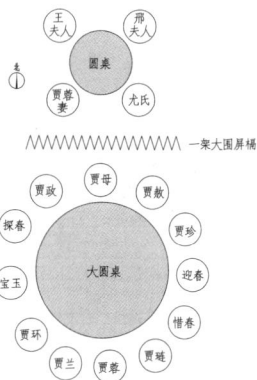

大观园凸碧山庄中秋赏月宴座次
（第七十五回）

兰，团团围坐。只坐了半壁，下面还有半壁余空……于是令人向围屏后邢夫人等席上将
迎春、探春、惜春三个请出来。贾琏宝玉等一齐出坐，先尽他姊妹坐了，然后在下方依
次坐定。"第七十六回："话说贾赦贾政带领贾珍等散去不提。且说贾母这里命将围屏撤
去，两席并而为一。众媳妇另行擦桌整果，更杯洗箸，陈设一番。贾母等都添了衣，盥
漱吃茶，方又入坐，团团围绕。""男女有别"的秩序要求在就餐上体现为男女之间的分
隔。同是在一起就餐，分为男女两桌，中间用围屏分隔开。男女同坐一桌的情形只发生
在嫡亲一家人身上。

　　但在怡红院里为宝玉过寿的夜宴上，却打破了主仆尊卑长幼的次序，座位随意，书
中写道："不用围桌，咱们把那张花梨圆炕桌子放在炕上坐，又宽绰，又便宜……大家
方团圆坐定。小燕四儿因炕沿坐不下，便端了两张椅子，近炕放下……袭人等都端了椅
子在炕沿下一陪。黛玉却离桌远远的靠着靠背。"这样的坐法只可能发生在怡红院里，
这也是怡红公子所不自觉施行的平等意识的体现。

游　宴

　　不同于日常家宴位置的固定，游宴以娱乐为主，随境而安，均是根据宴客的性质不
同，规模大小不等，适时择地而设，调动的家具也有多有少。第三十八回众人在大观园
藕香榭处设螃蟹宴，花香水声，明月当空，既有情调，也觉自由。就餐者人数众多，所
以分成三桌，在座次上也仍有高低贵贱之分，但就餐氛围已轻松愉悦得多了。丫环女佣
们也被允许在游廊和桂花树下设席用餐。大观园的游宴冲破了肃穆的谨严，有些自由随

大观园藕香榭螃蟹宴筵席陈设

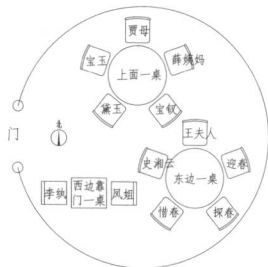

大观园螃蟹宴座次（第三十八回）

心的乐趣。

　　餐桌上体现核心和边缘，重点和次要，主要是依靠座次的位置安排，虽然某些时候为了追求新奇，也会来一次"分餐制"，就餐的家具布局上发生了相应的变化，但伦理次序依然有鲜明的体现。第四十回中就有对古代少见的"分餐制"的生动描述，在缀锦阁临时摆下的宴席："谁素日爱吃的拣样儿做几样。也不要按桌席，每人跟前摆一张高几，各人爱吃的东西一两样，再一个什锦攒心盒子，自斟壶，岂不别致……这里凤姐儿已带着人摆设整齐，上面左右两张榻，榻上都铺着锦裀蓉簟，每一榻前有两张雕漆几，也有海棠式的，也有梅花式的，也有荷叶式的，也有葵花式的。也有方的，也有圆的，其式不一。一个上面放着炉瓶，一分攒盒。一个上面空设着，预备着

大观园缀锦阁游宴筵席陈设

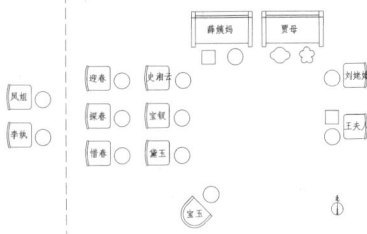

大观园缀锦阁游宴座次（第四十回）

另放所喜之食物。上面二榻四几，是贾母、薛姨妈；下面一椅两几，是王夫人的，余者都是一椅一几。东边是刘姥姥，刘姥姥之下便是王夫人。西边便是史湘云，第二便是宝钗，第三便是黛玉，第四迎春、探春、惜春，挨次下去，宝玉在末。李纨、凤姐二人之几设于三层槛内，二层纱橱之外。攒盒式样亦随几之式样。每人一把乌银洋錾自斟壶，一个十锦珐琅杯。”

豪　宴

第五十三回、五十四回里，曹公浓墨重彩地状写了荣国府元宵夜宴的盛况。元宵本不是陌生的节日，早已有"中州盛日，闺门多暇，记得偏重三五。铺翠冠儿，撚金雪柳，簇带争济楚""东风夜放花千树，更吹落，星如雨。宝马雕车香满路，凤箫声动，玉壶光转，一夜鱼龙舞"等妩媚文辞将其推高成千古风流了。但曹公不同，他的重心不在街头巷尾的赏花观灯，而在一家豪门的一场夜宴，不在笼统以概之的浪漫和游戏，而在夜宴与陈设种种细节的工笔描绘，是更现实主义的：

　　这里贾母花厅之上共摆了十来席。每一席旁边设一几，几上设炉瓶三事，焚着御赐百合宫香。又有八寸来长四五寸宽二三寸高的点着山石布满青苔的小盆景，俱是新鲜花卉。又有小洋漆茶盘，内放着旧窑茶杯并十锦小茶吊，里面泡着上等名茶。一色皆是紫檀透雕，嵌着大红纱透绣花卉并草字诗词的璎珞……目下只剩这一副璎珞，一共十六扇，贾母爱如珍宝，不入在请客各色陈设之列，只留在自己这边，高兴摆酒时赏玩。又有各色旧窑小瓶中，都点缀着"岁寒三友""玉堂富贵"等新鲜花草。上面两席是李婶娘、薛姨妈二位。贾母于东边设一透雕夔龙护屏，矮足短榻，靠背引枕皮褥俱全。榻之上一头又设一个极轻巧洋漆描金小几，几上放着茶吊、茶碗、漱盂、洋巾之类，又有一个眼镜匣子。贾母歪在榻上……因又命琥珀坐在榻上，拿着美人拳捶腿。榻下并不摆席面，只有一张高几，却设着璎珞花瓶香炉等物。外另设一精致小高桌，设着酒杯匙箸，将自己这一席设于榻旁，命宝琴、湘云、黛玉、宝玉四人坐着。每一馔一果来，先捧与贾母看了，喜则留在小桌上尝一尝，仍撤了放在他四人席上，算他四人是跟随贾母坐。故下面方是邢夫人王夫人之位，再下便是尤氏、李纨、凤姐、贾蓉之妻。西边一路便是李纹、李绮、宝钗、岫烟、迎春姊妹等。两边大梁上挂着一对联三聚五玻璃芙蓉彩穗灯。每一席前竖一柄漆干倒垂荷叶，叶上有烛信插着彩烛。这荷叶乃是錾珐琅的，活信可以扭转，如今皆将荷叶扭转向外，将灯影逼住全向外照，看戏分外真切。窗隔门户一齐摘下，全挂彩穗各种宫灯。廊檐内外及两边游廊罩棚，将各色羊角、玻璃、戳纱、料丝、或绣、或画、或堆、或抠、或绢、或纸、诸灯挂满。廊上几席，便是贾珍、贾琏、贾环、贾琮、贾蓉、贾芹、贾芸、贾菱、贾菖等。

脂批曾评点此处曰："叙元宵一宴，却不叙酒何以清，菜何以馨，客何以盛，令何以行，先于香茗古玩上渲染，几榻座次上铺叙，隐隐为下回张本，有无限含蓄，超迈獭祭者百倍。"曹公善写富贵，不从酒菜盛装上用力，却从陈设清供上着眼，所谓出奇制胜，妙笔生花，正是这般的手笔。

炉瓶三事，是指香炉、箸瓶及香盒三种器具，皆为焚香必备。焚香时，中间放置香炉，香炉两边各置箸瓶、香盒。所焚之香是香面或香条，故必须用铜箸与铜铲，箸瓶用来盛放箸铲，香盒用作贮藏香面或香条。上品的香多不制成如今的线香，直接就是一块或一条这么着呈上来。盆景上俱是新鲜花卉，在隆冬季节已属不易，旧窑小瓶里居然插着"玉堂富贵"的牡丹花，更是难得，在轻描淡写中成为这一奢华宴席上相当有力的一笔。写到各种彩灯彩烛，也并不费力形容，只是点上这么一点，却只觉到处是灯影烛光摇落繁华。为了赏戏的真切，还有当时罕见的荷叶聚光灯，可谓设计巧妙，格调高雅。

荣国府元宵夜宴筵席陈设

　　这是一幅贵族豪宴的全景图，场面装饰奢华，环境严格考究。人物穿行在各种按规矩摆
放妥帖的物件之间，除了必备的桌椅几案，还布置着各色时鲜花卉，点缀着各式小盆景，屋
里屋外挂满了各种材质和样式的宫灯，席间还有戏班助兴。只见得，人面花容与灯火笙歌交
相辉映。

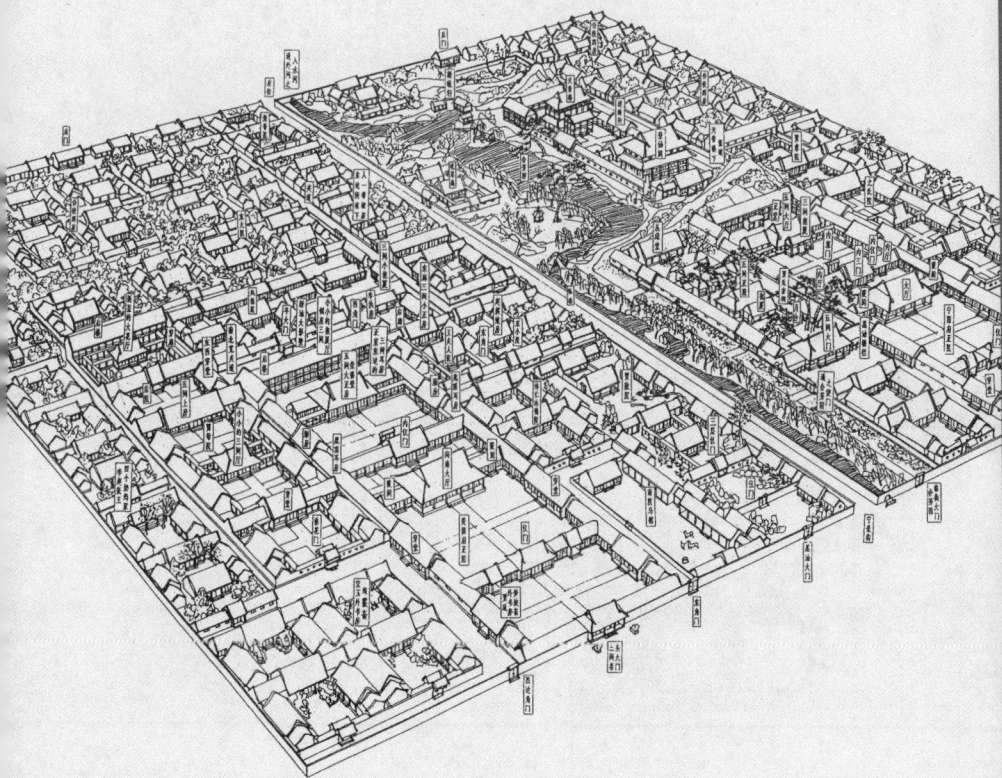

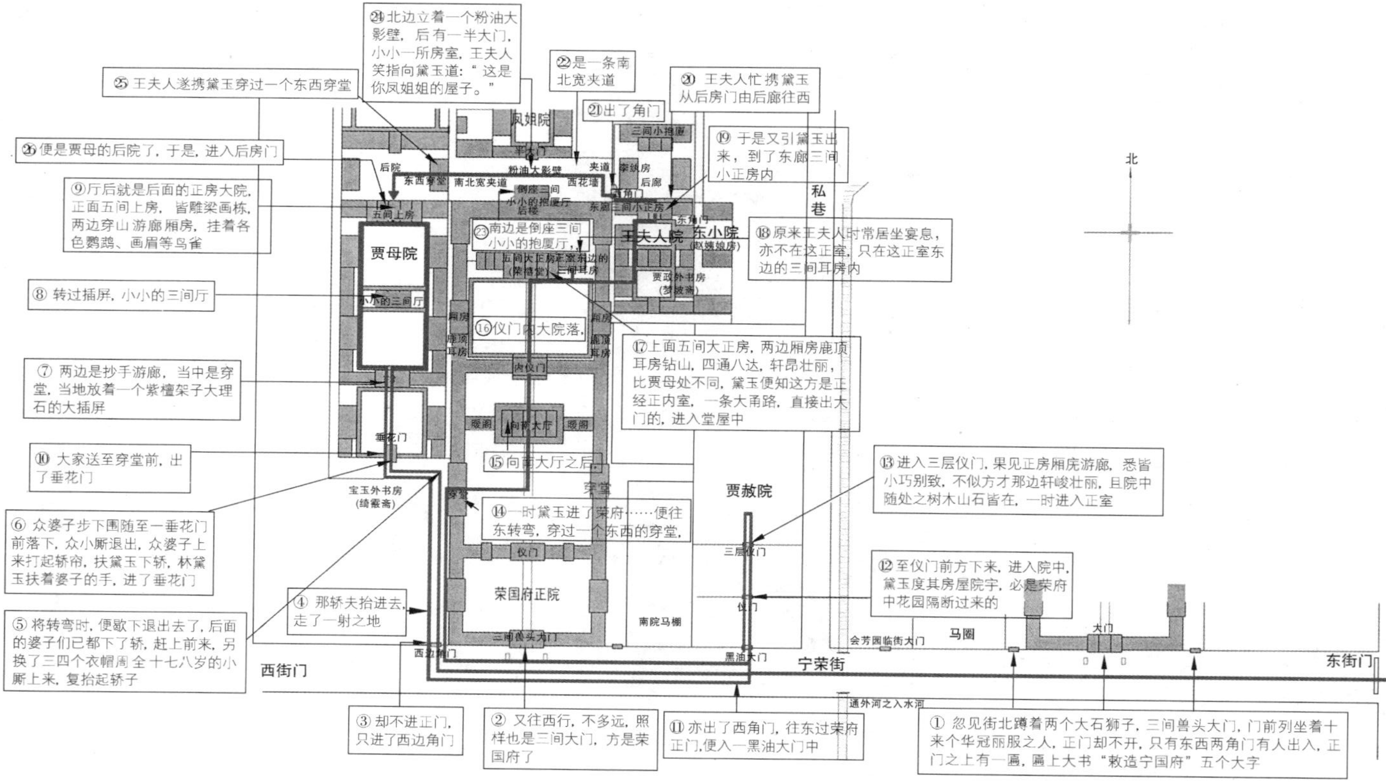

图 4-1 林黛玉抛父进京都路线图（第三回）

北

东街门

大门

马圈

会芳园临街大门

宁荣街

通往宁国府之大街

贾敖院

三间大门

黑油门

荣国正院

南边马棚

仪门

贾母院

西街门

私巷

东小院

王夫人院

① 忽见街北蹲着两个大石狮子，三间兽头大门，门前列坐着十来个华冠丽服之人，正门却不开，只有东西两角门有人出入。正门之上有一匾，匾上大书"敕造宁国府"五个大字

② 又往西行，不多远，照样是三间大门，方是荣国府了

③ 却不进正门，只进了西边角门

④ 那轿夫抬进去，走了一射之地

⑤ 将转弯时，便歇下退出去了。后面的婆子们已都下了轿，赶上前来。另换了三四个衣帽周全十七八岁的小厮上来，复抬起轿子

⑥ 众婆子步下围随至一垂花门前落下，众小厮退出，众婆子上来打起轿帘，扶黛玉下轿。林黛玉扶着婆子的手，进了垂花门

⑦ 两边是抄手游廊，当中是穿堂，当地放着一个紫檀架子大理石的大插屏

⑧ 转过插屏，小小的三间厅

⑨ 厅后就是后面的正房大院。正面五间上房，皆雕梁画栋，两边穿山游廊厢房，挂着各色鹦鹉、画眉等鸟雀

⑩ 大家送至正室坐前，出了垂花门

⑪ 时黛玉进了荣府……便往东转弯，穿过一个东西的穿堂，向南大厅之后

⑫ 至仪门前方下来，黛玉度其房屋院宇必是荣府中花园隔断过来的

⑬ 进入三层仪门，果见正房厢庑游廊，悉皆小巧别致，不似方才那边轩峻壮丽，且院中随处之树木山石皆在，一时进入正室

⑭ 原来王夫人不在这正室，只在这正室东边的三间耳房内

⑮ 于是又引黛玉出来，到了东廊三间小正房内

⑯ 王夫人却坐在西边下首，见黛玉来了，便往东让

⑰ 上面五间大正房，两边厢房鹿顶耳房钻山，四通八达，轩昂壮丽，比贾母处不同，黛玉便知这方是正经正内室，一条大甬路，直接出大门的

⑱ 北边立着一个粉油大影壁，后有一半大门，小小一所房室。王夫人笑指向黛玉道："这是你凤姐姐的屋子。"

⑲ 便是贾母的后院了。于是，进入后房门

⑳ 已有多少人在此伺候，见王夫人来了，方安设桌椅。正面五间上房，皆雕梁画栋，两边穿山游廊厢房，挂着各色鹦鹉、画眉等鸟雀

㉑ 王夫人送黛玉穿过一个东西穿堂

㉒ 王夫人又引黛玉，从后房门由后廊往西

㉓ 王夫人送黛玉从后房门由后廊往西

抱厦厅

东北角门

西角门

出一角门

是一条南北宽夹道

后廊

后廊

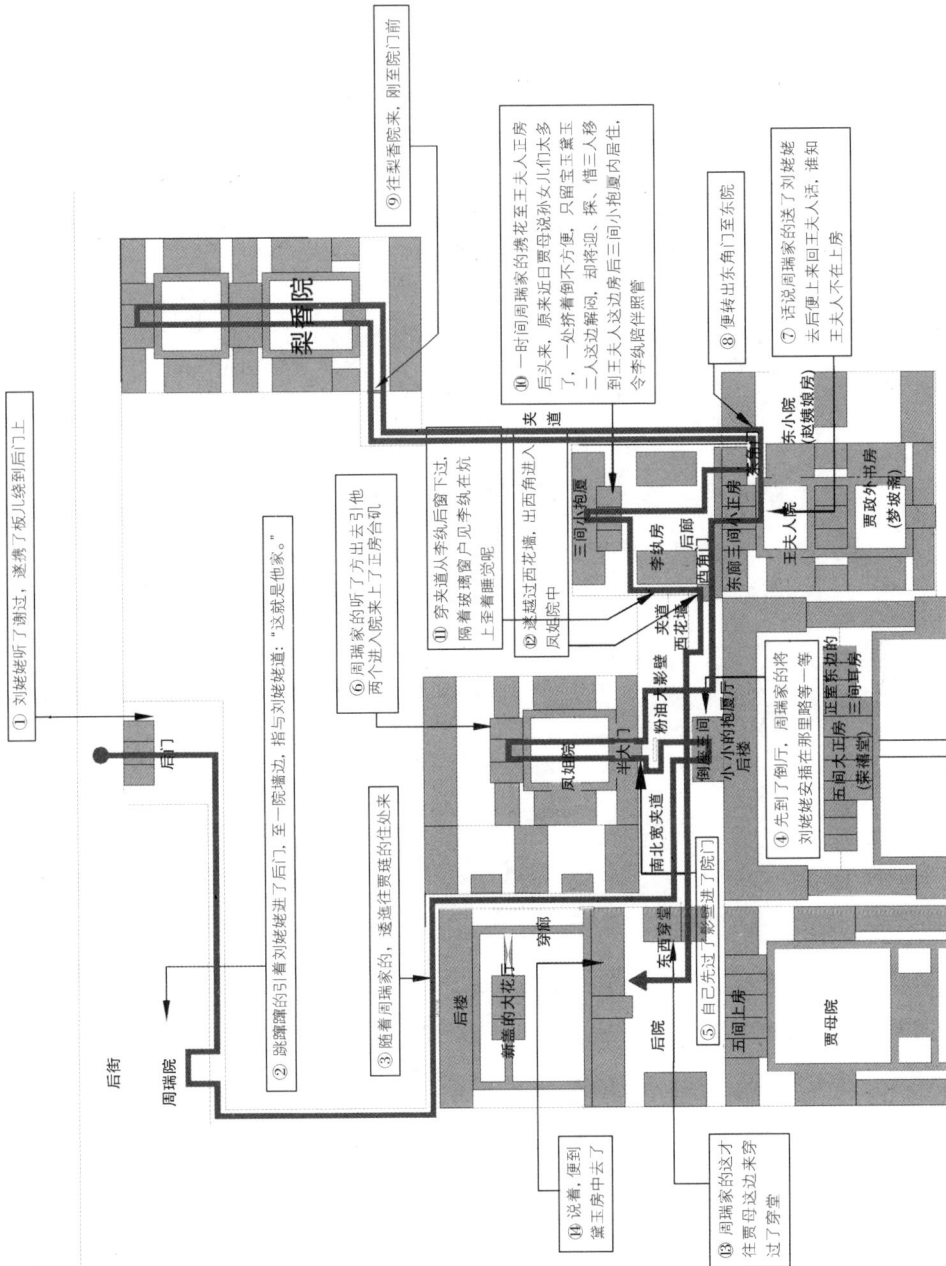

图4-2 送宫花贾琏戏熙凤路线图（第七回）

贾府路线图

后街

周瑞院

后门

①刘姥姥听了谢过，遂携了板儿绕到后门上

②谈谈的引着刘姥姥进了后门，至一院墙边，指与刘姥姥道："这就是他家。"

③陪着周瑞家的，逶迤往贾琏的住处来

后楼

薛蟠家的大花厅

穿廊

后院

五间上房

贾母院

东西穿堂

半大门

凤姐院

粉油大影壁

倒座三间小小的抱厦厅

南北宽夹道

小小的抱厦厅

东角门进了院门

④先到了倒厅，周瑞家的将刘姥姥安插在那里略等一等

五间大正房的正室东边的三间耳房（荣禧堂）

⑤自己先过了影壁进了院

⑭说着，便到黛玉房中去了

⑬周瑞家的这才往贾母这边来穿过了穿堂

穿夹道从李纨后窗下过隔着玻璃窗户见李纨在炕上歪着睡觉呢

⑫遂进西花阴，出西角门进入凤姐院中

夹道

西花墙

李纨房

东廊三间正房

王夫人院

贾政外书房（梦坡斋）

东小院（赵姨娘房）

三间小抱厦

西角门

⑥周瑞家的两个进入院来上了正房台矶

⑦话说周瑞家的送了宫花，去后便上来回王夫人话，谁知王夫人不在上房

⑧便转出东角门至东院

⑩一时间周瑞家的携花来至王夫人正房后头来，原来近日贾母说孙女儿们太多了，一处挤着倒不方便，只留宝玉、黛玉二人这边解闷，却将迎、探、惜三人移到王夫人这边房后三间小抱厦内居住，令李纨陪伴照管

⑨往梨香院来，刚至院门前

梨香院

233

⑨闲文少述，且说贾妃看了四字，笑道："'花溆'二字便妥。何必'蓼汀'？"侍座太监听了，忙下小舟登岸，飞传与贾政

⑩一时，舟临内岸，复弃舟上舆，便见琳宫绰约，桂殿巍峨，石牌坊上刻着"天仙宝境"四字，贾妃忙命换"省亲别墅"四字

⑪于是进入行宫，但见庭燎烧空，香屑布地，火树琪花，金窗玉槛，说不尽帘卷虾须，毯铺鱼獭，鼎飘麝脑之香，屏列雉尾之扇

⑫茶已三献，贾妃降座，乐止，退入侧殿更衣

⑯已而至三殿，谕免礼归座，大开筵宴

⑰那时贾蔷带领十二个女戏，在楼下正等的不耐烦，只见一太监飞来说："作完了诗，快拿戏目来！"

⑱然后撤筵，将未到之处复又游顽，忽见山环佛寺，忙另盥手进去焚香拜佛

⑧且说贾妃在轿内看此园内外如此豪华，因默默叹息奢华过费，忽又见执拂太监跪请登舟，贾妃乃下舆，只见清流一带，势如游龙

⑦只见园中香烟缭绕，花彩缤纷，处处灯光相映，时时细乐声喧

⑮进园来先从"有凤来仪"、"红香绿玉"、"杏帘在望"、"蘅芷清芬"等处，登楼步阁，涉水缘山，百般眺望徘徊

⑭元妃等起身命宝玉导引遂同诸人步至园门前

⑥更衣毕复出，上舆进园

⑬方备省亲车驾出园，至贾母正室

⑤只有昭容、彩嫔等引领元春入舆，只见院内各色花灯烂灼，皆系纱绫扎成，精致非常，上面有一匾灯。写着"体仁沐德"四字，元春入室

③入仪门往东去

④到一所院落门前，有执拂太监跪请下舆更衣，于是抬舆入门

①贾赦领合族子侄在西街门外，贾母领合族女眷在大门外迎接

②那版舆抬进大门

⑲贾妃虽不忍别，无奈皇家规范，违错不得，只得忍心上舆去了

班房　后门　后街

通外河之引水河

梨香院

东角门

大观园

东小院（赵姨娘房）

薛姨妈客居院

正园门

凤姐院

新盖的大花厅

后楼

南北宽来道——粉油大影壁

东西穿堂

小小的抱厦厅

后楼

正室东边的三间耳房

王夫人房

贾政外书房

贾母院

五间上房

小小的三间厅

五间大正房（荣禧堂）

厢房　厢房

鹿顶耳房

内仪门

向南大厅

暖阁　暖阁

穿堂

穿堂

穿堂

李赵张王四个奶妈家

宝玉外书房（绛芸斋）

体仁沐德院

贾赦院

三层仪门

仪门

垂花门

荣国府正院

仪门

三间兽头大门

南院马棚

西街门外　西边角门

黑油大门　宁荣街

通外河之入水河　北

私巷

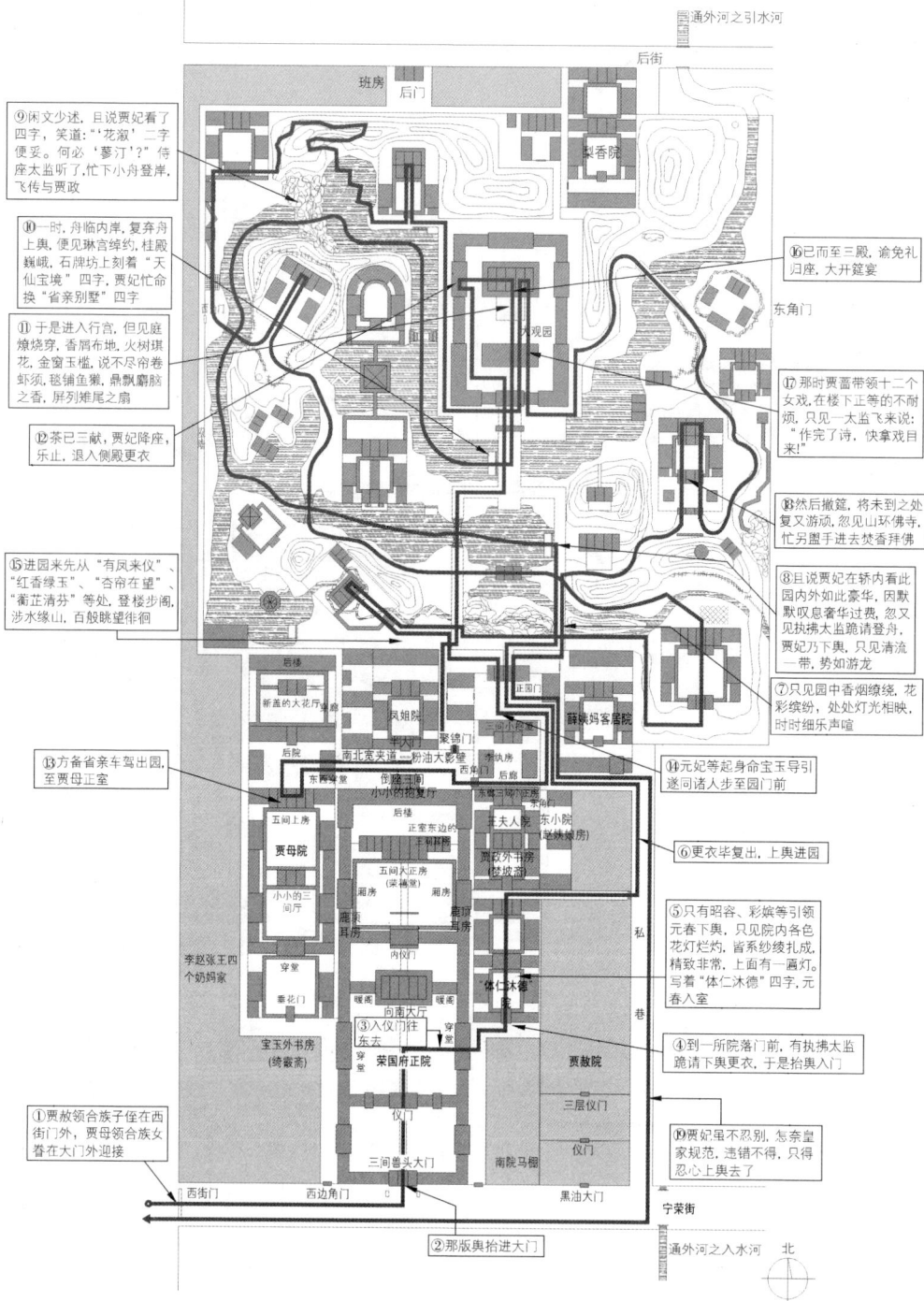

图4-3　荣国府归省庆元宵路线图（第十八回）

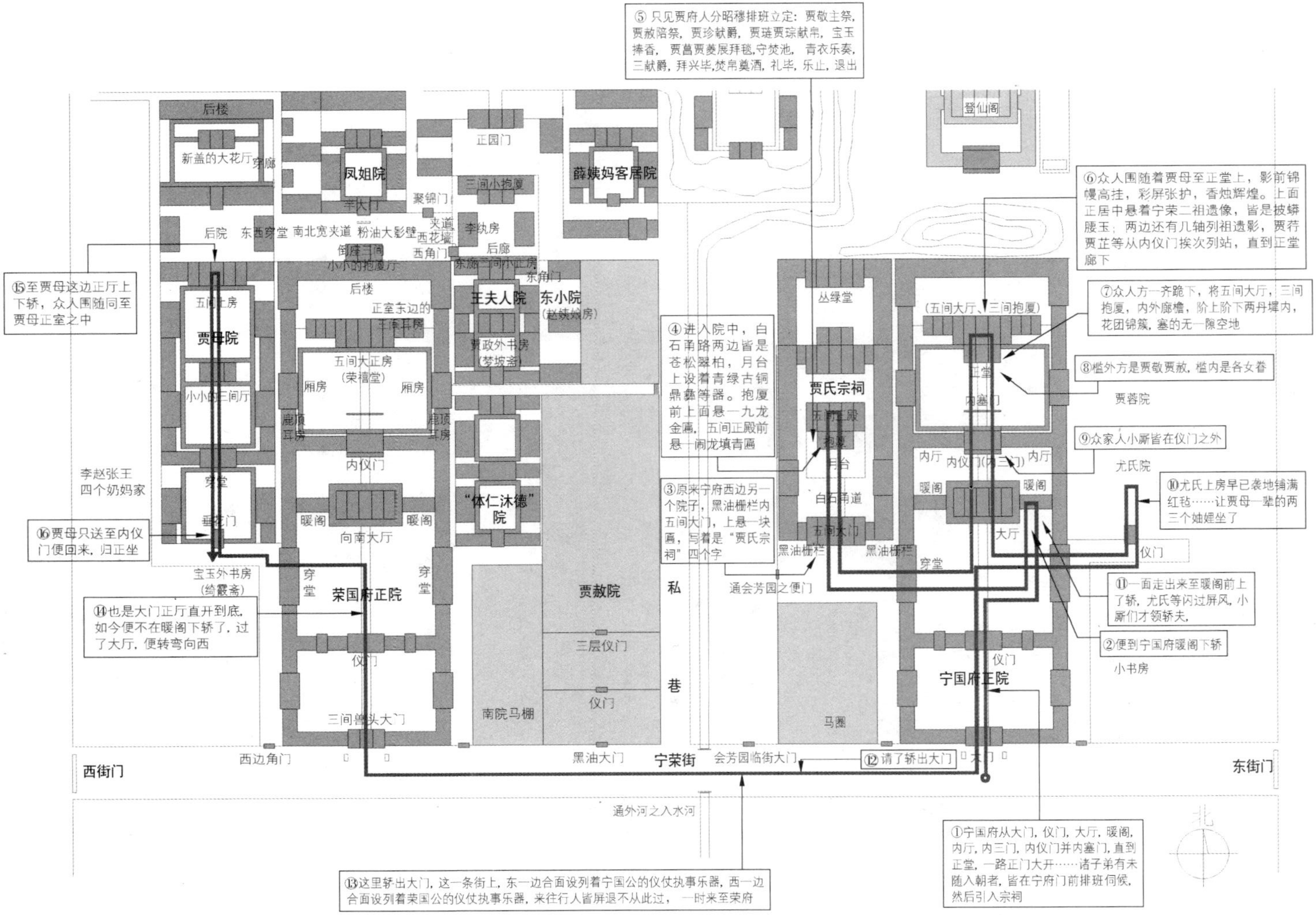

图 4-4 宁国府除夕祭宗祠路线图（第五十三回）

⑮ 一径引人绕着碧桃花，穿过一层竹篱花嶂编就的月洞门，俄见粉垣环护，绿柳周垂。贾政与众人进入门来，两边俱是游廊相接。院中点衬几块山石，那一边种着芭蕉，一边乃是一棵西府海棠，其势若伞，丝垂翠缕，葩吐丹砂。

⑯ 从后院出去，倒比先前更觉幽雅了。贾政叹道："这才是'迷了路了'。且顺着这一条去，若是进来时，自从那一转弯过去，便可见这'平坦宽阔大路'，豁然大门前见了。"

⑰ 贾政先秉正看门，只见正门五间，上面桶瓦泥鳅脊，那门栏窗隔，皆是细雕新鲜花样，并无朱粉涂饰，一色水磨群墙，下面白石台矶，凿成西番草花样。左右一望皆雪白粉墙，下面虎皮石，随势砌去，果然不落富丽俗套。

① 贾政先秉正看门，只见正门五间……

② 忽然迎面突出一带群峰，只见迎面一座山，一望云如微酿，或如蓝如靛成斑，藤萝掩映，其中微露羊肠小径。当中现出一带清流，从花木深处泻于石隙之下，再进数步，渐向北边，平坦宽豁，两边飞楼插空，雕甍绣槛，皆隐于山坳树杪之间。

③ 进入石洞来，只见佳木茏葱，奇花熌灼，一带清流，从花木深处泻出，石磴穿云，白石为栏，环抱池沼，石桥三港，兽面衔吐。桥上有亭。

④ 子是一路行来，至一大桥前，见水如晶帘一般奔入，原来这桥便是通外河之闸，引泉而入者。

⑬ 引客行来，至一大桥前，见水如晶帘一般奔入，原来这桥便是通外河之闸，引泉而入者。

⑭ 子是一路行来，或清堂茅舍，或堆石为垣，或编花为牖，或山下得幽尼佛寺，又得长廊曲洞，或方厦圆亭，贾政皆不及进去。

⑫ 引人出来，一观皆尽，原来自进口起，所行至此，才游了十之五六。

⑪ 大家出来，行不多远，则见崇阁巍峨，层楼高起，面面琳宫合抱，迢迢复道萦纡，青松拂檐，玉栏绕砌，金辉兽面，彩焕螭头。贾政道："这是正殿了，只是太富丽了些。"一面说，一面走，只见正面现出一座玉石牌坊来，上面龙蟠螭护，玲珑凿就。贾政道："此处书以何文？"

⑩ 便见一所清凉瓦舍，一色水磨砖墙，清瓦花堵。那大主山所分之脉，皆穿墙而过。……忽迎面突出插天的大玲珑山石来，四面群绕各式石块，竟把里面所有房屋悉皆遮住，而且一树花木也无。只见许多异草，……贾政道："此轩中煮茶操琴，亦不必再焚香矣。"只见上面有一副对联……

⑨ 从山上盘道亦可以进去。大家攀藤抚树过来。说不尽这水石清幽，越堪玩……其水愈清，溶溶荡荡，曲折萦回。池边两行垂柳，杂着桃杏，遮天蔽日，真无一些尘土。忽见柳阴中又露出一个折带朱栏板桥来，度过桥去，诸路可通。

⑧ 一面走，转过山怀中，隐隐露出一带黄泥筑就矮墙，墙头皆用稻茎掩护。有几百株杏花，如喷火蒸霞一般。里面数楹茅屋。外面却是桑、榆、槿、柘，各色树稚新条，随其曲折，编就两溜青篱。篱外山坡之下，有一土井，旁有桔槔辘轳之属。下面分畦列亩，佳蔬菜花，漫然无际。

⑦ 方欲进港口，只见迎面插天的大玲珑山石……又见许多太湖石，林立无序。贾政笑道："这一处倒还好。若能月夜坐此窗下读书，不枉虚生一世。"就引着众人出来……明日竟不清晰，就在稻香村的对题留心。少不得还要一石匾，亦要留题几个字，不然以何样名目……

⑥ 倏尔看见，则清溪萦纡，环抱池沼，石桥三港，兽面衔吐。云白石为栏，兽面衔吐。桥上有亭。贾政命之，则见有佳木笼荫，夹水看去，有了台榭衬托。有几处楼台掩映，阶下翠竹娇嫩。于是穿花度柳，抚石依泉，过了荼蘼架，再入木香棚，越牡丹亭，度芍药圃，入蔷薇院，出芭蕉坞，盘旋曲折。

⑤ 子是一路行来，一山一石，一花一木，莫不着意观览。忽抬头看见前面一带粉垣，里面数楹修舍，有千百竿翠竹遮映。众人都道："好个所在！"于是大家进去。上面小小两三间房舍，一明两暗，从里间房内又得一小门，出去则是后院，有大株梨花兼芭蕉，又有两间小小退步。后院墙下忽开一隙，得泉一派，开沟仅尺许，灌入墙内，绕阶缘屋至前院，盘旋竹下而出。

图4-5　大观园试才题对额路线图（第十七回）

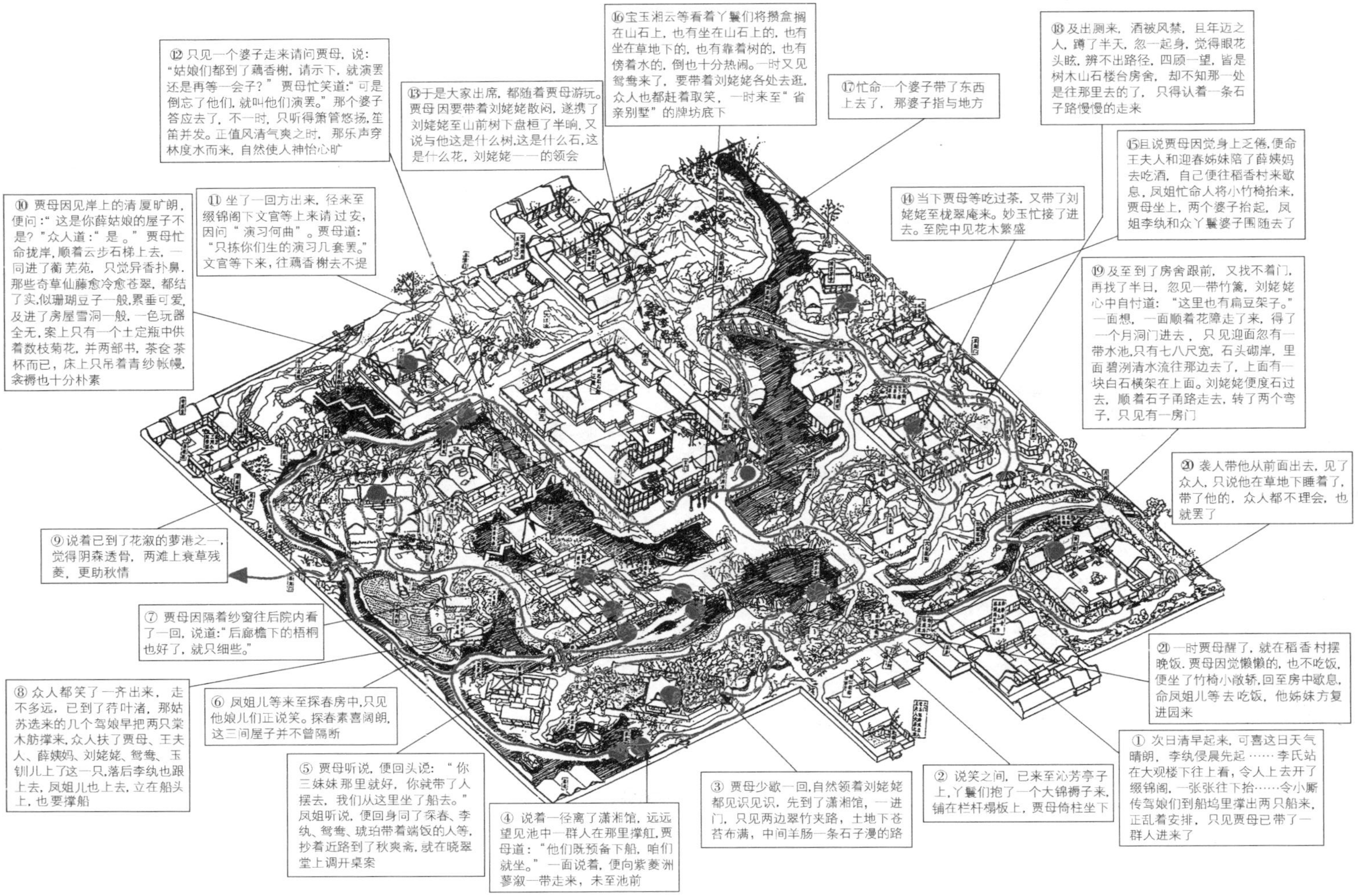

图4-6　史太君两宴大观园路线图（第四十回）

大观园线图

附录：图解红楼

237

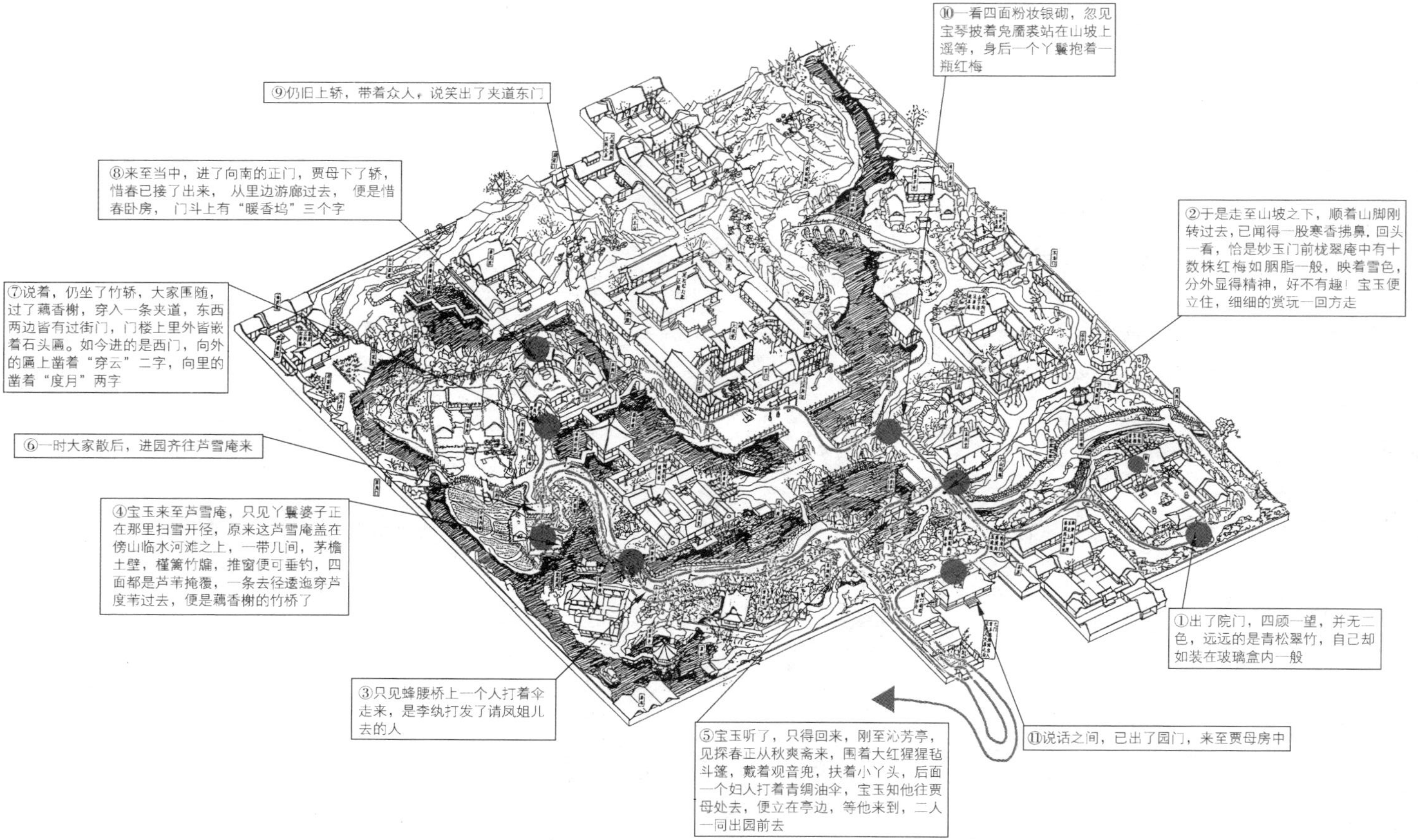
①出了院门，四顾一望，并无二色，远远的是青松翠竹，自己却如装在玻璃盒内一般
②于是走至山坡之下，顺着山脚刚转过去，已闻得一股寒香拂鼻，回头一看，恰是妙玉门前栊翠庵中有十数株红梅如胭脂一般，映着雪色，分外显得精神，好不有趣！宝玉便立住，细细的赏玩一回方走
③只见蜂腰桥上一个人打着伞走来，是李纨打发了请凤姐儿去的人
④宝玉来至芦雪庵，只见丫鬟婆子正在那里扫雪开径，原来这芦雪庵盖在傍山临水河滩之上，一带几间，茅檐土壁，槿篱竹牖，推窗便可垂钓，四面都是芦苇掩覆，一条去径逶迤穿芦度苇过去，便是藕香榭的竹桥了
⑤宝玉听了，只得回来，刚至沁芳亭，见探春正从秋爽斋来，围着大红猩猩毡斗篷，戴着观音兜，扶着小丫头，后面一个妇人打着青绸油伞，宝玉知他往贾母处去，便立在亭边，等他来到，二人一同出园前去
⑥一时大家散后，进园齐往芦雪庵来
⑦说着，仍坐了竹轿，大家围随，过了藕香榭，穿入一条夹道，东西两边皆有过街门，门楼上里外皆嵌着石头匾。如今进的是西门，向外的匾上凿着“穿云”二字，向里的凿着“度月”两字
⑧来至当中，进了向南的正门，贾母下了轿，惜春已接了出来，从里边游廊过去，便是惜春卧房，门斗上有“暖香坞”三个字
⑨仍旧上轿，带着众人，说笑出了夹道东门
⑩一看四面粉妆银砌，忽见宝琴披着凫靥裘站在山坡上遥等，身后一个丫鬟抱着一瓶红梅
⑪说话之间，已出了园门，来至贾母房中

图 4–7　琉璃世界白雪红梅路线图（第四十九回）

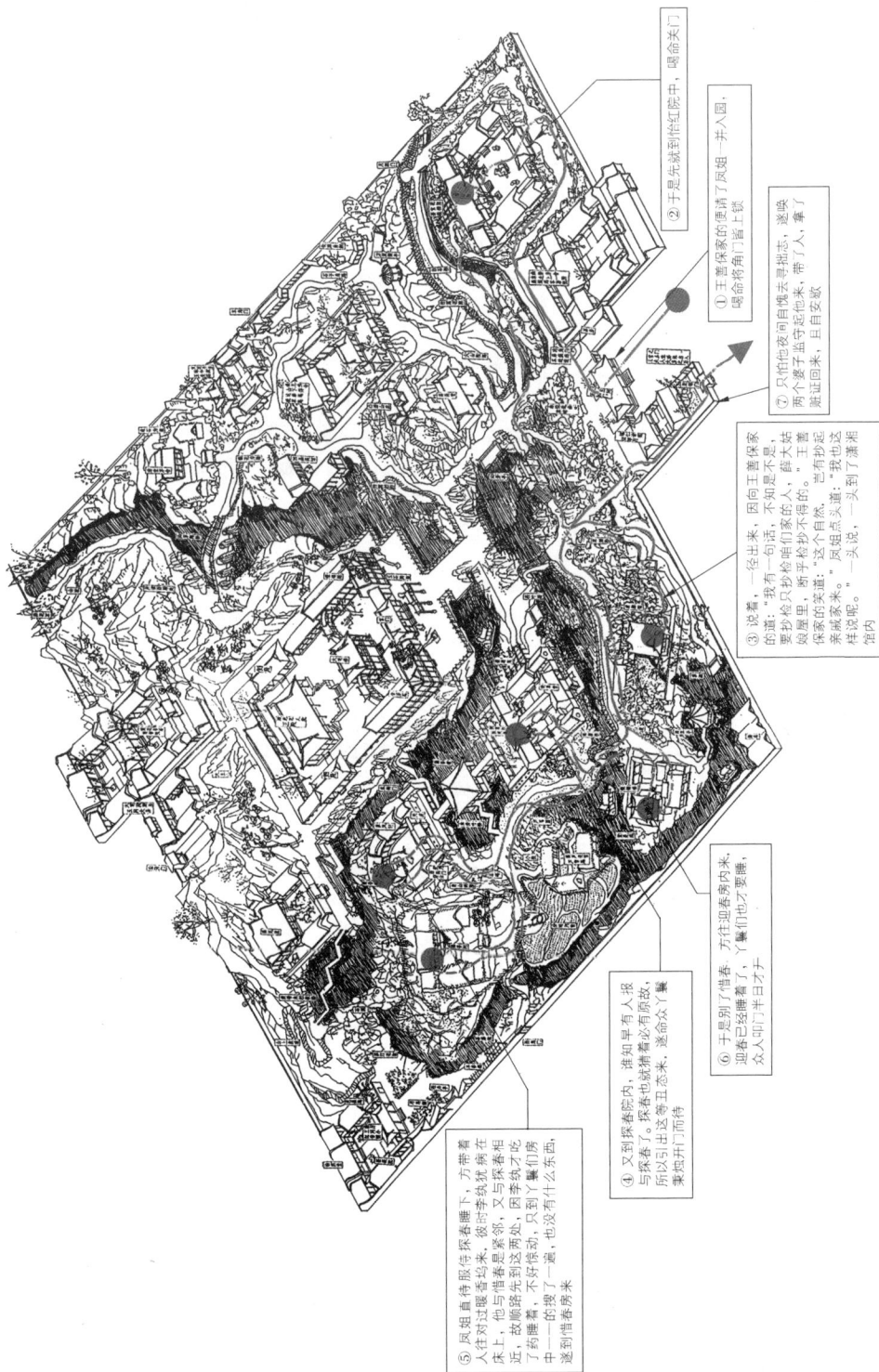

图 4-8 惑奸谗抄检大观园路线图（第七十四回）

附录：图解红楼

大观园路线图

①王善保家的便请了凤姐首肯上轿

②于是先就到怡红院中，喝命关门

③说着，一径出来，因向王善保家的道：我有一句话，不知是不是，要抄检只抄检咱们家的人，薛大姑娘屋里，断乎抄检不得的。"王善保家的笑道："这个自然。岂有抄到亲戚家去的理"凤姐点头道："我也这样说呢。"一头说，一头到了潇湘馆内

④又到探春院内，谁知早有人报与探春了，探春也就猜着必有原故，所以引出这等丑态来，遂命众丫鬟秉烛开门而待

⑤凤姐直待服侍探春睡下，方对周瑞家的往对过暖香坞来，他与惜春相近，故顺路先到这两处，因李纨犯病吃了药睡着，不好惊动，只到丫鬟们中一一搜了一遍，也没有什么东西，遂到惜春房中来

⑥于是别了惜春，方往迎春房内来，迎春已经睡着了，丫鬟们也才要睡，众人叩门半日才开

⑦只拣他夜间自悔去寻拙志，遣唤两个婆子当夕当他来，严证回来，且自安歇